그런 일

안도현 산문

그런 일

2016년 5월 25일 초판 1쇄 펴냄
2016년 9월 23일 초판 2쇄 펴냄

펴낸곳 도서출판 **삼인**

지은이 안도현
펴낸이 신길순

등록 2004.11.17 제313-2004-00263호
주소 120-828 서울시 서대문구 연희로 5길 82(2층)
전화 (02) 322-1845
팩스 (02) 322-1846
전자우편 saminbooks@naver.com

디자인 디자인 지폴리
인쇄 수이북스
제책 은정제책

ISBN 978-89-6436-117-7 03810

값 13,500원

그런 일

안도현 산문

삼인

머리말

　나의 직업은 마당의 화초들이 수군거리는 소리를 그저 종이에 옮겨 적는 일이라고 생각해왔다. 화초들이 입을 다물 때는 귀를 가까이 대보기도 했고, 종이가 하얗게 비어 있을 때는 종이를 뚫어져라 바라보기도 했다. 그리하여 허리를 아주 조금 낮출 줄 알게 되었다.

　문장으로 세상을 이롭게 하지 못한다고 해도 인민의 마음을 다치게 하는 글을 쓰고 싶지는 않았다. 사소한 문장 하나가 때로는 천둥을 만들어낸다는 감언이설에 넘어가지 않은 것만 해도 다행이다. 말하고자 하는 것과 말하면 안 되는 것들 사이에서, 꾹꾹 눌러 써야 할 것과 가볍게 적고 지나가야 할 것들 사이에서 나는 늘 망설이고 머뭇거렸을 뿐이다.

　나는 일필휘지의 필법을 익히지 못했으나 후회하지 않는다. 자책할 이유도 없다. 한 줄 한 줄이 전전긍긍이었으므로 이 산문들을 그 흔적들이라고 해두자. 하지만 그런 시간이 없었다면 나는 아무것도 아니었을 것이다. 나를, 지금, 이곳에, 나로 있게 해준 말들 앞에 옷깃을 여민다.

시 한 편 쓰지 않고 천 그릇도 넘게 밥을 먹었다. '마감'이 없는 저녁은 호사롭고 쓸쓸하였다. 이러다 시가 영영 나를 찾아오지 않으면 어쩌나 하는 조바심의 무게는 헤아리기 어렵다. 하룻밤에 백 편이라도 시를 꺼낼 것 같고 또 꺼내야만 한다는 생각 때문에 오래 뒤척인 적도 많았다. 바야흐로 언어는 거리에 구부려져 뒹굴고, 꽃들은 뒤틀리며 피어나고 있다. 우리는 비유마저 덧없는, 참담한 광기의 시절을 통과하고 있다.

14년 동안 쓴 산문을 모으고 버리고 꿰매고 다듬어 한 권의 책이 되었다. 끝내 버리지 못한 것은 나 자신이다.

2016년 5월
전주에서
안도현

차례

1부

글을 쓰는 일

연탄이 있던 집

연탄재 함부로 발로 차지 마라

너는

누구에게 한 번이라도 뜨거운 사람이었느냐

「너에게 묻는다」 전문

초등학교 6학년 때 나는 고향을 떴다. 사촌형을 따라 대구로 유학을 가게 된 것이다.

낯선 도시에서 내가 처음 배운 것은 자취방의 연탄불을 꺼뜨리지 않고 제때 갈아주는 일이었다. 학교 앞에 있던 자취방은 부엌문이 없었다. 마당으로 향한 조붓한 툇마루 위에는 얇은 합판으로 짠 찬장이 하나 달랑 놓여 있었고, 그 옆에 연탄아궁이가 있었다. 보일러 시설이 된 연탄이 아니었으므로 연탄의 붉고 푸른 불꽃이 혀를 날름거리며 구들장 속으로 빨려들어가는 게 보였다. 그 불꽃이 나를 키웠다. 그 불꽃으로 밥과 국과 라면을 끓였고, 양말과 운동화를 말렸고, 양은찜통에다 밤새 물을 데워 아침에 머리를 감았다. 불을 꺼뜨리지 않으려고 자다가 벌떡 일어나 연탄을 갈았고, 연탄구멍을 정확하게 맞추려고 잠이 가득 찬 눈을 비볐고, 그리고 연탄가스를 맡지 않으려고 몇 초 동안은 숨을 참아야 했다.

하루는 자다가 오줌이 마려워 깬 적이 있다. 대문 옆에 붙은 재래식 변소까지 걸어간 기억은 생생한데 정신을 차리고 보니 내가 변소 바닥에 주저앉아 있었다. 아차, 싶었다. 연탄가스를 마신 것이었다. 잠자리에 들기 바로 직전에 연탄을 간 게 불찰이었다. 나는 내 팔을 힘껏 꼬집었다. 아팠다. 방으로 돌아가 사촌형을 흔들어 깨웠다. 형, 괜찮아? 머리가 어지럽다며 형은 고개를 흔들었다. 지금 이대로 잠들면 안 된다고 형이 말했다. 연탄가스를 마시면 시원한 동치미 국물을 마시면 된다는 말이 떠올랐으나 궁핍한 자취생에게 동치미가 있을 리 없었다. 하수구에 코를 박고 숨을 쉬라는 것도 떠돌아다니는 응급조치법의 하나였는데 그렇게까지 해야 할 정도로 위급한 상황은 아닌 듯했다. 졸음은 쏟아졌지만 두 시간 가까이 잠을 누르며 겨울밤을 하얗게 보냈다.

언덕 위에 있던 그 자취방을 나와 학교로 가려면 가파른 길을 내려가야 했다. 겨울이면 눈 녹은 물이 비탈길을 빙판으로 만들었다. 그런 아침에는 누군가 어김없이 비탈길에 연탄재를 잘게 부수어 뿌려놓곤 했다. 그 고마운 분이 누구인지는 지금도 모르지만 이 세상에는 나 아닌 다른 사람을 위해 일하는 분이 있다는 걸 어렴풋이 알게 된 것도 그 무렵이었다.

또다른 말도 많고 많지만

삶이란

나 아닌 그 누구에게

기꺼이 연탄 한 장 되는 것

방구들 선득선득해지는 날부터 이듬해 봄까지

조선팔도 거리에서 제일 아름다운 것은

연탄차가 부릉부릉

힘쓰며 언덕길 오르는 거라네

해야 할 일이 무엇인가를 알고 있다는 듯이

연탄은, 일단 제 몸에 불이 옮겨 붙었다 하면

하염없이 뜨거워지는 것

매일 따스한 밥과 국물 퍼먹으면서도 몰랐네

온몸으로 사랑하고 나면

한 덩이 재로 쓸쓸하게 남는 게 두려워

여태껏 나는 그 누구에게 연탄 한 장도 되지 못하였네

생각하면

삶이란

나를 산산이 으깨는 일

눈 내려 세상이 미끄러운 어느 이른 아침에

나 아닌 그 누가 마음 놓고 걸어갈

그 길을 만들 줄도 몰랐었네, 나는

「연탄 한 장」 전문

문학에 눈을 뜨면서 해마다 12월 언저리에는 이른바 신춘문예 열병을 앓곤 했는데, 당선 통지를 기다리며 연탄불에 라면을 끓이는 날이 많았다. 라면이 끓는 양은냄비를 숟가락으로 익숙하게 들어 올리는 일은 이력이 붙었으나, 기다리는 신문사의 당선 통보는 왜 그리 목을 길게 만들던지. 그런 겨울, 연탄도 떨어지고 친구네 집에 두어 장 빌리러 가기도 민망해서 차가운 자취방에서 이홉들이 소주를 병째 들이켜고는 이불을 뒤집어쓰고 잠들던 날이 있었다. 내 문학은 연탄의 뜨거운 기운을 받을 자격조차 없다고 자책하면서 말이다.

결혼을 하고 첫아이를 가질 때까지도 연탄을 때는 열두 평짜리 아파트에 살았다. 그 아파트는 공단 노동자들의 자취방이 내려다보이는 곳에 있었다. 그 집들은 하나같이 지붕이 낮았고, 어깨를 다닥다닥 붙이고 있었다. 밤늦게 책을 보거나 글을 쓰다가 마을을 내려다보면 깜깜했던 어느 집 창문에 거짓말같이 불이 들어왔다. 나는 그 백열전구를 밝히는 손과 그의 고향과 하는 일과 월급과 노동조건을 생각했다. 그가 곤하게 잠이 들었다가 연탄을 갈기 위해 어쩔 수 없이 일어난 것인지도 모른다는 생각을 했다.

연탄불 갈아보았는가
겨울밤 세시나 네시 무렵에
일어나기는 죽어도 싫고, 그렇다고 안 일어날 수도 없을 때
때를 놓쳤다가는
라면 하나도 끓여 먹을 수 없다는 생각을 하고는
벌떡 일어나 육십촉 백열전구를 켜고
눈 부비며 드르륵, 부엌으로 난 미닫이문을 열어보았는가
처마 밑으로 흰 눈이 계층상승욕구처럼 쌓이던 밤

나는 그 밤에 대해 지금부터 쓰려고 한다
연탄을 갈아본 사람이 존재의 밑바닥을 안다,
이렇게 썼다가는 지우고
연탄집게 한번 잡아보지 않고 삶을 안다고 하지 마라,
이렇게 썼다가는 다시 지우고 볼펜을 놓고
세상을 내다본다, 세상은 폭설 속에서
숨을 헐떡이다가 금방 멈춰 선 증기기관차 같다
희망을 노래하는 일이 왜 이렇게 힘이 드는가를 생각하는 동안
내가 사는 아파트 공단 마을
다닥다닥 붙은 어느 자취방 들창문에 문득 불이 켜진다
그러면 나는 누군가 자기 자신을 힘겹게도 끙, 일으켜세워
연탄을 갈고 있을지도 모른다고 생각한다
이리수출자유지역 귀금속공장에 나가는 그는

근로기준법 한 줄 읽지 않은 어린 노동자

밤새 철야작업 하고 왔거나

술 한잔 하고는 좆도 씨발, 비틀거리며 와서

빨간 눈으로 연탄 불구멍을 맞추고 있을지도 모른다고 생각한다

다 타버린 연탄재 같은 몇 장의 삭은 꿈을

버리지 못하고, 부엌 구석에 차곡차곡 쌓아두고

연탄냄새에게 자기 자신이 들키지 않으려고

그는 될수록 오래 숨을 참을 것이다

아아 그러나, 그것은 연탄을 갈아본 사람만이 아는

참을 수 없는 치욕과도 같은 것

불현듯 나는 서러워진다

그칠 줄 모르고 쏟아지는 눈발 때문이 아니라

시 몇 줄에 아둥바둥 매달려 지내온 날들이 무엇이었나 싶어서

나는 그동안 세상 바깥에서 세상 속을 몰래 훔쳐보기만 했던 것이다

다시, 볼펜을 잡아야겠다

낮은 곳으로 자꾸 제 몸을 들이미는 눈발이

오늘밤 내 사랑하는 사람들에게 이불이 되었으면 좋겠다, 라고

나는 써야겠다, 이 세상의 한복판에서

지금 내가 쓰는 시가 밥이 되고 국물이 되도록

끝없이 쓰다보면 겨울밤 세시나 네시쯤

내 방의 꺼지지 않은 불빛을 보고 누군가 중얼거릴 것이다

살아야겠다고, 흰 종이 위에다 꼭꼭 눌러

이 세상을 사랑해야겠다고 쓰고 또 쓸 것이다

「겨울밤에 시 쓰기」 전문

벌겋게 달아오른 연탄 밑불이 위에 새로 놓이는 연탄에게 불꽃을 넘겨주듯이 20세기의 연탄은 21세기에도 꺼지지 않고 있다. 아직도 어디에선가 연탄, 이라는 말을 들으면 가슴이 아픈 사람이 있을 것이고, 겨울날 골목길 사이로 싸하게 퍼지는 차가운 연탄 냄새가 코끝으로 스며들면 생활이 더 쓸쓸하게 느껴지는 이가 있을 것이다.

너나없이 연탄을 때던 시절에는 연탄 창고 가득 연탄이 쟁여져 있으면 겨우내 마치 큰 부자가 된 듯 그렇게 든든할 수 없었다. 나는 누구에게 든든한 사람이 될 수 없나? 누구에게 뜨거운 사람이 될 수 없나? 나는 나에게 오늘도 묻는다.

꿈의 공장

고등학교 1학년 때, 문예반 시화전을 끝내고 선배들하고 이른바 평가회를 하는 자리에서였다. 나는 어깨를 한껏 낮추고 졸업한 선배들이 나누는 말을 가만히 엿듣고 있었다.

"나도 내년에는 신춘 한번 해야지."

어떤 선배 하나가 의기양양하게 내뱉은 그 말의 뜻을 나는 처음에는 이해하지 못하였다. 신춘을 한다? 신춘이 도대체 뭐란 말인가? 그걸 어떻게 한다는 건가? 그걸 하면 무엇이 어떻게 된다는 건가? 풋내기 문학소년한테 그 말은 안개로 둘러싸인 무슨 신비한 암호 같았다. 습작기, 신춘문예는 그렇게 나에게 왔다.

11월 초면 전국의 각 일간지마다 신춘문예 작품을 공모한다는 광고가 실리게 된다. 이때부터 문학 지망생들의 가슴은 두근거리기 시작한다. 일년에 단 한 번밖에 없는 기회를 놓칠 수 없다는 듯이 작품을 붙잡고 혼자 끙끙대는 시간도 늘어나게 된다. 이른바 '신춘문예병'이 도지는 계절이 도래하는 것이다. 그 병은 공개적으로 당선작 발표가 나는 이듬해 1월 1일까지 이어진다.

문학으로 삶의 어떤 전환점을 모색해 보려는 사람들에게 신춘문예는 여전히 눈부시고 달콤한 유혹이다. 치열한 경쟁을 뚫고 적지 않은 원고료를 거머쥐는 기회가 인생에 그리 자주 오지는 않기 때문이다. 궁핍한 문학청년이 하루아침에 빛나는 등단작가가 된다는 상상만으로도 신춘문예는 선망의 대상이 될 만하다. 당선의 쾌감보다는 실패의 쓴맛을 수차례 맛보았으면서도 묵묵히 펜의 칼을 가는 사람들이 신춘문예를 포기하지 못하는 이유도 거기에 있다.

　　그러나 신춘문예가 문인 등단 제도로서의 기능을 호되게 검증 받아야 했던 시기도 있었다. 문학의 사회적 역할이 두드러지게 강조되던 80년대 중반부터 90년대 초까지 신춘문예는 창백한 골방의 펜대 끝에서 나오는 문학의 상징으로 여겨지기도 하였다. 집단성, 현장성, 계급성 등의 개념이 문학 속으로 접목되면서 신춘문예는 한때 초췌하고 남루한 인상을 주었던 것도 사실이다. 그리고 일제강점기부터 시작된 이 제도의 태생적 한계로부터도 자유로울 수 없었다.

　　또한 작품의 유형화라는 측면에서의 비판이 제기된 것은 어제오늘의 일이 아니다. 흔히 말하는 신춘문예용 시, 신춘문예용 소설이 그것이다. 작품의 실험성과 안전성 사이에서 심사위원들은 대체로 안정성의 손을 들어주는 경우가 많고, 그 결과 패기와 도전이라는 신춘문예 본래의 취지와는 다른 작품이 뽑히는 예도 없지 않았다. 당선작에 대한 표절 시비도 해마다 불쑥불쑥 고개를 내미는 골칫거리 중의 하나가 되고 있다.

신춘문예가 작가로서의 길을 완벽하게, 끝까지 보장해주지는 않는다. 이제까지 신춘문예를 통해 화려하게 박수 갈채를 받으며 등단한 사람 중에는 밤하늘의 유성처럼 사라진 작가가 오히려 더 많다. 이것은 신춘문예라는 문인 등단 제도가 하나의 통과의례일 뿐 결코 최종 목적지가 아니라는 것을 방증하는 것이다.

그러나, 그럼에도 불구하고, 나는 신춘문예의 편이 되지 않을 수 없다. 왜냐하면 이 땅에서 남녀노소 할 것 없이 문학을 꿈으로 삼으며 살아가는 이들에게 신춘문예는 여전히 하나의 꿈의 공장이 되고 있기 때문이다. 그 공장이 만약에 없었다면 누가 문학을 꿈의 중심에 턱하니 얹어 놓겠는가.

등단 전, 내 습작품은 대부분 신춘문예 마감일을 앞두고 마무리된 것들이 많다. 참으로 많은 시를 그때 끙끙대며 쓴 것이다. 당시에는 해마다 당선과 상금이 일차 목표였지만, 지금 생각하면 신춘문예 기간에 그 어느 때보다 나 자신을 혹독한 수련과 연마 속으로 몰고 갈 수 있었던 것 같다. 때로는 치기로 당선소감을 먼저 써서 턱하니 벽에 붙여 두었던 일, 상금을 받으면 갚겠다고 큰소리를 치고는 외상술을 무진장 먹던 일 등 지금은 사라진 낭만도 다 신춘문예 덕분이었다.

해마다 신년 첫 날, 나는 누구보다 일찍 일어나서 신문을 사러 나간다. 그날 신문이 일 년 중 가장 신선한 것은 꿈의 공장에서 나온 두근거리는 생산물이 거기 있기 때문이다.

고향 1
내성천의 은모래알이 나를 키웠다

경상북도 북부지방은 백두대간의 영향권 아래 놓인 크고 작은 산들이 많다. 안동, 봉화, 영주, 예천, 문경, 상주 등을 포함하는 이 지역은 평야지대가 드물어 산간지역에 가깝다. 여기서 태어난 사람들의 기억 속에는 끝없이 펼쳐진 들판의 이미지보다는 사면이 산으로 둘러싸인 산골의 이미지가 더 강하게 남아 있다. 광활한 수평보다는 우뚝한 수직에 더 익숙한 것이다. 낙동강이 골짝 골짝의 물을 모아 흐르지 않았다면 아예 이 지역은 산간 오지처럼 여겨졌을지도 모른다.

예부터 경북 북부지방 중에 제일 큰 고을이 안동이었으므로 이 지역을 뭉뚱그려 흔히 안동문화권이라고 부르기도 한다. 하지만 각 지역의 말씨와 풍습과 음식은 분명히 미세하게 다르다. 경북 북부지방에서는 종결어미 '했습니다'를 '했니더'로, "했습니까?"를 "했니껴?"로 발음한다. 그런데 이런 말들을 쓰면서도 예천, 문경, 상주지방은 또 그만의 독특한 종결어미가 있다. "그렇습니다"를 "그렇니더"라고도 하지만 "그래이여"라고도 하는 것이다. 서울에서 경상도 사투리를 쓰는 택시기사들의 말씨를 들어보면 그이의 고향이 안동인지 예천인지 나는 대부분 구별할 수 있다.

　나는 경북 예천군 호명면 황지동 소망실에서 태어났다. 예천에서 안동 방향으로 가다가 고평대교를 건너자마자 왼쪽으로 둑길을 따라 내성천을 거슬러 올라가야 하는 곳이다. 지금은 아스팔트 포장이 되어 차가 씽씽 달리지만 옛날에는 구불구불한 모랫둑을 한 시간 넘게 걸어가야 하던 고향. 여름에는 미루나무 아래 땅콩 밭이 펼쳐져 있었고, 겨울에는 강바람이 귓바퀴를 매섭게 마구 할퀴었다.

　나중에야 알았지만 내가 태어난 집은 '까치구멍집'이라고 불리던 집이었다. 이 가옥 형태는 경북 북부지방이나 강원도 일부 지역에서나 볼 수 있는 독특한 구조다. 실내에 부엌과 외양간이 함께 공존하는 겹집 형태인데 용마루 밑에 연기가 빠져나갈 통로인 구멍이 있다. 그 크기가 까치가 드나들 수 있을 정도여서 까치집, 혹은 까치구멍집이라고 부른다. 이런 집은 대체로 마당 입구에 대문이 따로 없다. 마당을 건너 까치구멍집 대문을 들어서면 그 안에 부엌과 마루와 안방과 건넌방이 함께 있었다. 쇠죽솥이 걸린 아궁이와 봉당과 사랑방도 그 안에 있었다. 바깥 외양간에 있던 소를 밤에는 안으로 데리고 와 매어 두었고, 그 옆에는 소 여물통도 길게 누워 있었다. 겨울철 실내의 보온을 염두에 두면서, 한편으로는 집안의 중요한 재산인 소를 호랑이와 같은 산짐승으로부터 보호하기 위한 집 구조였다. 안방과 사랑방의 천장에는 다락이 있었고, 귀하거나 생활에 요긴한 물건들을 거기에 보관했다. 밖으로 난 창이 작거나 아예 없다 보니 실내는 대낮에도 늘 어두컴컴하였다. 낮에 안방이나 사랑방에 들어가면 어두운 영화관에 들어선 것 같았다. 어른들이 두런두런 말씀을 주고받는 것을 한참동안 들은 뒤에야 가까스로 내 눈은 밝아지곤 하였다. 너나없이 가난하게 살던 시절이었지만, 그 안방에 모여들던 얼굴들만은 어둡게 보이지가 않았다. 여름에 대청마루에 딸린 뒷문을 열어두면 산에서 서늘한 바람이 들어왔다. 남쪽 마당에 내리쬐는 뜨거운 햇볕을 한풀 차단한 형태의 가옥이었으므로 더없이 시원했던 것 같다.

아버지와 어머니가 인접한 안동군 풍산면으로 거처를 옮겨 신접살림을 차리는 바람에 첫돌을 넘긴 직후에 나는 그 고향을 떠났다. 하지만 고향은 나를 내팽개치지 않고 잡아당겼다. 초등학교 6학년이 될 때까지 나는 예천 외갓집이나 큰집에서 오랜 시간을 보냈다. 내 밑으로 이삼 년 간격으로 동생들이 줄줄이 태어나 바글거렸으므로 그중 맏이였던 나는 외가나 큰집에 자주 맡겨졌다. 가게를 차린 부모님은 바빴고, 가게에 딸린 단칸방은 비좁았기 때문이다. 초등학교를 들어가기 전에는 몇 달씩 가서 얼굴이 새까맣도록 머물기도 했고, 방학 때면 으레 여름, 겨울 할 것 없이 거의 모든 날을 예천에서 지냈다.

그러니까 일찍부터 나는 두 개의 고향을 가지게 되었다. 예천과 안동을 수시로 넘나들던 어린 시절 덕분이다. 고향이 배경이 되는 꿈을 꿀 때도 이 두 개의 공간은 한데 뒤섞일 때가 많다. 이를테면 큰집의 툇마루와 외갓집의 사랑방이 희한하게 한 장소에 붙어 등장하는 것이다. 그래서 고향은 내게 복합적이면서도 이중적인 공간으로 남아 있다. 생활은 가난하면서도 삶은 풍족했고, 순간순간 외로웠으면서도 매일매일 행복했다.

그때 내 귓가에 닿았던 소리와 내 코로 들어왔던 냄새들이 없었다면 나는 이 세상이 주는 '느낌'을 즐기지 못하는 무감각한 인간이 되었을 것이다. 어릴 때 은연중에 몸속으로 들어온 감각들이 가끔 시에 등장할 때마다 깜짝깜짝 놀란다. 그 사소한 것들이 이렇게 소중한 것들이었구나, 하고 말이다. 내 시에 돌배나무, 앵두나무, 감나무, 밤나무가 보인다면 그것은 외갓집에서 알게 된 것이고, 그리고 고욤나무, 뽕나무, 닥나무, 대추나무, 목화가 보인다면 그것은 큰집에서 습득한 것이다.

내가 태어났다는 예천 큰집의 사랑방은 사철 어두웠다. 어머니의 캄캄한 자궁에서 아기가 태어나기 좋은 곳 같았다. 전기가 들어오기 전에는 호롱불이 홀로 아슬아슬하게 눈을 깜박이던 곳. 희미한 빛이 새어들던 작은 봉창 하나, 벽에 걸린 옷들을 덮고 있던 횃보, 사촌누나들이 수틀을 잡고 앉아 키들대던 소리, 군불을 많이 땐 탓에 거무스름하게 변해 있던 장판지, 겨울철의 누룩 냄새…… 그것들은 지나간 시간 속에 남아 있는 게 아니다. 글을 쓰다가 6, 70년대 풍경을 묘사할 기회가 있으면 언제든지 과거로부터 뛰쳐나올 준비가 되어 있다고 지금도 그것들은 내게 도란대는 것 같다.

스무 살이 되었을 때, 나는 무엇보다 시인이 되고 싶었다. 신춘문예를 준비하겠다고 마음을 먹었을 때 왜 하필 '낙동강'을 써야겠다고 생각했을까? 이미 나는 그때 대구의 금호강을 거쳐 전북 익산의 만경강 가까이에서 살고 있었고, 부모님은 농사를 짓겠다고 경기도 여주의 남한강 쪽으로 이주해 있을 때였는데 말이다.

저물녘 나는 낙동강에 나가
보았다, 흰 옷자락 할아버지의 뒷모습을
오래오래 정든 하늘과 물소리도 따라가고 있었다
그때 강은
눈앞에만 흐르고 있는 것이 아니라 비로소
내 이마 위로도 소리 없이 흐르는 것을 알았다
어릴 적의 신열(身熱)처럼 뜨겁게,

어둠이 강의 끝 부분을 지우면서
내가 서 있는 자리까지 번져오고 있었다
없는 것이 너무 많아서
아버지 아무 말씀도 하지 않으시고
낡은 목선을 손질하다가 어느 날
아버지는 내게 그물 한 장을 주셨다

그러나 그물을 빠져 달아난 한 뼘 미끄러운 힘으로
지느러미 흔들며 헤엄치는 은어떼들
나는 놓치고, 내 살아온 만큼 저물어가는
외로운 세상의 강안(江岸)에서
문득 피가 따뜻해지는 손을 펼치면

빈 손바닥에 살아 출렁이는 강물

아아 나는 아버지가 모랫벌에 찍어놓은
발자국이었다, 홀로 서서 생각했을 때
내 눈물 웅얼웅얼 모두 모여 흐르는
낙동강
그 맑은 마지막 물빛으로 남아 타오르고 싶었다

「낙동강」 전문

이 시는 1981년 〈매일신문〉 신춘문예 당선작이 되었다. 나는 낙동강을 붙들고 할아버지와 아버지, 그리고 나로 이어지는 삼대의 면면한 핏줄을 노래하고 싶었다. 내가 태어나기 전에 돌아가신 할아버지를 시라는 형식으로라도 만나고 싶었는지 모르겠다.

그리고 이 시를 쓰면서 범한 또 하나의 무리수! 시가 그리고 있는 대로라면 우리 아버지는 강에서 목선을 타고 고기를 잡는 어부거나 뱃사공이어야 한다. 하지만 우리 아버지는 수박 농사를 짓던 농부였고, 낡은 목선을 소유했거나 수리해본 적이 없는 분이었다. 나는 관계를 상징하는 데 더할 나위 없이 좋은 소재인 '그물'을 어떻게든 이 시에다 끌어들이고 싶었던 것이다. 그러다 보니 본의 아니게(아니 의도적으로) 아버지를 어부로 둔갑을 시킬 수밖에 없었다. 그렇다고 그걸 지금 후회하고 있는 건 아니다.

실은 이 시를 쓰면서 내 머릿속에는 낙동강이 아니라 낙동강의

지류인 내성천이 흐르고 있었다. 내성천은 소백산맥의 남쪽인 봉화에서 발원해서 영주와 예천 회룡포를 거쳐 낙동강 본류와 만나는 하천이다. 내 시의 강과 관련된 모든 상상력은 내성천에서 멀리 벗어나지 못한다. 내성천의 은모래알이 나를 키웠다. 나는 내성천의 물길을 따라 오르내리던 한 마리의 어린 물고기였다.

나는 내성천처럼 물이 맑고 모래가 깨끗한 강이 대한민국에는 없다고 생각한다. 내성천 강변을 예천에서는 '갱빈'이라고 불렀다. 나는 여름 내내 강으로 나가 멱을 감거나 미루나무 그늘에서 검정고무신으로 자동차놀이를 했고, 모래로 몸을 덮고 놀았다. 철이 들어 고기를 잡을 줄 알 때는 피라미, 모래무지, 미꾸리, 뚜구리(동사리의 경북 사투리)들이 내 발목을 얼마나 간질이고 지나갔는지…….

대구로 유학을 가 있던 시절에는 맨발로 내성천을 건너야 했다. 경북선 완행열차가 서는 고평역까지 걸어가야 했기 때문이다. 지금은 문을 닫아버린 고평역 앞을 기차가 지나가는 소리를 들으면서 큰집 식구들은 밭일을 하다가도 점심때가 되었구나, 소여물을 줘야 할 시간이구나, 하고 알아차리던 때도 있었다.

내성천이 은모래를 드넓게 펼쳐 놓다가 한 구비 산을 휘감아 돌아가는 곳이 있다. 바로 용궁면의 회룡포다. 안동의 하회마을처럼 마치 육지 속의 섬처럼 보이는 이곳을 가려면 내성천에 임시로 설치한 '뿅뿅다리'를 건너야 한다. 구멍 뚫린 공사용 철판을 잇대어 사람이 건너갈 수 있게 만든 이러한 다리는 오래전부터 내성천 곳곳에 있었다. 모랫바닥이 훤히 내려다보일 정도로 수심이 깊지 않기 때문에 마을과 마을을 오가기 위해 이곳 사람들은 이렇게 나무나 합판으로 임시다리를 만들어 이용했다. 강물에 날카로운 살얼음이 둥둥 떠다니는 겨울철에는 특히 요긴했다.

요 몇 년 전부터 내성천을 찾는 이들이 꼭 들러 가는 곳이 있는데, 바로 삼강나루터다. 회룡포를 통과한 예천의 내성천과 문경에서 흘러드는 금천이 안동 쪽에서 내려오는 낙동강 본류와 합류하는 곳을 말한다. 예전에는 낙동강 아래쪽에서 서울로 갈 때 반드시 거쳐 쉬어가는 곳이 이 삼강나루였다. 옛 정취를 풍기는 주막이 아직도 남아 있어서 예천군에서는 이곳을 말끔하게 정비해 놓았다. 옛 양반들이 집에 심어 후손들 중에 큰 인물이 나오기를 기원했다는 회화나무가 이곳에 있다. 수령이 450년이 넘는다고 한다. 과거를 보러 상경하던 경상도 선비들은 이 회화나무 그늘에 앉아 쉬면서 자신에게 다가올 미래를 상상해보기도 했을 것이다.

요즘 내성천이 시름시름 앓고 있다. 상류에 영주댐 공사가 시작되고부터다. 이명박 정부의 4대강 사업의 재앙이 4대강뿐만 아니라 그 지천까지 망가뜨리고 있는 것이다. 1조 원이 넘는 공사비를 쏟아붓고 있는 영주댐 공사 현장을 2014년 초가을에 다녀왔다. 산을 깎아내리고 강모래를 준설하는 현장은 처참했다. 댐이 완공되면 하류로 모래를 공급하던 강의 오랜 기능이 마비된다고 한다. 아닌 게 아니라 땅 속 20미터까지 모래를 품고 있다는 내성천 모래바닥은 벌써 우거진 풀숲으로 변하고 있었다. 불과 1년 전만 해도 풀 한 포기 돋아나지 않던 곳을 진흙을 거름 삼아 풀들이 점령하고 있었다. 내성천이 깨끗한 은빛 모래를 품을 수 있었던 것은 여름에 가끔 큰물이 졌기 때문이다.

"한여름에 큰물이 질 때는 저 보문 쪽에서 물이 명석말이를 하는 것처럼 내려왔단다."

어릴 적에 듣던 이야기다. 자연의 흐름을 거역하는 사람들은 큰물(홍수)을 재난으로 인식하지만 자연에 몸을 맡긴 사람들에게 그것은 그야말로 자연현상의 하나일 뿐이었다. 머지않아 온통 풀밭으로 뒤덮이게 될 내성천의 운명은 어찌 될까? 그 고운 은모래밭에 발자국을 찍던 물새들은 또 어디로 가야 하는가? 시커멓고 못생긴 물고기 뚜구리를 나는 또 어디에 가서 만나야 하는가?

예천은 근대 이후 산업화의 거대한 흐름으로부터 비켜 서 있던 곳이었다. 그동안 예천 사람들은 엄청난 규모로 이뤄지던 개발의 콩고물을 얻어먹지 못했다. 그것을 아쉬워하는 이들도 없지는 않다. 내성천의 급격한 파괴를 목격하고 있는 예천 사람들에게 용문면 상금곡리에 있는 금당실 마을이 하나의 귀감이 되었으면 한다. 금당실은 『정감록』에 전국 '십승지지'의 하나로 나와 있는 곳이다. 병마나 전쟁과 같은 난리가 미치지 못하는 곳이라는 뜻이다. 예천에는 '금당 맛질 반 서울'이라는 말이 전해져 온다. 금당실과 그 인근 마을을 합치면 서울만큼이나 땅이 넓고 살기 좋은 곳이라는 것이다. 금당실은 금곡서원, 반송재 고택, 추원재, 사괴당 고택 등 전통 양반가의 한옥이 잘 보존되어 있고, 길고 구불구불한 돌담길이 유명하다. 금당실에서 천천히 걸으면서 전통의 멋을 느껴보고 싶은 도

시인들에게 금당실이 보여주는 또 하나의 선물이 있다. 천연기념물 제469호로 지정된 금당실 송림이 그것이다. 아름드리 소나무 수백 그루가 아름다운 마을숲을 이루고 있는 곳에서 속도에 쫓겨 살아온 시간을 돌아봐도 좋을 터.

천연기념물 제294호인 감천면 천향리의 석송령은 스스로 재산을 가진, 세금을 내는 나무로 널리 알려져 있다. 얼마 전 예천에서 열린 한 행사에 참여했다가 두어 뼘쯤 자란 석송령 후계목을 한 뿌리 얻어왔다. 수령 600년이 넘은 석송령의 어린 새끼를 전라도 전주 땅에서 바라보면서 나는 품이 넓고 심성이 맑은 예천 사람들을 생각한다.

있잖니껴, 우리나라에서 제일 물이 맑은 곳이

어덴지 아니껴? 바로 여기 예천잇시더.

물이 글쿠로 맑다는 거를 어예 아는지 아니껴?

저러쿠러 순한 예천 사람들 눈 좀 들이다 보소.

사람도 짐승도 벌개이도 땅도 나무도 풀도 허공도

마카 맑은 까닭이 다 물이 맑아서 그렇니더.

어매가 나물 씻고 아부지가 삽을 씻는 저녁이면

별들이 예천의 우물 속에서 헤엄을 친다 카대요.

우물이 뭐이껴? 대지의 눈동자 아이껴?

예천이 이 나라 땅의 눈동자 같은 우물 아이껴?

「예천(醴泉)」 전문

예천 읍내 흑응산 정상에 내 글씨로 된 시비가 하나 있다. 예천문화원의 제안으로 거기에 새기기 위해 쓴 시다. 예천은 '단술 예(醴)'와 '샘 천(泉)'이 합쳐진 이름이다. 물이 맑고 그 맛이 단술과 같다고 해서 붙여진 것이라 한다. 읍내 노하리 예천읍사무소 앞에는 '주천(酒泉)'이라는 우물이 있다. '군방골샘'이라고도 부르는 이 우물은 예천이라는 지명이 어떻게 만들어졌는지를 짐작하게 해준다. 내성천이 은모래로 가득하던 시절에 모랫벌에 놀다가 목이 마르면 우리는 손으로 모래를 깊이 파 거기에 고이는 물을 떠먹었다. 그 야생의 물을 마시고 배탈이 난 적은 한 번도 없었다.

내 외가 동네는 예천 임씨들이 모여 사는 집성촌이었다. 예천 임씨의 시조로 알려진 이가 고려 의종 때의 문인 임춘(林椿)이다. 임춘은 가전체소설 「국순전(麴醇傳)」과 「공방전(孔方傳)」을 쓴 사람으로 고전문학 시간에 익히 그 이름을 들어보았을 것이다. '국순'은 누룩으로 빚은 술을 말한다. 이 작품은 술을 의인화해서 방탕한 생활을 하는 이들의 현실을 풍자한 소설이다. 근대 이후 우리 고전문학의 기틀을 닦은 도남 조윤제 박사가 예천 출신인 것도 우연이 아닌 것처럼 보인다. 내가 알기로 현재 활발하게 활동하고 있는 예천 출신 문인들도 적지 않다. 문학평론가인 인하대 홍정선 교수가 유천면, 문학평론가로 순천향대 미디어콘텐츠학과에 재직하는 김태현 교수가 호명면 출신이다. 서울대 국문과에서 고전을 가르치는 조현설 교수는 풍양면이 고향이다.

2014년은 동학농민혁명 2주갑(120년)이 되는 해다. 1894년 동학농민군의 함성이 전국을 울릴 때 예천도 예외가 아니었다. 당시 최시형이 주도한 북접에 속했던 예천의 농민군들은 관군이나 일본군과 전투를 치른 게 아니라 양반과 지주가 중심이 된 보수지배층과 전선을 형성했다는 점이 매우 특이하다.

1894년 여름 읍내를 제외한 대부분의 지역은 농민군의 지배 아래 있었다. 이제 영남 서북부 지방에서도 농민군의 지배지역에서는 북접의 교단에서 파견한 검찰관, 안렴사가 폐정개혁을 주도했다. 민심도 이미 농민군에 기울어졌다. (중략) 보수지배층은 스스로를 지키지 않으면 그들이 소유한 사회적, 경제적 기득권을 모두 잃을 수밖에 없는 형편이었다. 이에 자구책을 강구하는 움직임은 향리 층에서 시작되었다. 이들은 자구책으로 스스로 민보군을 조직하여 읍내를 수호하고 농민군에 대항하였다. 물론 이러한 시도는 상당한 위험을 내포하고 있었다. 이는 압도적인 농민군이 도처에서 봉기하고 있으나 중앙정부 감영에서 관군이 예천까지 파견한다는 것은 기대할 수 없는 일이기 때문이다.

「예천의 독립운동사」

예천의 동학농민혁명사는 보수적인 기득권층의 반발이 그 어느 지역보다 강력했음을 보여준다. 이들은 이른바 민보군을 조직해서 농민군에 대항했고, 농민군의 자치조직인 집강소를 본떠 '보수동학 집강소'를 설치하기도 했다. 현재 예천읍 대창고등학교 향토관은 그 보수동학집강소가 설치되었던 곳이다. 보수성이 강한 예천 지역에

동학농민군이 기세를 떨치며 폐정개혁에 나섰다는 것은 특기할 만한 일이다. 그러나 아직 그에 대한 연구 성과는 미미하고, 이는 한국전쟁을 전후해 예천 일대에서 일어난 진보적인 사회운동과 함께 치밀하게 역사적인 조명이 필요하다고 본다. 한국전쟁을 전후해 한 집안 사람들이 온통 몰살을 당해 어느 집이나 제삿날이 똑같은 마을도 있고, 집단학살의 피비린내가 진동했다는 이야기도 입을 통해 전해져 내려온다. 좌우 이념을 떠나 역사는 정확하게 기록되어야 역사이다.

한 예로 1928년생인 박충서 선생은 예천 현대사의 한 증인이다. 그는 전쟁 중에 인민군 문화공작대에 징발되어 활동했다. 인민군을 따라 중국 만주 지역까지 올라갔다가 나중에 미군에 체포되어 거제 포로수용소에서 남한을 선택했다. 고향에 머물면서 1961년 4월에는 〈민족일보〉 예천지국장으로 일했고, 5·16쿠데타로 잠시 수감되었다가 유신과 3선개헌을 반대하는 운동에 뛰어들었다. 1970년대 후반에는 몽양 여운형기념사업회 이사로 활동하기도 했고, 비전향 장기수 한 분을 오래 모시기도 했다. 예천의 한 아파트에서 잠깐 만난 적 있는 박충서 선생은 투병 중임에도 목소리가 꼿꼿했다. 평생 오로지 통일을 생각하며 살았다고, 앞으로도 여생을 통일운동에 바치고 싶다고 하셨다. 건강하실 때 선생을 뵈었더라면 약주라도 한 잔 올릴 수 있었을 텐데……

고향 2
나는 가겟집 아이였다

　음식은 식욕을 자극할 뿐만 아니라 고향에 대한 기억을 구체적이고 감각적으로 재생한다. 고향의 풍경이 그려내는 시각의 유혹도, 방언이 잡아당기는 청각의 매혹도 음식 앞에서는 맥을 추지 못한다. 혀를 통해 감지된 가장 원초적 감각인 미각의 기억! 우리가 고향이라는 케케묵은 명사로부터 벗어나지 못하는 것은 케케묵은 음식의 기억으로부터 벗어나지 못한다는 말과 같다. 허기를 채우기 위해 먹은 음식이든 상다리가 부러질 정도로 차려진 산해진미든 음식에 대한 기억은 서열이나 계급이 없다. 우리는 고향의 음식 앞에서 무장해제 당하기 일쑤다.

　낙동강 상류 지역인 경북 북부 지방은 산악지대가 대부분이어서 논이 적다. 타지에 비해 식재료가 풍부한 곳이라고 할 수도 없다. 하지만 거기서 나고 자란 나에게는 거기서 길들여진 음식이 유난히 각별하고 짠할 수밖에 없다. 음식이 나라는 인간을 키운 탓이다.

　이 지방 음식에는 유독 콩가루가 많이 들어간다. 칼국수나 건진국수는 타지에 비해 콩가루의 배합률이 아주 높다. 건진국수는 옛

적에 여름날 귀한 손님을 접대할 때 만들었다는 음식이다. 칼국수를 찬물에 씻어 미리 준비해둔 멸치국물에 고명을 얹어 먹는데, 이 역시 밀가루에 콩가루를 적잖게 섞어야 면발이 고소해지고 퍼지지 않는다. 또 콩가루는 묵은 시래기찜이나 풋고추, 혹은 정구지찜에 필수적으로 들어간다.

나는 어려서부터 음식을 만드는 과정을 옆에서 지켜보는 게 좋았다. 칼국수와 만두를 만들기 위해 반죽을 주무르는 일은 신기했고, 닭개장을 만들기 위해 암탉의 목을 비틀고 털을 뽑는 아버지와 어머니의 손놀림을 바라보는 일은 늘 아슬아슬했다. 외할머니와 부엌 아궁이 앞에서 불을 지피며 밥 익는 냄새를 기다릴 때, 나는 마치 붉은 불을 운전하는 듯 착각에 빠지기도 했다.

어느 가을날, 내가 잡아온 물고기들을 내려다보며 아버지가 말했다.

"물고기는 가을 물고기가 역시 최고지!"

아버지는 술안주를 생각하며 그렇게 말씀하셨겠지만, 나는 그때 '가을'과 '물고기'라는 언어가 결합할 때 어떤 향취가 나는지 처음 알았다. 음식에 관한 기억은 이렇듯 또렷해서 내가 과거에 먹은 것, 씹은 것, 마신 것, 뱉은 것을 비롯해 음식을 주인공으로 삼아 20여 편의 시를 썼다. 이 시들은 아홉 번째 시집 『간절하게 참 철없이』(창비, 2007)에 실려 있다.

태평추라는 음식을 아시는지?

어릴 적 예천 외갓집에서 겨울에만 먹던 태평추라는 음식이 있었다

객지를 떠돌면서 나는 태평추를 잊지 않았으나 때로 식당에서 메밀 묵무침 같은 게 나오면 머리로 떠올려 보기는 했으나 삼십 년이 넘도록 입에 대보지 못하였다

태평추는 채로 썬 묵에다 뜨끈한 멸치국물 육수를 붓고 볶은 돼지고 기와 묵은지와 김 가루와 깨소금을 얹어 숟가락으로 훌훌 떠먹는 음식 인데 눈 많이 오는 추운 날 점심때쯤 먹으면 더할 수 없이 맛이 좋았다 입가에 묻은 김 가루를 혀끝으로 떼어 먹으며 한 번도 가보지 않은 바 다며 갯내를 혼자 상상해본 것도 그 수더분하고 매끄러운 음식을 먹을 때였다

저 쌀쌀맞던 80년대에, 눈이 내리면, 저 눈발은 누구를 묶으려고 땅 에 저리 오랏줄을 내리는가? 하고 붉은 적의의 눈으로 겨울을 보내던 때에, 나는 태평추가 혹시 귀한 궁중음식이라는 탕평채가 변해서 생겨 난 말이 아닐까, 생각해본 적이 있었다

허나 세상은 줄곧 탕탕평평(蕩蕩平平)하지 않았다 한쪽으로 치우치지 않고 탕평해야 태평인 것인데, 세상은 왼쪽 아니면 오른쪽으로 기울기 일쑤였고 그리하여 탕평채도 태평추도 먹어보지 못하고 나는 젊은 날 을 떠나보내야 했다

그러다가 술집을 찾아 예천 어느 골목을 삼경(三更)에 쏘다니다가 태

평추, 라는 세 글자가 적힌 식당의 유리문을 보고 와락 눈시울이 뜨거
워진 적 있었던 것인데, 그 앞에서 열리지 않는 문을 두드리다가 대신
에 때마침 하늘의 문이 열리는 것을 보고 말았던 것인데,

　그날 밤 하느님이 고맙게도 채 썰어서 내려 보내주시는 굵은 눈발을
툭툭 잘라 태평추나 한 그릇 먹었으면 하고 간절하게, 간절하게 참 철
없이도 생각해본 적이 있었던 것이다

「예천 태평추」 전문

다른 지역에서는 묵밥, 혹은 묵무침 정도로 부를 것 같은 음식이
다. 그렇게 쉽게 불러도 될 터인데 예천 사람들은 왜 태평추라는, 사
전에도 없는 자못 심각하고 점잖은 이름을 붙였을까? 이 나라 어디
에서도 나는 이런 이름을 듣지 못했다. 몇 해 전, 예천 읍내 어느 식
당 간판에 태평추라는 말이 적혀 있는 걸 보고 나는 심장이 마구 요
동치는 듯했다.

그리하여 30년 넘게 먹어보지도 못하고 발음해보지도 못한 태평
추라는 음식의 근원과 말의 뿌리를 시를 통해 따져보고 싶었다. 가
난하고 힘겹게 살던 옛 사람들은 차가워진 묵을 데워 먹으며 뜨끈
한 태평성대를 꿈꾸었을까? 보잘것없는 음식이지만 그 이름에 궁중
음식 탕평채의 하중을 실어 스스로 무게감 있는 존재가 되고 싶었
을까? 음식 이름 하나에도 고향은 이렇게 알싸한 것.

나는 가겟집 아이였으므로 우리 집에는 군것질거리들이 즐비했

다. 하지만 한겨울에 칠성사이다 달라고 조르다가 내복 바람으로 쫓겨난 적도 있다. 그렇게 열두 살까지 가게에 방이 하나 딸린 풍산의 안교동 셋집에서 오래 살았다. 그 단칸방은 서너 평 되었을까? 오글오글 살았다고 말하는 게 더 정확할 것 같다.

> 연탄불 꺼진 날 솜이불 덮어쓰고 개구리같이 쪼그리고 있으면
> 동생과 내 입김으로 서로 훈훈해져서 금세 잠들고 말던 집
> 셋째와 넷째가 태어나도록 우리 여섯 식구는 이사도 안 가고
> 그 단칸방에서 살았는데 예천농고 농구선수였다는 아버지
> 주무실 때 두 다리 쭉 뻗는 걸 한 번도 못 보았으며
> 그래서 이불이 천막 같아서 잠잘 때마다 무릎이 서늘하던 집
>
> 「집」 부분

풍산은 3일과 8일에 장이 서는 곳이다. 학교를 가려면 반드시 장터를 통과해야 했다. 흥청대던 장날 풍경은 마치 잔치 같았다. 특히 우시장으로 몰려들던 검은 코트의 소장수들은 언제 보아도 어깨가 넉넉했고, 입으로 불을 뿜는 차력사는 위대하였다. 장이 서지 않는 날은 뼈대만 앙상한 각목 구조물 사이가 우리들의 놀이터였다. 그 풍산장터에서 나는 지나가는 소달구지에 매달렸고, 자전거 타는 걸 처음 배웠고, 국회의원 후보들의 유세에 귀를 기울였으며, 가설극장을 기웃거리다 저녁이 되어도 귀가하지 않는 아버지를 찾아 '갈매기옥'이라는 간판을 단 술집 마당을 자주 밟았다.

아버지의 가게는 한순간에 기우뚱거렸다. 중간 도매상을 거치지 않는 농협의 슈퍼체인 시스템이 자생적 소상인이 설 자리를 잠식했기 때문이다. 아버지가 살 길을 찾아 집을 비우는 일이 잦아질수록 가게의 물건에는 먼지가 쌓여갔다. 70년대 초반의 산업화 바람은 작은 면소재지의 초등학교 아이들에게 도시로 오라고 달콤한 사탕을 내밀었다. 나도 도회지로 나가 공부를 하고 싶었다. 일제 때 심었다는 플라타너스 세 그루가 운동장 가운데 버티고 서 있던 풍산초등학교를 6학년 봄까지 다니고 나는 사촌형을 따라 대구로 가는 직행버스에 몸을 실었다. 꽤나 때 이른 탈향이었다. 그렇게 스스로를 유폐시켰다는 생각을 하면서 나는 참으로 간절하게 시인이 되기를 바랐는지도 모르겠다. 그리운 게 많았으므로.

고 계집애 덧니 난 고 계집애랑

나랑 살았으면 하고 생각했었다 1학년 때부터 5학년 때까지

목조건물 삐걱이는 풍금소리에 감겨 자주 울던 아이들

장래에 대통령 되고 싶어하던 그 아이들은

키가 자랄수록 젖은 나무그늘을 찾아다니며 앉아 놀았지만

교실 앞 해바라기들은 가을이 되면 저마다 하나씩의 태양을 품고

불타올랐다 운동장 중간에 일본놈이 심어놓고 갔다는

성적표만 한 낙엽들을 내뱉던 플라타너스 세 그루

청소시간이면 나는 자주 나뭇잎 뒷면으로 도망가 숨어 있었다

매일 밤마다 밀린 숙제가 잠끝까지 따라 들어오곤 하였다

붉은 리트머스 종이 위로 가을이 한창 물들어갈 무렵

내 소풍날은 김밥이 터지고 운동회날은 물통이 새고

그래 그날 주먹 같은 모래주머니 마구 던져대던 폭죽터뜨리기

아아 그때부터였다 청군 백군 서로 갈라져

지금에 이르고 감추어둔 비둘기와 오색 종이가루를 찾기 위하여

우리가 저 높은 곳으로 돌멩이 같은 것을 던지기 시작한 것은

그런데 소식도 없이 기러기 기러기는 하늘에다 길을 내고

겨울이 오면 아이들은 변방으로 위문편지를 쓰다가

책상 위에 연필 깎는 칼로 휴전선을 그었다

그 부끄러운 흔적 지우지 못하고 6학년이 되었을 때

가슴속 따뜻한 고향을 조금씩 벗겨내며 처음으로

나는 도시로 가고 싶었다 그렇지만 날이 갈수록 고 계집애

고 계집애는 실처럼 자꾸 나를 휘감아왔다

「풍산국민학교」 전문

  책을 새로 출간할 때마다 내 프로필에 경북 예천 출생이라는 것을 빠뜨리지 않고 적고 있지만 나는 아직도 예천을 잘 모른다. '고향'이라는 말은 친숙하면서도 낯설다. 아직까지 둘러보지 않은 곳도 많다. 일찍이 고향을 떠난 탓아인 탓이다. 어린 날 그저 슬쩍 지나쳤던 예천읍 남본리의 개심사지 5층석탑을 찾아가게 되면 거기서 한 시간쯤은 머물고 싶다. '솔개들'로 부르는 들판 한가운데 우뚝 서 있는 이 탑은 지금 내가 사는 곳에서 가까운 익산 왕궁리 5층석탑을

닮아 있다. 사진으로만 본 한천사 철조여래좌상은 전북 남원 실상사의 약사여래불과 철불이라는 점에서 엇비슷하다. 시간이 된다면 선몽대 옆에 펼쳐진 내성천도 보고 싶고, 용문면 초간정과 그 주변 숲도 둘러보고 싶다. 그리고 골목을 쏘다니며 어느 식당이 음식을 맛깔나게 만들어 차려내는지 기웃거려 보고 고향의 그 음식들을 입에 넣어보고 싶다.

이상한 시인의 나라

우리나라만큼 시인이 많은 나라도 흔치 않을 것이다. 한 문예지의 조사에 따르면 주요 문인 단체에 등록된 문인의 수는 7천 명을 웃돈다고 한다. 그중에 절반이 시인이다. 그런데 한 가지 재미있는 통계가 덧붙어 있다. 이 중에서 지속적인 작품 활동을 하는 문인의 수는 1천여 명에 불과하다는 것이다. 그것도 적지 않은 숫자이지만, 그러면 나머지 6천여 명은 대체 무슨 의미를 지닌 문인일까?

가끔 이런 통계를 접할 때마다 글쓰는 사람으로서 곤혹스런 마음을 숨길 길이 없다. 곳곳에 돌멩이처럼 널린 게 시인이라는 자탄에 빠지기도 한다. 수천 명의 시인이 웅크리고 있는 나라, 이 나라에서 시를 쓰는 일이 세상에 누가 되는 일이 되지 않을까 겁이 나는 것도 사실이다. 시인이 많은 나라라면 '시적인' 일들이 넘쳐나야 마땅하다. 하지만 날이 갈수록 '비시적인' 생각과 행동이 우리 사회를 지배하며 움직이고 있지 않은가.

시인이 이렇게 양적으로 팽창하게 된 원인은 우선 우리나라 사람들이 전통적으로 '시문(詩文)'에 대한 경외감을 가지고 있다는 점을 들

수 있을 것이다. 시가 밥이 되고 돈이 되지는 않지만, 정신을 더 높은 차원으로 이끌어 올리며, 더 맑게 순화한다는 믿음을 가지고 있는 것이다. 또한 일제강점기의 민족혼을 시를 통해 확인한 경험을 공유하고 있으며, 군사독재 시절의 암흑기에는 시가 저항의 선두에 섰던 점을 무의식 속에 잊지 않고 있기 때문이 아닐까 싶다. 그러니까 한국인들은 시를 읽으며 새로운 세상에 대한 꿈을 다독여왔다고 할 수 있다.

그래서일까. 우리나라만큼 시집의 출판이 활성화된 곳도 지구상에 별로 없다. 70년대 후반부터 유수한 문학 전문 출판사들은 너도 나도 시집 출간을 선도하고 있다. 문단에 데뷔한 이후 시인들이 이런 출판사에서 시집을 내는 것은 시인으로서의 역량을 다시 한 번 인정받는 결과가 된다. 하지만 이들 출판사가 시집을 내고자 하는 시인들을 다 수용하지는 못한다. 그래서 시인 자신이 출판비를 부담하고 수백 부씩 자비 시집을 내는 경우도 허다하다.

가끔 운 좋은 시집은 대중의 사랑을 톡톡히 받는다. 물론 대중적인 인기를 누린다고 해서 다 좋은 시집이라고는 할 수 없다. 실제로 대중의 인기를 미리 염두에 두고 출간된 수준 이하의 시집들이 없는 것도 아니다. 청소년들이 주로 즐겨 찾는 그런 상업적인 시집 말고 문학성을 인정받는, 이른바 정통 시집도 서점에서 당당히 주목을 받는 일도 자주 있다. 외국인들이 본다면 정말 이상한 시인의 나라라고 할 만하다.

90년대 이후 여러 대학에서 문예창작학과와 사회교육원에서 창작 프로그램을 앞다투어 개설하고 있는 것을 비롯해 각종 문예창작

강좌가 늘어나고 있는 현상도 그만큼 창작의 열기가 높다는 것을 방증하는 것이다. 문인 양성이라는 눈에 보이는 성과에 급급한 나머지 글쓰기의 기술적 전수와 훈련에만 치중하는 게 아니냐는 비판도 일각에서 제기되고 있다. 혼을 짜내는 글쓰기의 근본정신이 훼손되어서는 안 된다는 뜻일 것이다.

문인이 된다는 것, 혹은 시인이 된다는 것이 단순히 개인적 욕망을 채우는 일로 끝나는 것 같아 서글퍼질 때가 있다. 특히 시를 장신구로 활용하고 싶은 사람들을 유혹하는 데 앞장서고 있는 문예지를 보면 역겨움이 느껴진다. 등단 기회 제공을 최후의 목적으로 하는 정체불명의 문예지의 범람은 어제오늘의 일이 아니다. 그런 잡지에 유혹 당한 사람들은 자신의 가슴에 시인이라는 명찰을 달아준 대가로 정해진 거래를 따라야 한다. 수백 부씩 그 잡지를 구매해야 하고 편집자에게는 전혀 문학적이지 않은 향응도 제공해야 한다. 말하자면 시인을 사고 파는 것이다. 이러한 시인들이 특정 문인단체에 가입을 하고 회장 선출 등의 투표권을 행사하면서 또 하나의 문단 권력 만들기에 기여한다는 이야기도 들었다. 그들이 바로 이상한 시인의 나라를 만드는 사람들이다.

제대로 된 시인의 나라는 진정 만들 수 없나. 시인이 되는 일에 급급해 문학의 물을 흐리는 미꾸라지가 되지 말고 시를 읽고 쓰는 행위를 통해서 스스로가 맑아지는 꿈을 꿀 수는 없나. 시인이라는 간판을 그럴싸하게 걸어놓고 전을 펼치지 않아도 그 삶이 곧 시인인 사람 어디 없나.

나는 왜 문학을 하는가

이른바 전업작가가 되려는 마음을 품었을 때, 솔직히 나는 밥이 걱정이었다. 시인은 가난하게, 그리고 엄숙하게 살아야 된다는 통념이 널리 유포되어 있는 한국 사회에서 문학으로 밥을 얻겠다고? 그게 가당한 일이기는 할까? 내가 불순한 꿈을 꾸는 게 아닌가 하고 스스로를 의심한 적도 있었다. 문학에 비해 밥은 여전히 불경스러운 것처럼 보였기 때문이다.

그럼에도 청탁이 오는 대로 넙죽넙죽 받아서 밤새워 자판을 두드렸다. 호구지책이었다. 한 해 동안 2천 매 가까이 산문을 쓴 적도 있었다. 그렇게 하고 나니까 바닥이 보였다. 더 이상 물러설 데도 나아갈 데도 없었다. 기껏 한 공기의 밥을 위해 나를 소진시켜야 한다는 말인가. 또 다른 회의가 나를 짓눌렀고, 다시 시작하지 않으면 안 된다고 문학이 내 속에서 자꾸 꿈틀거렸다.

내가 문학을 여기까지 데리고 온 게 아니었다. 문학이 몽매한 나를 여기까지 끌고 왔다. 글쓰기란, 나라는 인간을 하나씩 뜯어고쳐 가는 일이었던 것 같다. 문학에 의해 변화된 내가 흔들릴 때마다 문학은 다시 나한테 회초리를 갖다댔다. 문학은 나에게 늘 초발심의 불꽃을 일으키는 매서운 매였다. 문학은 엄하고 무섭지만, 그런 이유 때문에 나는 문학을 가르쳐준 세상에 대해 고맙게 생각한다.

특히 나는 80년대와 함께 이십대의 청춘을 보냈다는 것이 더없이 고맙다. 80년대는 풋내기 문학주의자에게 세상이 모순으로 가득 찬 곳이라는 걸 충격적으로 보여주었다. 스무 살의 봄날, 시집을 끼고 앉아 새우깡으로 소주를 마시다가 계엄군에게 걸려 묵사발이 되도록 얻어터진 적이 있었다. 그날 이후, 시집보다 역사나 사회과학을 읽는 날이 더 많아졌다. 가슴에 '펜은 무기다'라는 문구가 쓰인 티셔츠를 입고 돌아다니기도 했다. 골방에서 광장 쪽으로 내 관심이 서서히 이동하고 있다는 것을 천연덕스럽게 드러내면서 말이다.

하지만 현실 속으로 머리를 들이밀수록 시대의 무거움이 버거워 나는 끙끙댔다. 그 끙끙대던, 그 전전긍긍하던 시간들을 나는 참으로 소중하게 여긴다. 문학이 현실 속에서 어떻게 긴장하고 현실에 어떻게 기여해야 하는가. 어떻게 보면 단순한, 그렇지만 한 번은 반드시 통과해야 할 그런 고민을 어깨에 얹어준 것만으로도 80년대에게 빚진 게 많다. 지금은 아무도 그런 빚을 얻으려고 하지 않는 세상이지만, 그 빚을 갚으려고 나는 쓴다.

내 등단 작품의 제목이 「서울로 가는 전봉준」인데, 왜 하고 많은 인물들 중에 하필이면 시에다 전봉준을 불러냈을까. 이유는 간단하다. 이 시를 쓰게 한 것은 역사책 속에 남아 있는 전봉준의 사진 한 장이었지만, '광주'로 일컬어지는 당대의 현실을 지나간 역사를 앞세워서라도 드러내 보이고 싶었던 것이다. 그게 이 세상한테 시로써 빛을 갚는 일이라고 생각했다.

물론 이 시에도 상투적인 엄살이, 눈에 거슬리는 부분이 있다는 것을 인정한다. 예를 들면 '이름 없는 들꽃'과 같은 표현이 그렇다. 너무 유치하기까지 해서 지금 들여다보면 몸 둘 바 모르겠다. 하지만 당시에는 나한테 그것보다 더 절실한 노래는 없었다. 한국에서 시 쓰는 자가 '어둠'이라는 비유를 자기 검열 없이 쓸 수 있게 된 시기는 그리 길지 않다. 채 20년도 되지 않는다. 그러고 보면 이 땅에서 시를 쓰는 일은 슬픔이자 또한 축복이라는 생각이 든다.

어느 날 문득 '이름 없는 들꽃'이 '애기똥풀'로 보이게 된 시기가 있었다. 해직교사 생활을 마감하고 복직을 했을 때였다. 복직은 모처럼 찾아온 기쁨이었지만, 그것은 다른 한편으로는 씁쓸한 절반의 승리였다. 전교조 활동을 하지 않겠다는 각서를 쓰고 신규 채용 형식으로 학교로 돌아간 것이었다. 우리는 거리에서 머리띠를 두르고 싸웠으나, 돌아간 학교는 변한 게 아무것도 없었다. 세상이 벽처럼 느껴졌다. 그 벽을 무너뜨리는 싸움을 다시 시작한다는 것은 무모한 일이었다. 무엇보다 나는 지쳐 있었다.

동지는 간 데 없고 깃발만 나부끼는 참담한 세월 속에서 내가 유일하게 할 수 있었던 것은 그나마 시를 쓰는 일 뿐이었다. 돌아보면 80년대는 현실의 신명과 시의 신명이 일치하던 시기였다. 현실과 시는 서로 앞서거니 뒤서거니 하면서 마치 기관차처럼 내달릴 수 있었다. 시가 예술성의 울타리를 넘어 탈선을 감행해도 용인을 해주던 시대가 끝나자, 기관차도 기관사도 승객들도 모두 길을 잃고 망연히 철길가에 주저앉아버렸다.

삶과 문학, 두 가지를 앞에 놓고 나는 뭔가 전환의 기회로 삼지 않으면 안 된다고 나 자신한테 주문했다. 그 주문의 목록은 대충 이런 것들이다. 시에서 지나친 과장과 엄살을 걷어낼 것, 너무 길게 큰 소리로 떠들지 않을 것, 팔목에 힘을 빼고 발자국 소리를 죽일 것, 세상을 망원경으로만 보지 말고 때로 현미경도 사용할 것, 시를 목적과 의도에 의해 끌고 가지 말고 시가 가자는 대로 그냥 따라갈 것, 시에다 언제나 힘주어 마침표를 찍으려고 욕심을 부리지 말 것, 시가 연과 행이 있는 양식이라는 점을 분명히 인식할 것…….

그러자 바깥에서 또 다른 주문이 들어왔다. 이 세상은 복잡하고 갈등으로 얽혀 있는 곳인데, 당신의 시는 그런 갈등을 드러내는 것보다는 너무 편안하고 화해하는 쪽으로 한 발 앞서가 있는 게 아닌가? 당신의 시는 낭만적인 구름 위에서 거친 땅으로 좀 내려와야 하지 않겠는가?

그 주문에 나는 이제 대답을 해야 한다. 하지만 술자리에서 취중에 떠들거나 어쭙잖은 산문으로 나는 대답하지 않을 생각이다. 오직 시로 나는 말해야 한다. 그리고 서두를 필요도 없다. 시는 천천히 오래도록 쓰는 것이기 때문이다.

한 편의 시를 위해서 무엇보다 오랜 시간이 필요하다는 것을 나는 안다. 그래서인지 시를 쓰는 동안에는 시간이 잘 간다. 마치 애인하고 함께 보내는 시간처럼. 남의 시를 읽을 때도 시인이 장인적 시간을 얼마나 투여했는지 유심히 살펴본다. 시간을 녹여서 쓴 흔적이 없는 시, 시간의 숙성을 견디지 못한 시, 말 하나에 목숨을 걸지 않은 시를 나는 신뢰하지 않는 편이다.

시를 읽고 쓰는 것, 그것은 이 세상하고 연애하는 일이라고 종종 생각한다. 연애 시절에는 나뭇잎 떨어지는 소리 하나에도 예민하게 반응하고, 연애의 상대와 자신의 관계를 통해 수없이 많은 관계의 그물들이 복잡하게 뒤얽힌다는 것을 생각하고, 그리고 훌륭한 연애의 방식을 찾기 위해 모든 관찰력과 상상력을 동원해야 한다. 연애는 시간과 공을 아주 집중적으로 들여야 하는 삶의 형식 중의 하나인 것이다. 가슴으로만 하는 연애, 손끝으로만 하는 연애도 나는 경계한다. 가슴은 뜨겁지만 쉽게 식을 위험이 있고, 손끝은 가벼운 기술로 사랑을 좌우할 수도 있다. 가슴과 손끝으로 함께하는 연애, 비록 욕심이라 할지라도 내 시는 그런 과정 속에서 태어나기를 꿈꾼다.

전주 근교에 마련해둔 작업실을 더 자주 가야 한다. 완주군 구이면이라는 지명을 따서 친구들이 붙여준 이름이 '구이구산(九耳九山)'이다. 겨우 시 몇 줄 끼적이는 시인 주제에 무슨 작업실이냐고, 누군가 핀잔을 준다 해도 괜찮다. 전업으로 글을 쓰면서 나는 시도 때도 없이 걸려 오는 전화 때문에 골머리를 앓곤 한다. 전화는 도대체 외로워할 틈을 주지 않고, 나를 지치게 만든다. 전화는 나를 불러내고, 나에게 독촉하고, 내가 전화기 옆에 붙어 살도록 명령한다. 그래서 나는 전화벨 소리가 들리지 않는 곳으로 피신해서 외로움이라는 사치를 좀 누리는 중이다.

문학은 여전히 외로운 자들의 몫이라고 생각한다. 외로움을 모르는 문학이 있다면, 외로움의 거름을 먹지 않고 큰 문학이 있다면 그 뿌리를 의심해봐야 한다. 글을 쓰는 일은 외롭기 때문에 아름다운 일인지도 모른다.

그런 점에서 문학하는 일은 헛것에 대한 투자임이 분명하다. 미국의 어느 교육 심리학자가 "태양에 플러그를 꽂는 일"이 창의성이라고 말한 것처럼 시를 쓰는 일 또한 그와 별반 다르지 않다. 아무것도 손에 잡히지 않는 헛것인 줄 알면서도 그것을 쫓아가는 동안 나는 시인이다.

그 많던 문학소녀들

　김소월이며 윤동주 시집을 옆에 끼고 다니던 그 아름다운 누나들은 다 어디로 갔을까?

　일선 교사들에 의하면 이제는 중고등학교에서도 문학소녀를 찾아볼 수 없다고 한다. 청소년들은 시험에 대비해 억지로 시를 공부할지언정 시를 그 자체로 즐기지 않는다는 것이다. 내 교양강의를 듣는 100여 명의 학생 중에도 최근 1년 안에 서점에서 시집을 구입해본 사람은 열 손가락을 넘지 않는다. 그러나 영화관에 간 횟수를 물었더니, 일일이 헤아릴 수 없을 정도였다. 영화는 비로소 흥하고 시는 드디어 망한 것일까?

　얼마 전에 참으로 좋은 시인 한 분이 돌아가셨다. 오규원 선생이다. 연예인의 교통사고는 네티즌들을 뜨겁게 달구기 일쑤인데 시인의 죽음은 아무도 기억해주지 않는다. 신문의 부고란 한 귀퉁이를 쓸쓸하게 차지할 뿐. 내 책꽂이에 꽂혀 있는 오규원 시인의 시집 『사랑의 기교』는 1977년에 찍은 것이다. 고등학생 때 서점에서 700원을 주고 샀다. 그 무렵 커피 한 잔 값이 천 원쯤 했을까? 우리는 커피 한 잔으로 혀끝의 달콤한 순간을 소비하고 만다. 그렇지만 이 시집은 30년 넘게 내 옆에 아주 가까이 머무르고 있다. 감동의 두께도 변하지 않고 말이다.

시집을 소장한다는 것은 특별한 감동을 소장한다는 것이다. 그럼에도 요즘 사람들은 왜 도통 시를 읽지 않는 것일까? 시가 은유와 상징체계로 이루어져 난해하기 때문이라고? 하지만 그건 게으른 자의 변명이다. 내가 읽어본 시 중에는 해독이 불가능한 시보다는 특별한 즐거움을 주는 시가 훨씬 많다. 특별해지고 싶다면, 생의 특별한 감동을 원한다면 시를 좀 읽을 일이다. 이제부터라도 돈과 부동산으로만 인생을 바꾸려는 가련한 영혼들과는 과감하게 결별하고 시하고 친해질 수 없을까?

시는 삶을 돌아보게 하거나 지친 이에게는 이 세상이 살아볼 만한 곳임을 가르쳐준다. 시어 하나의 울림이 주는 파장 때문에 시를 읽다가 눈시울이 문득 뜨뜻해진 적이 있는 사람, 때로 시인의 엉뚱한 상상력이 주는 매력에 빠져 상투화되고 정형화된 세상을 혁신하고자 꿈꾸는 사람이 늘어났으면 좋겠다. 그렇게 되면 프랑스인이나 중국인들이 사석에서 자기 나라 시인들의 시를 줄줄이 암송하는 것을 부럽게 생각할 필요가 없게 될 것이다. 일본인들이 그들의 전통 시가인 하이쿠에 대해 자랑할 때 멀뚱하게 쳐다보는 일도 없어질 것이다.

국립공원관리공단에서는 국립공원의 입장료를 없애면서 기존의 매표소를 '시인마을'로 바꾸고 거기에 시집을 비치해놓았던 적이 있다. 주머니에 쏙 들어가는 크기의 예쁜 시집이었다. 공원을 드나드는 국민들이 자연과 더불어 시를 즐기는 모습은 얼마나 아름다운가. 산정에서 몇 편의 시를 읽고 내려오면 산 아래에서의 삶도 그만큼 시적으로 바뀌지 않을지?

컴퓨터 앞에서도 마음먹으면 시를 얼마든지 맛볼 수 있는 세상이다. 한국문화예술위원회에서 운영하는 사이버문학광장은 문학의 대중화에 앞장서고 있는 대표적인 사이트다. 이곳에서 보유하고 있는 콘텐츠는 그야말로 시의 성찬이라 해도 과언이 아니다. 문학 관련 동영상, 노래로 만든 시, 시낭송 플래시, 시인들의 신작, 문예지 우수작품 등 숱한 시들이 누군가 자신을 클릭해주기를 기다리고 있다. 시를 읽는 데 많은 시간이 필요하거나 큰돈이 드는 게 아니다.

일생에 단 한 번이라도 시집을 선물해보지 않은 사람이 있다고 치자. 그 불행한 사람을 나는 앞으로 교양인이라 부르지 않을 작정이다.

육필의 힘

육필의 힘은 언제나 나를 압도한다.

서울 남산 아래에 있는 '문학의 집'에서 문인들의 육필 전시회가 열린 적이 있었다. 거기에서 본 소설가 김주영 선생의 원고가 잊혀지지 않는다. 그분의 원고는 원고지 칸을 또박또박 채운 게 아니라, 백지의 여백을 빈틈없이 메운, 무슨 추상화 같은 느낌으로 처음에 다가왔다. 가까이 다가가서 보니 백지를 메우고 있는 것은 정말 깨알처럼 촘촘하게 들어박힌 글자들이었다. 글자 하나가 얼마나 작은지, 개미가 꼬리에 꼬리를 물고 끊임없이 이어지는 형상에 다름 아니었다. 평소에 선생은 매우 호탕한 성품의 소유자로 알고 있었는데, 작업에 들어가면 저리 꼼꼼한 '좀팽이'의 글쓰기를 하시는구나 싶어 경이롭기까지 했다. 그리고 한편으로 그 작은 글자 하나마다 혼을 불어넣으며 글쓰기에 임했을 시간을 생각하니, 그 육필 원고 앞에서 나는 저절로 옷깃을 여미지 않을 수 없었다.

글을 처음 쓰기 시작했을 무렵, 그러니까 고등학교 1학년 때 문예반에 들어가면서 내가 맨 먼저 배운 '문학'은 선배들의 글씨체를 흉내 내는 일이었다. 선배들처럼 글씨를 써야 적어도 선배들과 같은 수준의 작품이 나올 것 같았다. 지금은 소설가로 활동하고 있는 박덕규 선배는 그때부터 만년필로 아주 예쁘고 멋진 글씨를 썼다. 함부로 흘려 쓰지 않으면서도 자연스러운 느낌이 드는, 모범생의 필체 같으면서도 어딘가 모르게 문학청년의 냄새가 나는 그런 글씨였다. 그 필체를 연습한 덕분에 나는 그 선배의 귀여움을 톡톡히 받을 수 있었고, 때로 선배의 소설을 원고지에 옮겨 쓰는 대필자로서의 영광을 누리기도 하였다. 그 선배의 필체는 참으로 희한하게도 나를 거쳐 몇 해 동안 내 후배들을 감염시켰다. 우리는 글씨를 통해 원고 정서법뿐만 아니라 문학청년으로서의 자세를 배웠는지도 모른다.

습작 시절에는 글씨 못지 않게 어떤 원고지에다 글을 쓰는가 하는 것도 우리들의 매우 중요한 관심사 중의 하나였다. 흔히 문방구에서 구할 수 있는 붉은 줄이 쳐진 원고지는 첫 번째 기피 대상이었다. 우리는 뭔가 특별해지고 싶었던 것이다. 특정한 기관이나 단체, 출판사나 신문사 이름이 찍힌 원고지는 그것을 가지고 있는 것만으로도 괜히 우쭐댈 수 있었다. 문인들이 스스로 디자인한 개인용 원고지를 사용한다는 것을 알고는 나도 한 번은 그것을 흉내 낸 적도 있다. 그때 거금을 들여 미색 모조지에 찍은 녹색 줄의 400자 원고지는 옛날 습작 노트 속에 아직도 남아 있을 것이다.

원고지와 육필의 시대가 그 빛나던 야성을 잃고 과거 속으로 들어앉은 지 꽤 되었지만, 가끔 신춘문예 심사를 하다가 보면 그런 필체와 그런 원고지를 만날 때가 있다. 인쇄한 지 좀 오래된 듯 원고지의 모퉁이는 빛이 바랬고, 아주 유려한 만년필 필체로 정성을 들인 원고 말이다. 원고를 작성한 방법을 보면 대충 그 사람의 연령도 짐작할 수 있다. 하지만 안타깝게도 그런 원고에 쓰인 언어는 수십 년 전의 정서와 감각에 머물러 있기 십상이다. 세상으로 나가야 할 시기를 놓친 원고를 옆으로 제쳐두면서 나는 원고지라는 형식의 종말을 쓸쓸히 지켜보곤 하는 것이다. 실제로 신춘문예에 원고지에 육필로 작성한 원고가 예심을 통과하는 경우는 아주 드물다는 게 심사위원들의 공통된 의견이다.

내가 출판사에 넘긴 시집 원고의 형태도 세월의 변화와 무관하지 않았다. 첫 시집『서울로 가는 전봉준』은 당시 민음사의 주간으로 일하고 있던 황지우 시인의 제안으로 내게 되었는데, 그는 시집 출간 계획을 편지로 알려왔다. 갓 등단한 지방 시인이 당대 문학의 한 '중심'으로부터 편지를 받은 기분이 어떠했겠는가. 나는 서둘러 뿔뿔이 흩어져 있던 시를 200자 원고지에 정리했고, 직접 우체국에 가서 출판사로 부쳤다. 두 번째 시집『모닥불』(1989년 발행)과 세 번째 시집『그대에게 가고 싶다』(1991년 발행)에 실린 시들은 마음먹고 장만한 '마라톤 타자기'로 쓴 것들이다. 자판을 토닥토닥 두드리는 소리가 귓가에 쌓일 때마다 글쓰기의 괴로움도 쌓여갔지만, 글자를 쓰지 않고 친다는 것은 나로서는 신기하기만 한 일이었다. 타자기의 자판은 글을 쓰는 일의 엄격함을 시종일관 나에게 가르쳐주는 '선생'이기도 했다.

어느 날, 밤늦게 술에 취해 우리 집에 쳐들어온 후배 중의 하나가 나의 타자기 위에 '오바이트'를 한 사건이 벌어졌다. 오물을 뒤집어 쓴 수동 타자기를 보면서 나는 속으로 전동 타자기를 생각하고 있었다. '수동'에 비해 속도가 빠르고 소음도 적은 '자동'을 살까 말까 저울질을 하고 있을 때였다. 하지만 내 경제는 그런 호사를 누릴 만큼 넉넉하지 못했고, 또 '자동'의 전성기는 그리 길지 않았다. 개인용 컴퓨터라는 게 우리가 사는 세상으로 밀려오고 있었기 때문이다.

파란색 화면과 거기 쓰여지던 흰 글씨들, 그리고 타자기와는 다른 자판 형식 때문에 어쩔 수 없이 독수리 타법을 사용하던 286 컴퓨터! 나는 한 후배의 출판기획사 사무실에서 그를 처음 대면했다. 일반적인 타자기와 달리 무진장 지웠다가 다시 쓸 수 있다는 컴퓨터의 기능에 나는 그만 매료되고 말았다. 나는 시를 쓸 때 보통 수십 장의 파지를 내는 게 습관처럼 굳어버렸다. 그런데 컴퓨터는 얼마든지 많은 양을, 언제든지 고쳐 쓸 수 있는 기계였다. 글을 '쓸' 것인가, 글을 '칠' 것인가 하는 문제가 술자리의 안주거리로 등장하기도 하던 시절에, 나는 서슴없이 글을 '치는' 쪽에 줄을 서버렸다. 퇴고의 자유로움이 첫 번째 이유였다. 네 번째 시집 『외롭고 높고 쓸쓸한』(1994년 발행)에 들어 있는 시들은 286 컴퓨터와 도트 프린트가 낳은 자식들이다. 그후 다섯 번째 시집 『그리운 여우』(1996년 발행)의 원고를 출판사에 넘길 때까지만 해도 A4용지에 출력한 원고를 우편으로 보내는 식이었다.

원고를 이메일을 통해 보낼 수 있게 된 것은 가히 혁명적 변화라 할 만하다. 마감 시간 직전에 몇 번의 클릭으로 편집자에게 원고를 넘길 수 있게 된 것이다. 이제 자전거를 타고 우체국에 갈 필요도 없고, 우표에 침을 바를 일도 없어져버렸다. 우리는 지금 글을 '치'는 데 익숙해져 있지만, 그렇다고 글을 함부로 '쳐'서는 안 되겠다.

나의 낡은 편지 자루

어느 기업에서 주최한 '사랑의 편지 쓰기' 대회의 심사를 맡은 적이 있었다. 어린이부터 노인에 이르기까지 다양한 목소리가 담긴 편지를 훔쳐 읽을 수 있는 기회였다. 상금과 상품이 걸린 대회에 응모된 편지였지만 거기 적힌 사연들은 버드나무 잎사귀보다 많았다. 어떤 편지는 깨소금 같았고, 어떤 편지는 짭짤한 소금 같았다. 청아한 물맛 같은 편지도 있었다. 남의 일 같지 않은 상처와 그 상처를 치유하는 따뜻한 화해가 편지마다 묻어 있었다.

그런데 수상작을 결정하고 나서도 왠지 마음 한구석에 남는 아쉬움이 있었다. 그 까닭이 뭘까, 하고 생각해보니 두 가지가 걸렸다. 하나는 편지가 오늘의 형식이 아니라 과거의 형식으로 우리한테서 점점 멀어지고 있다는 안타까움이었고, 또 하나는 똑같은 크기의 종이에, 똑같은 활자체로 출력된 편지를 읽었다는 찜찜함이었다.

우리는 옛날에 편지에 담긴 내용만 읽었던 게 아니다. 한 자씩 정성 들여 쓴 글씨체, 편지지, 편지 봉투, 우표를 붙이는 위치와 모양까지도 모두 편지의 형식으로 이해하였다. 편지 봉투를 봉할 때의 손자국까지도 마음으로 읽고자 하였다. 편지에 마음을 담아 보낸다는 말이 결코 멋을 내기 위한 수사가 아니었다.

우리 집 베란다의 다용도실 깊숙한 곳에는 참 오래된 마대 자루가 하나 있다. 내가 여러 차례 집을 옮기는 동안에도 그 자루는 줄곧 나를 따라다녔다. 아니, 그것을 내가 내다버리지 않고 여태 데리고 다녔다는 말이 맞는지도 모르겠다.

그 자루 속에는 내가 한 40년 가까이 받은 편지들이 빼곡하게 들어 있다. 가끔 좀 한가해지면 노끈으로 묶어놓은 그 자루의 주둥이를 마음먹고 풀어봐야겠다는 생각을 하곤 한다. 하지만 오래된 과거를 찬찬히 열어보는 여유를 즐길 만한 생이 아니었기에 아직 한 번도 손을 대보지는 못했다. 또 나도 잘 기억하지 못하는 너무 많은 과거가 거기에 웅크리고 있을 것 같아서 두려운 생각이 드는 것도 사실이다. 낡은 자루 안에 무슨 영혼 같은 게 깃들어 있기야 하겠는가마는, 편지를 보낸 사람들의 마음의 무늬가 채워진 자루라고 나는 믿고 싶은 것이다.

그 자루 속에 어떤 편지들이 들어 있을까? 아마 어머니한테 받은 유일한 편지도 거기에 있을 것이다. 열세 살에 도시로 유학을 나간 어린 아들에게 시골 사는 어머니가 보낸 편지 말이다. 곤궁한 자취생이던 아들에게 소포로 참기름을 부치면서 어머니는 커다란 글씨로 이렇게 쓰셨던 것 같다. 참기름이 몸에 좋으니 콩나물이나 시금치 같은 나물을 무칠 때는 아끼지 말고 많이 넣어 먹어라……. 어린 나이였지만 그 참기름이란 말 때문에 나는 가슴이 좀 울렁거렸던 것 같고, 그후 수십 년이 지났지만 그 편지 속의 참기름은 머릿속에 도장처럼 찍혀 있는 말이 되었다.

문학소년 시절에 친구들이 보낸 편지도 거기에 들어 있을 것이다. 고등학교 3년 동안 편지를 주고받는 일은 문학에 빠져들기 시작한 우리에게 중요한 일과의 하나였다. 편지를 통해 우리는 자연스럽게 문장 연습을 한 듯하다. 누군가의 멋진 문장은 감탄과 함께 자주 질투의 대상이 되었다. 우리는 한껏 멋을 내느라고 볼펜보다는 만년필을 선호했으며, 흔해빠진 흰 봉투 대신에 누런 봉투를 찾아 쓰려고 문방구점을 전전했으며, 검은 줄이 그어진 양면괘지보다는 뭔가 좀 독특한 디자인의 원고지를 아껴가며 편지지로 사용하였다. 아름답고 정확한 문장을 쓰는 것만이 문학이 아니라, 어떤 봉투에 어떤 편지지를 사용하는가 하는 것도 문학이라는 것을 당시에 편지는 가르쳐주었다.

그 낡은 편지 자루 속에는 풋사랑이라고 이름을 붙일 법한 애틋한 감정의 물살이 찰랑거리고 있을 것 같고, 평소에 존경하던 선배 문인한테 편지를 받고 가슴이 둥둥거리던 시간이 들어 있을 것 같고, 이 세상의 모든 악동과 천사들이 한 식구인 양 차곡차곡 어깨를 대고 숨을 쉬고 있을 것 같다.

근래에는 나조차 펜을 들고 편지를 써본 지도 참 오래되었다. 편지 대신에 간편한 인터넷 메일을 이용하면서 우리는 봉투에다 정성껏 우표를 붙이던 손을 잃어버렸다. 빨간 우체통 속에 얼마나 많은 편지가 들어 있을까 가늠해보던 마음의 눈도 잃어버렸다.

오래된 편지로 가득한 배불뚝이 자루가 날이 갈수록 자꾸 근친 같다는 생각이 드는 것은 무슨 까닭인가.

편지 한 장 안 쓴 가을

내 어린 시절, 어머니는 군대 간 외삼촌에게서 온 편지를 나더러 읽으라고 하셨다. 글을 읽고 쓸 줄 아는 어머니였지만 '군사우편'이라는 푸르스름한 글자가 찍힌 편지봉투를 뜯어 그 내용을 소리 내어 읽는 일은 내 몫이었다. 그때마다 어머니는 훌쩍이며 손등으로 눈물을 닦았다. 울기 위해 나한테 편지를 읽으라고 하나? 나는 입술을 삐죽이며 그렇게 생각했다.

외삼촌에게 답장을 쓰는 일도 나한테 시키셨다. 나는 방바닥에 엎드려 어머니가 구술하는 사연을 연필로 또박또박 받아 적었다. 우체국에 가서 우표를 사서 붙이고 편지를 우체통에 넣으면서 나는 또 이렇게 생각했다. 편지가 가닿을 '전방'이라는 곳은 아주 살벌하고 무시무시한 곳일 것이다! 우리 어머니를 울게 만드는 곳이니까!

"가을엔 편지를 하겠어요. 누구라도 그대가 되어 받아주세요."

고은 시인이 작사하고 김민기가 곡을 붙인 '가을편지'다. 요즘 같은 늦가을에 자주 들리는 노래다. 입으로 노래를 흥얼거리면서도 가슴 한쪽이 괜히 뜨끔해진다. 펜으로 쓴 편지를 보내본 기억이 가물가물하기 때문이다. 글 쓰는 일을 업으로 삼고 있는 나마저 편지를 써본 지 오래된 것이다. 편지가 오늘의 형식이 아니라 과거의 형식으로 점점 멀어지고 있는 현실이 참으로 아득하게 느껴진다.

세상은 편리해지고, 시계침은 과거보다 더 빨리 돌아가지만 우리는 왜 그다지 행복하지 않은 것일까? 편지 한 장 써보지 않고 가을을 보냈기 때문이 아닐까? 가끔 우체국 앞을 지나가다 보면 우체통이 그렇게 쓸쓸해 보일 수가 없다. 우체통이 금방이라도 울음을 터뜨릴 것만 같다.

시를 권하는 사회

시집을 내고 출판사에 가서 수백 부의 사인 판매본에 이름을 적어본 적이 있다. 인터넷 서점을 통해 팔려나갈 거라 했다. 몇 시간 동안 똑같은 글자를 쓰고 나니 오른쪽 집게손가락이 쪼개질 듯 아렸다. 이 짓을 왜 하나 싶어 잠시 툴툴거렸지만 누구를 탓할 일은 아니었다. 시집을 한 권이라도 더 팔아주겠다는데!

시를 쓰고 가르치는 일을 생업으로 삼고 있으면서도 정작 시의 효용성이나 대중성에 대한 이야기가 나오면 나는 슬그머니 고개를 돌렸다. 드높은 정신의 영역을 다루는 자가 그런 사소한 주제에 매달리면 안 된다고, 시인은 그저 점잖고 고매하게 창작에만 매진하는 존재여야 한다고 생각했다. 시가 어떠한 경로로 독자에게 전달이 되고, 시집의 주요 독자층이 어떻게 분포되어 있는지를 궁금해하는 일은 천박한 것으로 치부해버리곤 했다.

문화예술위원회의 사이버 문학광장에서 운영하는 '문학집배원' 노릇을 1년 간 하고 나서 생각이 좀 바뀌었다. 현역 시인들의 시를 골라서 매주 한 편씩 이메일로 배달하는 게 내 임무였다. 나는 시를 기다리고 찾아 읽는 이들이 의외로 많다는 것을 알았다. 놀랍게도 우리 국민들은 '아직도' 시를 즐겨 읽고 있는 것이다.

일간지에 간간이 시가 실리는 나라, 한 해에 수천 편의 시가 발표되는 나라, 수많은 인터넷 사이트에 헤아릴 수 없는 시가 헤엄치고 있는 나라는 지구상에 우리나라밖에 없다. 분명 우리는 풍성한 시의 나라에 살고 있다. 어찌 보면 우리 시인들은 미디어의 덕을 톡톡히 보고 있다는 생각도 든다.

시는 형태의 특성상 다른 장르의 창작물이 따라올 수 없는 기동성을 갖추고 있다. 길이가 짧기 때문에 독자의 입장에서 가독성은 또 배가된다. 누구나 카페나 블로그에 옮길 수 있고 메일로 쉽게 보낼 수 있다. 마치 유격전에 능숙한 게릴라 같다고도 할 수 있겠다. 저 80년대에 각종 대자보나 유인물을 통해 시가 어떻게 활용되었던가를 떠올려보면 인터넷 공간은 하나의 통로가 되기에 부족함이 없다.

시가 '속도'에서 먼 곳에 존재하는 듯하지만 오히려 시가 배타적으로 생각하는 속도를 활용하는 형국이라고나 할까. 이것이 시를 발표하는 시인의 의지와 상관없이 이루어진다는 점에 우리는 주목할 필요가 있다. 물론 여기에는 저작권이나 전송권의 문제가 발생할 여지가 있는 게 사실이다. 개인적인 생각으로는 특정 인터넷 사이트가 상업적 이득을 염두에 둔 게 아니라면 시인의 입장에서는 저작권에 대해 당분간 관대할 필요가 있다고 본다. 독자들이 시를 산소로 생각하고 들이마시고 싶어 한다면 산소에 대한 소유권을 지나치게 주장하는 것은 오히려 시를 소외시킬지도 모르기 때문이다.

종이매체로 발표되는 시의 엄숙성이나 전문성 자체를 무시하자는 말이 아니다. 지금은 그동안 시를 써온 시인들이 좀 더 적극적으로 인터넷에 마음을 열고 개입할 때가 되었다고 생각한다. 이제까지 인터넷상의 시 발표의 장은 설익은 아마추어리즘이 지배해온 점을 부인할 수 없다. 최소한의 능력과 품격을 갖추지 않은 시인의 양산, 숙성이 안 된 시와 내용 없는 '삿대질비평'의 범람, 그리고 시의 무분별한 이동 과정에서 숱한 기형이 생기는 것을 보며 눈살을 찌푸린 적도 많았을 것이다. 그렇다고 해서 맞춤법이 뒤틀리고, 행이 꼬이고, 연이 떨어져나간 자신의 시를 두 손 놓고 바라보기만 해서는 시의 앞날이 불행해질 뿐이다.

한 발짝 더 나아가보자. 한국 문학의 세계화를 소리 높여 이야기하면서 우리는 늘 기죽은 듯이 번역과 해외 출판의 어려움을 토로한다. 이 어려움을 극복하는 첨병으로 인터넷과 시를 활용할 수는 없는 것일까? 만약에 한국 시를 번역하고 소개하는 번듯한 사이트가 하나 있다면? 그 누구든지 좋아하는 시를 번역해서 올릴 수 있다면? 그 번역 시에 대한 합리적이고 지혜로운 토론의 장이 거기에서 마련된다면? 한국어로 쓰인 시의 번역이라고 해서 미리 겁먹고 빗장을 걸어둘 필요는 없을 것이다. 그렇게만 된다면 머지않아 시가 새로운 한류를 형성하는 데 기여할지도 모른다.

2003년 금강산 육로관광 참관기

　금강산 육로 시범관광단의 한 사람으로 금강산을 다녀왔다. 뱃길로 두어 번 취재 차 다녀온 터라 사실 금강산에 대한 설렘은 그리 크지 않았다. 하지만 반세기만에 비무장지대 안에 뚫린 육로를 통해 북으로 간다는 것, 유람선 안에서 잠을 자면서 가지 않고 대명천지에 눈을 번쩍 뜨고 간다는 사실 때문에 나는 자못 흥분되어 있었다.

　새벽 5시 반쯤에 일행을 태운 관광버스는 서울을 벗어나 계속 동북진하였다. 어둠 속에서 잠을 깨다 말다 하였다. 비무장지대 안에 남북을 잇는 육로가 뚫렸다는 역사적 사실을 어떻게든 과소평가하려는 세력들이 머리에 떠올라 잠을 방해했기 때문이다. 안 그래도 북한 핵 문제와 대북 송금에 따른 파장으로 나라 안이 뒤숭숭한 시점인지라 북으로 가는 버스를 타는 일이 마음 편할 리 없었다. 하지만 사사건건 똥개가 대들며 컹컹 짖어도 나는 버스에서 내릴 생각이 없었다.

　통일전망대는 교사 시절에 학생들을 인솔하고 와본 적이 있는 곳이다. 통일전망대 너머까지 이미 길이 뚫렸으니 통일을 '전망'만 하는 일은 이제 구시대적 안보관광이 될 처지에 놓이게 되었다. 하지만 전망대의 망원경 속으로 흐릿하게 보이던 길을 잠시 후면 지나가게 된다고 생각하자, 가슴 한쪽에서 둥둥 북소리가 울렸다.

동해선 임시도로 개통식을 막 끝낸 임시남북출입관리사무소 앞마당은 햇살이 가득 고여 있었다. 그 조립식 건물 위에 쌓여 있던 눈이 지붕의 골을 타고 툭툭 떨어져 내렸다. 북에서 내려온 셔틀버스에 오르자 비무장지대를 통과하는 동안 지켜야 할 몇 가지 주의사항이 전달되었다. 반드시 지정된 좌석에 앉아야 한다는 것, 창문을 열거나 차내에서 일어서면 안 된다는 것, 금강산 관광 특구에 도착할 때까지 사진 촬영이 금지된다는 것. 안내를 맡은 젊은 여성 관광 조장의 얼굴이 상기되어 있었다. 그도 긴장한 탓인지 기자단의 질문에 때로 동문서답하면서 버스 안에 웃음꽃을 퍼뜨렸다. 그래, 그도 우리도 처음이니 당연히 서툰 것이다.

앞쪽 창 아래에 꽃다발을 건 스물두 대의 셔틀버스가 줄을 지어 북으로 꿈틀거리기 시작했다. 아마 천천히 움직이는 이 광경을 공중에서 본다면 한 마리의 푸른 용이 북쪽으로 향하는 형상일 것이다. 시멘트 포장도로로 된 가파른 고개 하나를 넘자 곧 남쪽 통문, 즉 금강통문이 나왔다. 부동자세로 경계를 하고 있는 헌병의 눈빛을 뒤로하고 버스는 통문을 아무 일도 아닌 것처럼 스르르 통과하였다.

오른쪽으로 짙푸른 동해를 끼고 동해선 임시도로는 자기 몸을 서서히 열어주고 있었다. '여기부터 비무장지대'라는 팻말이 서 있었지만 도무지 실감이 나질 않았다. 너비 5미터 비포장도로의 노면 상태는 흔들림이 거의 없을 정도로 양호했다. 겉으로는 그저 무난한 길이었지만 지구상에서 가장 군사적 긴장감이 높은 지역, 두 개의 무기의 숲이 대치하고 있는 그 사이를 우리는 통과하고 있었다. 임시도로 양쪽 100미터 안에 묻혀 있던 지뢰를 무장해제시키고 말이다. 길 양편으로 나무들이 밑동을 보이고 있는 지점이 지뢰 제거 지역이라는 것을 알 수 있었다. 수없이 얽힌 중장비의 바퀴 자국이 그 작업이 결코 순탄치 않았음을 증명해주었다.

군사분계선 바로 밑 바닷가 쪽에 주인을 잃은 묘지석 하나가 우뚝 서서 그 자리가 옛 무덤이라는 것을 간신히 말하고 있었다. 불경하게도 내 눈에는 그게 잠깐 남근석처럼 보였다. 분단의 음지를 통일의 양지로 만들려고 그 석물은 지금도 쓰러지지 않고 불끈 솟아 있으려니 싶었다.

한반도의 남북을 두 동강 내고 있는 군사분계선은 지도에서처럼 굵고 붉은 점선도 아니며 베를린 장벽 같은 절대 단절의 벽도 아니었다. 그것은 그저 노란색 표지판 하나에 불과했다.

군사분계선을 지나면 북측에서 개설한 도로가 300미터 이어지고 막바로 북쪽 통문이다. 북쪽 인민군들이 보이기 시작했다. 착검한 소총을 들고 있는 병사, 권총을 차고 붉은 깃발을 들고 있는 병사 모두 하나같이 얼굴은 검붉고 입술은 앙 다물었다. 사람도 사람이지만 병사들의 등 뒤로 펼쳐진 산이 그렇게 황량할 수 없었다. 키가 1미터가 넘는 성성한 나무는 눈을 씻고 봐도 없는 민둥산이 전부였다. 안내를 맡은 관광 조장의 이야기를 들어본즉, 나무를 땔감으로

써왔기 때문에 그렇게 된 것이라고 했다.

인원 점검을 위해 버스는 잠시 멈추었다. 북쪽 취주악단의 환영 연주가 울려 퍼지는 가운데 경무관이라는 견장을 붙인 북한 군인이 버스 위로 올라왔다. 버스 안은 잠시 긴장한 듯 아무도 말이 없다. 인원 점검이 끝나자 누군가 "수고하십시오!"라고 한마디 던졌다. 그는 가볍게 손바닥으로 답례를 하고 버스를 내려갔다. 우리가 가장 근접 거리에서 북한군을 만난 것처럼 그도 태어나서 처음으로 '남조선' 억양의 말을 들었던 것인지도 모른다.

금강산 골짜기에서 모인 물이 동해로 흘러가는 적벽강. 분단 이전에 세워졌던 낡은 교각을 무너뜨린 자리에 새로운 교각이 서 있었다. 이 교각은 한반도의 동쪽 동맥을 잇는 철길을 떠받칠 준비를 벌써 마친 상태였다. 북쪽의 동해선 연결 의지가 그만큼 강하다는 확실한 증거였다.

적벽강을 건너면 북쪽의 민가들이 나타난다. 하얀 나무 울타리로 둘러싸인 마을에는 집집마다 두어 그루의 감나무를 심어놓았다. 눈이 녹으면서 질척질척해진 길 위로 인민들이 바쁘게 걸어가는 모습, 체제 강화를 주창하는 붉은색의 각종 구호들이 눈에 띄었다. 금강산 온정리 부근에서 청솔가지 한 단을 머리에 이고 걸어가는 소녀를 보면서 북쪽의 연료 사정이 어떤지 짐작이 갔다. 눈이 녹으면서 질척질척해진 길을 따라 발걸음을 옮기는 소녀를 붙잡고 말이라도 걸어보고 싶었지만, 그 아이와 나 사이에는 한 길도 넘는 철책이 가로놓여 있었다. 나는 그 소녀의 삶에 참여할 수 없었고, 그 아이도 내 삶에 참여할 수 없는 거리가 있었다.

하지만 참여의 방법이 전혀 없는 것은 아니라고 생각한다. 서로 사랑한다는 것은 상대편의 삶에 참여한다는 뜻이다. '북한'은 이렇게 가까운 곳에 있었다. 이제 언제든지 마음만 먹으면 새로 뚫린 육로로 북한을 가서 하룻밤 자고 올 수 있다. 그사이에 우리의 발길은 길을 꼭꼭 다질 것이다. 그 걸음 하나하나가 통일을 앞당기는 발길이 될 것이다.

2003년 여름 평양 스케치

8월 중순에 평양을 갔다 왔다. '평화와 통일을 위한 8·15 민족대회' 남측 대표단의 하나로 끼여 간 것이다. 3박 4일의 일정은 빠듯했지만, 감회가 없을 리 없다. 그곳은 여전히 금단의 땅이기 때문이다. 떠나기 전에 나는 한 가지 다짐을 했다. 흥분하지 말고 최대한 사람과 풍경을 많이 보자고 말이다. 베이징에서 비행기를 갈아타지 않고 평양까지 직항로를 이용해서 간다는 사실이 나에게는 설레는 사건이라 할 만했다. 누군들 그러하지 않으랴. 하지만 대수롭지 않게 생각하기로 했다. 냉철해져야 제대로 볼 수 있으므로.

비행기가 순안공항에 낮게 접근하자 가장 먼저 눈에 들어오는 것이 나무들이었다. 비행장 주변에는 미루나무와 아까시나무가 푸른 여름을 흔들고 있었다. 그 나무들은 남한에서는 낡은 사진첩의 흑백사진 속에서나 볼 수 있는, 지금은 천대받고 있는 외래종들이었다. '이북' '북한' '조선'과 같은 말들을 접어두고 공식적인 용어는 '북측'이었다. 잠깐 창 밖으로 보이는 북측의 풍경들이 흑백사진처럼 여겨졌다. 공항 울타리 안쪽까지 수수밭과 옥수수밭, 그리고 콩

밭이 밀려들어와 있었다. 식량 사정이 여의치 않다는 뜻이기도 했으나, 굳이 트집 잡을 일은 아니었다. 땅이 있으면 거기 씨를 뿌리는 일은 너무나 당연한 일 아닌가.

일행을 태운 버스가 평양 시내로 들어서면서 '인민들'이 많이 보이기 시작했다. 양산을 쓰고 가는 멋을 부린 아주머니도, 붉은 손수건을 목에 두른 소년도, 이불처럼 큰 짐보따리를 등에 진 할머니도, 선글라스를 쓰고 인민복을 입은 장정도, 강가에서 낚시를 하던 아저씨도, 흰 런닝셔츠 바람으로 자전거를 타는 청년도, 굽 높은 구두에 원피스를 입은 처녀도 우리를 알아보고는 손을 흔들었다. 회색빛 건물처럼 화려하지는 않았고 때로는 남쪽에 비해 남루해 보이기도 했다. 하지만 그들은 당당했고, 경계심 같은 것은 엿볼 수 없었다. 평양 지하철과 거리에서 만난 사람들도 다 사람이었다(아, 이런 유치한 문장을 쓰는 슬픔이여).

숙소는 평양 시내와 대동강이 훤히 내려다보이는 양각도국제호텔. 객실의 시설물들이 자본주의 국가에 비해 뒤처진다고 해서 섭섭해할 것 없었다. 오히려 연회장에서 밥을 먹다가 양배추김치 대신에 배추김치를 가져오라고 투정을 부리는 남측의 어느 노신사가 차라리 가련해 보일 뿐이었다.

아무래도 공식 일정대로 움직이는 일은 흥이 일어나지 않았다. 미리 정해 놓은 틀은 갑갑하기만 한 것. 갑갑함 속에서도 변화의 기미가 느껴졌다. 공식 행사에서 '미제 타도'와 같은 기존의 구호는 한마디도 들리지 않았다. 카메라를 아무 데나 들이대고 찍어도 제지

하는 사람은 없었다. '얼음보숭이(아이스크림)'를 파는 길거리의 간이 매점인 '매대'에는 아이들의 발길이 줄을 이었다. 가게의 점원들은 하나라도 더 팔아보려고 자꾸 물건을 권했다. 그런데 막상 돈을 내밀면 대부분 잔돈이 없다, 남은 돈으로 다른 것 하나 더 가져가라는 식이었다. 그것도 판매 전략이라면 우리가 좀 너그럽게 대해도 좋지 않을까 싶었다.

능라도에서 만난 북쪽의 시인 오영재, 장혜명 선생, 소설가 남대현 선생과의 만남은 글쟁이들끼리 '내통'한 자리였다. 내가 쓴 책을 건넸고, 그분들도 내게 책을 주셨다. 국가보안법상의 이적 표현물을 받아도 되는가 싶어 잠시 멈칫거렸다. 김정일 국방위원장이 남쪽에서 송환된 비전향 장기수들의 일대기를 작가들에게 한 사람씩 집필하도록 조치했다는 이야기도 들었다. 당의 결심보다는 개인이 결심하고 쓴 작품은 언제 나올까, 혼자 생각하니 눈에 안개가 어른거렸다. 하지만 그것도 내가 이래라 저래라 할 문제는 아니었다.

방북 기간은 짧았지만, 내가 본 평양은, 북한은 아주 빠른 속도로 변하고 있는 게 분명해 보였다. 불과 몇 달 전과도 크게 다르다는 이야기를 많이 들었다. 그런데 돌아오는 비행기에서 우리 신문을 펼쳐보니 가슴이 아렸다. 아직도 북에 대한 적대감을 생의 목적으로 삼는 이들은 변할 생각을 하지 않고 있었다. 변하지 않으면 둘 다 망한다는 사실을 알았으면 좋으련만.

2005년 민족작가대회 스케치

두 번째 평양행

2003년에 처음 가본 평양과 이번 여름의 평양 거리는 크게 달라진 것이 없었다. 짐 보퉁이를 등에 지고 걷는 사람들, 더위를 견딜 수 없어 아예 웃퉁을 벗거나 남방의 앞단추를 모두 풀어헤친 채 거리를 활보하는 청년들, 보퉁강에서 낚싯대를 드리운 한가한 강태공들, 카메라 앞에서 유난히 수줍어하는 어린 소녀들, 밤에도 대부분 불이 꺼진 아파트의 창문들…….

눈에 띄게 변한 풍경이 딱 두 가지 있었다. 하나는 거리에 '매대'가 급격히 늘어났다는 사실이다. '매대'는 아이스크림과 같은 간단한 먹거리를 파는 간이상점인데, 북이 점진적으로 자본주의적 거래를 확대하고 있는 상징으로 이야기되기도 하는 곳이다. 거기에는 퇴근 무렵에 줄을 서서 차례를 기다리는 사람들도 자주 보였다.

또 하나는 평양 시내 회색빛 아파트의 베란다가 변화하고 있다는 점이다. 남에서 '샤시'라고 부르는 바깥 유리문과 방충망을 다는 집들이 점점 늘어나고 있었다. 북의 베란다 유리문과 방충망은 공장에서 만든 규격품이 아니라 나무로 틀을 만들고 그 사이에 유리와 방충용 그물을 끼워 만든 것들이 대부분이다. 멀리서 언뜻 봐도 고르지 못한 치열처럼 보인다. 이런 풍경들을 보고 북을 멋대로 비하하거나 공연히 우월감을 가질 필요는 없다고 생각한다. 북은 북의 생활 방식이 있는 것이고, 우리는 우리대로의 방식이 있을 뿐이다.

다시 만난 오영재 시인

평양에 도착한 첫날, 인민문화궁전 행사장에 도착하자마자 나는 재작년에 평양에서 한 번 만난 적 있는 오영재 시인이 어디에 자리를 잡고 있는지 두리번거리며 찾았다. 그이는 전남 강진 출신으로 북한 최고의 영예인 '김일성상 계관시인'이며 '노력영웅'으로 알려져 있다. 한국전쟁이 발발하자 중학생의 나이로 의용군에 입대하여 월북한 뒤에 북한을 대표하는 시인으로 인정을 받고 있는 분이다. 몇 년 전에 서울을 방문했을 때 돌아가신 어머니를 그리며 쓴 시가 남쪽 사람들의 마음을 울린 적도 있었다.

첫날 행사가 두 시간 넘게 시작도 하지 못하고 있을 때 화장실 앞에서 우연히 오영재 시인과 소설가 남대현 선생을 만나 손을 잡았다. 오영재 시인은 다른 이들보다 깊게 패인 얼굴의 주름이 인상적인 분인데, 이번에는 유난히 살빛이 검어 보였다. 일흔의 나이에 혹시 병이라도 난 것은 아닐까 걱정스러웠다.

"선생님, 얼굴이 왜 이렇게 검어지셨습니까? 어디 편찮으십니까?"

"괜찮아요. 내가 몇 달 동안 삼수에 갔다가 왔어요."

삼수라면 삼수갑산(三水甲山)의 그 삼수가 아니던가. 북쪽에서도 산세 험하다는 오지 아니던가. 왜 그곳을 갔다 왔느냐, 거기서 무슨 일을 했느냐 물어볼 틈이 없었다. 어서 행사장으로 들어가라는 북쪽 안내원의 재촉이 이어졌기 때문이다. 북의 지식인들은 정기적으로 현장에 나가 노동을 몸소 체험한다는데, 그 일환이 아닐까 짐작할 뿐이었다.(연합통신 8월 1일자 보도에 따르면 오 시인은 2월부터 북한의 삼수발전소 현장에서 노동자들과 함께 생활했다고 전하고 있음.)

남의 '황구라' 북의 '홍구라'

북의 소설가 홍석중은 장편 『황진이』로 만해문학상을 수상함으로써 분단 이후 남쪽에서 마련한 상을 받은 최초의 북한 작가다. 충북 괴산 출신인 그이의 아버지가 북한 최고의 국어학자 홍기문이고, 할아버지가 『임꺽정』의 작가 홍명희라는 사실도 널리 알려진 일이다. '쟁쟁한 집안'의 후손답게 그이는 행사 내내 아무런 구애도 받지 않는다는 듯 유쾌한 입담과 거리낌 없는 너털웃음으로 남쪽 작가들을 대했다.

남쪽 작가들 중에 입심이 세기로 소문난 사람이 이른바 '황구라'

로 불리는 황석영 선생이다. 여기에 북의 '홍구라'가 만만치 않게 가세하니, 너나들이하는 그이들이 맞닥뜨린 곳이면 웃음소리가 폭죽처럼 터지곤 했다. 그런 풍경을 보고 있노라면 이미 통일은 먼 옛날에 지나간 일처럼 여겨지기도 했다.

평양 고려호텔 공연장에서 양쪽 작가들이 따로 모여 시낭송 연습을 하는 자리에서였다. 홍석중 선생이 대화 중에 문득 이렇게 말했다.

"우리 장군님께서 이 대회를 아주 중요하게 생각하셔서 하루에도 몇 차례 확인을 하십니다."

그러자 광주문화중심도시조성 추진위원장을 맡고 있는 송기숙 선생이 맞받았다.

"얼마 후에 청와대에 들어가 보고할 일이 있는데, 그때 우리 대통령께도 작가대회의 역사적 중요성을 말씀드리겠습니다."

남북작가들끼리 이심전심 마음의 통일이 이루어지는 순간이었다. 하지만 5박 6일의 모든 일정이 그렇게 순탄하게 진행된 것만은 아니었다.

술, 혁명적 타격

이번 민족작가대회는 하나의 모국어를 사용하는 남북의 작가들이 60년 만에 자리를 함께한 뜻깊은 대회였다. 하지만 한편으로는 같은 모국어를 쓰는 작가들마저도 온전한 하나가 되기 위해서는 술한 인내와 노력이 필요하다는 것을 절감한 뼈아픈 자리이기도 했다. 분단 60년의 세월은 역시 견고한 성이었다. 북측은 이번 대회에 참가하는 북쪽 작가들의 명단을 끝내 소상하게 밝히지 않아 우리를 적잖게 실망시켰다. 인천공항에서 평양행 비행기를 탈 때는 누구든지 북쪽 작가들과 흉금을 터놓고 이야기하는 시간을 간절히 고대했을 것이다. 우리 작가들은 두 차례의 공식 연회 이외에 백두산과 묘향산 일정이 진행되는 시간에 어쩌다가 북쪽 작가들과 띄엄띄엄 수인사나 나눌 수밖에 없었다.

민족작가대회의 백미라고 할 만한 '백두산 통일문학의 새벽' 행사를 준비하기 위해 고려호텔과 배게봉호텔에서 각각 한 차례씩 모임을 가진 일은 뜻밖의 수확이었다. 공연 연습도 연습이지만, 연습 후 사적인 대화의 자리는 우리가 결국 하나라는 걸 서로 눈빛으로도 확인하는 장이었다.

북의 리호근 시인이 남쪽 작가들의 작품을 많이 읽는다며, 요즘 젊은 시인들이 술을 잘 마시지 않아 안타깝다는 고은 선생의 글도 읽었다는 말을 꺼냈다. 그러자 좌중의 이야기 주제는 '술'로 통일되기 시작했다. 『청춘송가』를 쓴 남대현 선생은 1989년에 황석영 선생이 방북했을 때, 어느 날 당신의 집을 밤중에 찾아와 술병을 모두 동냈다고 '폭로'했다.

"2차 대회가 서울에서 열리게 되면 그날 우리 집 어지럽힌 것 그대로 똑같이 복수할 거야."

'복수'라는 말이 '화해'보다 더 깊은 울림을 던져주었다.

이어 홍석중 선생이 말했다.

"나도 일 년에 한 번 정도는 대취하는 날이 있습니다."

이 말을 듣고 애주가인 북의 오영재 시인이 고개를 끄덕이며 말했다.

"술로 한 번씩 속을 바꿔주는 건 몸에도 좋은 일이지요."

남북 작가들의 술타령은 점입가경이 되어가고 있었다. 그때 고은 선생이 가만있을 리 없었다.

"그렇지. 술로 몸에 혁명적 타격을 가하는 거야. 암, 그래야 해."

북쪽 판매원의 예쁜 상술

북한을 방문하면 너나없이 그쪽 물건을 많이 사게 된다. 아직까지는 쉽게 드나들 수 없는 곳이어서 호기심에 선물이 될 만한 것들을 이것저것 챙기는 것이다. 북쪽에서 판매하는 물건만 시선을 끄는 게 아니다. 호텔이나 유적지에서 한복을 곱게 차려입은 북쪽 판매원들과 자연스럽게 대화를 나누는 시간도 북한 방문의 즐거움 중 하나다.

북쪽 판매원들은 물건 값을 계산할 때 잔돈을 잘 내주지 않는다. 잔돈이 없다는 핑계로 반드시 다른 물건을 하나 사라고 은근히 권한다. 즉 끼워 팔기, 이것이 북쪽의 일반적인 상술이 되어버린 것 같다. 그 예쁜 상술을 발휘하는 데 말려들지 않는 남쪽 '아저씨'들은 없다.

북한에서 가격 정찰제는 없다고 봐야 한다. 그래서 물건을 살 때는 이른바 '가격투쟁'이 필요하다. 깎으며 흥정을 하는 거다. 돈이 아까워서가 아니라, 깍쟁이여서가 아니라 흥정을 하면서 사람의 정이며 동포의 정을 나누는 재미도 쏠쏠하다.

묘향산에 갔을 때 나무로 만든 담배 파이프가 눈에 띄었다. 손으로 일일이 깎은 것이었는데, 파이프 하나에 1유로였다. 나는 대뜸 10유로를 내면서 12개를 달라고 요구했다.('요구하다'라는 표현은 북에서 자주 쓴다. 호텔에서 음식 주문하는 것도 요구하는 것이다.)

"이러시면 안 됩니다."

하지만 판매원이 급히 손을 내젓는 시간은 아주 잠깐이었다. 그녀는 종이에 파이프를 싸면서 남몰래 슬쩍 하나를 더 넣어주는 것이었다.

아, 평양 랭면

북한 방문길에 빼놓을 수 없는 즐거움 중의 하나는 '랭면'을 맛보는 일. 평양에 도착하자마자 숙소인 고려호텔에서 먹은 냉면 맛은 잊을 수 없다. 잘 알려져 있다시피 북쪽 냉면은 담백한 육수가 일품이다. 조미료가 많이 가미된 남쪽의 자극적인 국물 맛에 길들여진 이들에게 그 맛은 그저 '슴슴하다' 해야 할 정도로 맑다. 처음에 혀끝으로는 쉽게 맛을 느끼지 못하지만 육수가 가만히 목구멍을 넘어갈 때쯤이라야 그 아늑하고 깊고 시원한 맛이 느껴지는 것이다.

남쪽에서처럼 품위 없이 가위를 들이대고 손님의 동의도 없이 싹둑싹둑 면을 자르는 접대원은 없다. 그러니 북에 가서 '냉면'이 아닌 '랭면'을 먹으려거든 가위를 찾을 생각은 하지 말아야 한다. 개인적인 생각이지만 나는 김치 따위를 자르기 위해 밥상 위에 가위가 제멋대로 들락거리는 모양을 꼴불견 중 하나로 여긴다.

우리 일행이 대동강변에 자리한 '옥류관'을 찾아간 날은 평양도 무척 더웠다. 거리에는 윗도리를 아예 벗어젖히고 활보하는 청년들도 눈에 띄었다. 옥류관 앞은 그야말로 문전성시를 이루고 있었다. 점심 때 냉면을 한 그릇 먹기 위해 가족 단위로 바깥나들이를 한 평양 시민들이었다. 동화책을 말아 쥔 소녀의 손을 잡고 나온 아주머니, 양산을 쓴 아가씨들, 아예 러닝셔츠 차림으로 담배를 피우고 있는 중년 아저씨, 인민군 복장의 청년……. 갑자기 들이닥친 남쪽 손님이 100명도 넘은 터라 혹시 우리 때문에 뙤약볕 아래서 차례를 기다리고 있는 건 아닌지 미안한 마음도 없지 않았다.

백두산의 꽃

삼지연 비행장에 도착하면서부터 내 눈을 사로잡은 것은 백두산이 아니라 곳곳에 피어 있는 들꽃들이었다. 그야말로 만화방초의 세계가 거기 있었다. 남쪽에서는 한 번도 보지 못했던 꽃들을 카메라에 담느라 내 귀에는 자랑스럽게 '혁명 사적지'를 안내하는 안내원 '동무'의 말도 잘 들어오지 않았다.

　김정일 국방위원장의 '고향집'이라는 백두산 밀영 부근은 꽃밭을 방불케 했다. 남쪽으로 돌아가서 그 꽃 이름을 하나하나 찾아 확인할 일을 생각하니 신이 났다. 내가 꽃 이름을 알게 되는 날 백두산의 꽃들은 이미 잎을 다 떨어뜨리고 섰거나 제각기 열매를 맺는 시간 속으로 빠져들겠지만.

　백두산 골짜기며 삼지연 숲가에 핀 꽃만 꽃이 아니었다. 거기에서 일하는 처녀도 꽃이라는 생각이 들었다. 백두산 밀영 입구에서 꽃 한 송이가 목소리를 깔면서 '경애하는 우리 장군님'의 항일 유격대 시절을 설명하고 나더니 노래를 한 곡 불렀다. 김일성 주석이 항일 투쟁 후 귀국할 무렵에 직접 지어 불렀다는 '사향가'라는 노래였다. 혁명의 역사를 설명할 때는 투사의 목소리더니 노래는 역시 아리따운 꽃의 서정적인 목소리였다.

　밀영 입구에는 김 주석의 가족을 형상화한 대형 모자이크 벽화가 있는데, 그 아래에 놓인 꽃다발들이 참으로 소박해 보였다. 지금, 우리 남쪽의 꽃집에서 만드는 꽃다발은 꽃을 싸는 종이가 너무 화려해서 불만이었는데, 모처럼 촌스런, 그러나 진정한 마음이 깃든 꽃다발을 볼 수 있었다. 군인과 학생들이 행군 중에 길가에서 꺾은 들꽃들로 다발을 만들어 풀잎으로 묶은 것이었다.

쉰 김치 사진사

평양 순안공항에 도착해서부터 남쪽에서 간 우리 일행을 그림자처럼 따라다니는 사람은 안내원과 북의 사진기자들이었다. 이름을 물어보지는 못했지만 구릿빛 얼굴에다 잘 웃는 모습이 인상적인 기자가 한 사람 있었다.

그는 공항에서 평양 도착 기념사진을 찍을 때부터 남쪽 작가들의 시선을 끌었다. 단체사진을 찍으려고 남쪽 대표단을 나란히 줄 세운 다음에 그가 셔터를 누르기 직전에 소리쳤다.

"자아, 김치 하시라요!"

'치즈'가 아니라 '김치'였다. 피사체의 얼굴에 웃음을 이끌어내는 방법이 남이든 북이든 매한가지라는 걸 확인하는 순간이었다. 김치, 라는 말 한마디로도 우리는 어쩔 수 없는 한 민족이었다.

김일성 주석의 생가인 '만경대 고향집'을 방문했을 때였다. 북의 사진기자들은 그곳에서 사진 촬영에 유독 열을 내는 듯했다. 고은 선생, 백낙청 선생을 비롯한 남쪽의 어르신들을 중심으로 또 한 번 단체 기념사진을 찍을 때였는데, 예의 그 사진기자가 우리를 향해 말했다.

"자아, 이번에는 김치가 아니라 쉰 김치입니다!"

김치의 새로운 버전 '쉰 김치'가 등장하는 순간, 입을 벌리고 웃지 않는 사람이 하나도 없었다. 그 이후로 우리 사이에 그 사진기자는 '쉰 김치 사진사'가 되었다.

평양의 눈물

민족작가대회가 열리는 동안 나는 남북의 작가들이 어느 지점에서, 어떤 일로 눈물을 흘릴까 내심 기대하며 관찰을 하고 있었다. 순안공항에 도착해서도, 본 대회장에서도 좀처럼 그런 분위기가 만들어지지 않았다. 분단 60년의 세월이 눈물샘마저 말라버리게 만들었던 것일까?

그러더니 갑자기 기회가 왔다. 방북 셋째 날, 백두산 아래 삼지연 베개봉호텔에서 남북의 작가들이 함께 시낭송회 연습을 하는 중이었다. 고은 선생이 '열렬하게' 노익장을 과시하며 낭송을 끝냈다. 그 시는 삼지연에 도착해서 쓴 작품이었다. 그때 가까이 앉아 있던 황석영 선생이 말없이 고 선생을 껴안고 울음을 터뜨리는 게 신호탄이었다.

연습 막바지에 소설가 정지아가 이미 고인이 된 김남주의 시 「조국은 하나다」를 읽었다. 남북의 작가들이 숙연한 얼굴로 시가 말하는 바를 머릿속에 그리고 있을 때였다. 좀처럼 눈물을 흘릴 것 같지 않던 소설가 정도상이 소리 죽여 닭똥 같은 눈물을 흘리더니 급기야 한쪽에서 얼굴을 감싸 쥐고 우는 것이었다. 그 자리에 자리를 같이한 남북의 시인과 소설가들이 예상하지 못했던, 그 어쩔 수 없는 상황을 맞닥뜨리고는 눈시울이 다들 벌겋게 달아올랐다.

연습이 끝나고 나서 내가 물었다.

"도상이 형, 왜 그렇게 울었어요?"

"아이 씨발, 문득 남주 형하고 빵 같이 살던 때가 생각나는 거야."

그 말은 내게 핑계처럼 들렸다. 이번 작가대회를 누구보다 열심히 준비한 사람이 그였다. 그렇게라도, 그는 올 수밖에 없었을 것이다.

나무를 심는 이유

　어찌하다가 휴전선 이북을 몇 차례 다녀왔다. 금강산 세 번, 개성 한 번, 평양이 다섯 번쯤 된다. 금강산 육로관광을 시작하기 바로 전, 시범으로 기자단 틈에 끼여 군사 분계선을 넘을 때였다. 군사 분계선을 지나면 북쪽에서 새로 닦은 도로가 300미터쯤 이어지는데, 남북의 분단은 정말 철조망에만 있는 게 아니었다. 분단은 나무와 숲에도 있었다. 북쪽에서 관리하는 산과 남쪽 산이 그렇게 다를 수 없었다. 남쪽의 우거진 숲과 북쪽의 헐벗은 민둥산은 너무나 달랐다. 북녘의 산은 어디를 둘러봐도 어린아이 키만 한 나무 한 그루 없었다. 참혹할 정도였다.

　인원을 점검한다고 버스가 북쪽 통문에서 잠시 멈추었는데, 경무관이라는 견장을 붙인 북한 군인이 버스 위로 올라왔다. 그 군인의 옷에서 내 콧속으로 불내가 훅 끼쳐 왔다. 모닥불을 피워 놓고 오래 불가에 있다 보면 나무 타는 냄새가 옷에 배어드는데, 그 군인은 밤새도록, 아니면 새벽녘에 모닥불을 피워 놓고 전선에서 뼈 시린 추위를 견딘 게 틀림없었다. 굳이 동포애를 들먹거리지 않더라도 그 불내는 슬픈 것이었다. 금강산으로 들어가는 들머리인 온정리 마을에서도 낯선 풍경 하나를 만났다. 저녁 무렵이었는데 열두어 살쯤 먹어 보이는 여자아이 하나가 머리에 솔가지를 한 단 이고 가는 게 눈에 띄었다. 그 솔가지는 그날 저녁 아이네 집 땔감으로 쓰였을 것이었다.

평양을 갔을 때도 그랬다. 순안공항에서 평양 시내로 들어가는 길에 장작 몇 개를 머리에 이고 가는 노인을 보았다. 가슴이 아팠다. 식구가 몇인지 모르겠으나 그것으로 밥을 짓고 군불을 지피기에는 턱없이 모자라지 않을까 싶었다.

내 눈에는 왜 '나무 없는 북쪽'만 보였을까? 남북이 교류하는 기회가 잦아지고 폭이 넓어지면서 남쪽 사람들 의견도 여러 가지 모습으로 드러나고 있다. 북을 여전히 '적'으로 생각하는 사람들은 남북의 화해와 협력 노력을 눈꼴사나워 못 보겠다는 태도로, 감정을 있는 그대로 드러내고 있다. 최소한의 동포애와 인도주의적인 지원을 '퍼주기'라고 비난한다. 하지만 나는 앞으로도 더 퍼줘야 한다고 생각한다.

북녘의 산은 식량난과 연료난이 겹쳐 헐벗어 있고, 해마다 여름에 큰비가 쏟아지기라도 하면 큰 재앙이 되풀이되는 이중고를 겪고 있다. 산꼭대기까지 개간을 해 다락밭을 만들고 있으니, 그 어려운 사정을 짐작하고도 남는다.

나무는 북한의 경제를 밑바탕부터 바꾸는 치료제가 될 수 있다. 그래서 몇 해 전부터 가까운 동무들 몇 사람하고 한겨레통일문화재단의 도움을 얻어 시작한 일이 '북녘에 나무 보내기 운동'이다. 나무 한 그루를 북쪽에 보내는 일은 한반도 전체를 푸르게 만드는 꿈을 꾸는 일이다. 나무를 보내면 북녘의 산하를 푸르게 할 뿐만 아니라, 그 나무에 꽃도 피고, 열매도 달리고, 새도 날아와 노래할 것이다.

아이를 낳으면 아이를 위해 나무를 한 그루 심으리라 다짐했습니다. 큰아이는 할머니 집에서 어린 동백나무를 가져다가 항아리 화분에 심었습니다. 벌써 꽤 많이 자라 이제 화분이 작아졌습니다. 그렇지만 둘째는 그마저도 심어 주지 못했습니다. 내 땅 한 뼘 없는 이곳에서 쉬운 소망은 아닌 듯하군요. 북녘 땅에 이름표를 걸어 나무를 심어 주신다니 제 작은 소망을 이룰 수 있다는 생각에 반가웠습니다. 비록 적은 금액이지만 아이들과 우리 식구 이름표를 달아 주시면 고맙겠습니다. 언젠가 통일이 되는 날, 그 나무들이 자라고 있는 북녘 땅에 아이들을 데리고 가서 자랑할 수 있는 날이 어서 오기를 소망합니다.

북녘에 나무 보내기 모금 운동에 참여한 분이 운동 본부 홈페이지에 올린 글이다. 이분 말고도 전국에서 많은 분들이 한 그루, 두 그루 마음을 보태 오고 있는 중이다. 정부의 대북 지원기금도 일부 확보해 놓은 상태다. 남쪽에서는 나무를 심을 '내 땅'이 없고, 북쪽에서는 땅은 있으나 나무가 없다. 언젠가 통일이 되는 날, 내가 보낸 나무가 어디에서 얼마만큼 자라고 있는지 보러 갈 사람들과 함께 나는 요즈음 꿈을 꾸는 중이다.

재작년 4월에는 시범적으로 남쪽의 사과나무 묘목 2500주를 북쪽에 보냈다. 그 나무들은 지금 평양 근교에서 무럭무럭 잘 자라고 있다. 올해 봄에는 북측하고 어린이사과농장을 조성하기로 정식 합의를 하였다. 내년 봄부터 한 해 10헥타르씩 북쪽에 사과나무 농장을 만들어 갈 계획이다. 남쪽에서는 3개년에 걸쳐 사과묘목과 재배 기술, 그리고 비료, 농약, 농기계를 보내고 북에서는 땅과 노동력을 제공하는 것이다. 그 사과나무에 열리는 사과는 우선 북쪽 아이들이 학교에서 급식으로 먹을 수 있게 하려고 한다. 나중에 30헥타르 (약 10만 평)의 과수원에서 사과꽃이 피고, 사과가 열리는 일은 상상만 해도 즐겁다.

　방북을 하면 북측에서 나온 실무자들이 묻는다. 남쪽에서 시를 쓰는 시인이 어찌해서 나무를 보내는 일을 하게 되었느냐고. 그러면 나는 서슴없이 이렇게 대답한다.

　"나는 시인이니까요!"

평양에 사과나무를 심은 뜻

평양 거리는 벚나무가 하나도 없다. 살구나무 천지다. 가로수도 살구나무, 정원수도 살구나무다. 2009년 4월 1일, 살구꽃은 아직 꽃봉오리를 열지 않고 있었다. 분홍빛을 머금은 꽃망울이 막 터지기 직전이었다. 꽃망울 같은 소녀들이 삼삼오오 살구나무 아래를 지나가고 있었다. 모두들 붉은 스카프를 매고 있었다. 문득 소녀들의 신발 쪽으로 눈길이 쏠렸다. 하나같이 키높이 신발을 신고 있었다. 자를 들고 달려가서 재보고 싶었다. 족히 7~8센티미터는 되는 것 같았다. 운동화도 그랬고 검정구두도 굽이 부쩍 높았다. 고것들 참! 올봄의 평양은 키높이 신발이 대유행이었다. 소녀들은 빨리 키를 키워 꽃을 피우고 싶은 살구나무였다.

4월 2일, 만경대 진달래도 손톱만 한 꽃망울을 달고 있었다. 거기에서 진달래보다 많은 평양 시민들의 행렬을 만났다. 나는 눈이 마주치는 처녀들에게만 조금 더 큰 소리로 인사했다. 그러면 처녀들은 단박에 얼굴이 발그레 달아올랐다. 말 한마디 하지 않고 종종걸음으로 내 눈길을 피했다. 그렇게 피한다고 내가 안 볼 줄 알고? 나는 또 발개진 그이들의 귓등을 혼자 훔쳐보았다. 그 처녀들의 얼굴은 숲속의 진달래, 바로 그 얼굴이었다.

인공위성 발사를 앞두고 북쪽의 텔레비전 뉴스는 기대감으로 한껏 들떠 있었다. 그러나 평양은 평온했다. 대동강 물결은 잠잠했고 햇볕은 따사로웠다. 4월 3일, 드디어 사과나무를 심기 위해 버스를 타고 시내를 벗어났다. 들녘은 지평선이 보일 만큼 광활했다. 우리 일행이 당도한 곳은 평양시 역포구역 능금동. 1952년 한국전쟁 중에 김일성 주석이 과일농장을 일구라고 지정해준 곳이라 한다. 언덕은 물이 빠지기 좋게 비스듬한 경사를 이루고 있었고, 사과나무를 심을 땅의 흙은 붉었다. 장수군농업기술센터 서병선 소장은 흙을 집더니 덥석 입에 물고 씹었다. 전북 장수군과 평양은 연평균 기온과 강수량이 거의 비슷해서 이보다 더 좋은 땅은 없을 거라며 최적지라 한다.

평양에 사과나무를 심는 일, 그것은 지난 4년 동안 갈망하고 준비해온 일이었다. 남쪽에서 사과묘목, 농기구, 재배기술을 전수하고, 북쪽에서 땅과 노동력을 내놓는 일이 앞으로 3년 동안 지속된다. 올해는 1만 주의 사과 묘목을 10헥타르의 땅에 심는다. 남쪽에서 천명 가까운 분들이 마음을 열고 지갑을 열어 북에 보낸 묘목이다. 1만 주의 사과나무가 피워낼 꽃을 상상하는 일만으로도 심장은 붉은 사과열매처럼 쿵쿵거린다.

이 키 작은 사과묘목에는 4년 후에 한 그루당 100개의 사과가 열린다. 한 해에 100만 알의 사과가 열린다. 100만 알의 사과를 한 알씩 먹으면 100만 명 북쪽 어린이들의 입이 쩍, 벌어진다. 100만 명 어린이들이 사과를 두 쪽으로 나눠 쪼개 먹으면 200만 명 어린이들의 입이 쩍, 벌어진다. 200만 명 어린이들이 남쪽에서 보낸 사과를 먹었다고 집에 가서 말하면 400만 명 북쪽 아이들 부모의 입이 하, 벌어진다. 우리가 심은 사과나무는 적어도 20년 동안은 주렁주렁 열매를 낳는다. 그 사이에 세상이 지금보다 좋아지면 꼭 해야 할 일이 하나 있다. 이 사과농장 가에 오두막을 하나 짓고 서리하러 오는 꼬마 놈들이 있나 없나 지키는 일이다. 노후대책이 이만하면 장엄하지 않은가?

4월 4일, 우리는 예정대로 중국 심양을 거쳐 서울로 돌아왔다. 텔레비전에는 뉴스특보가 이어지고 있었다. 미사일과 인공위성 사이에서 갈팡질팡, 대북 제재와 대응 수위 사이에서 요란법석, 사실과 의구심 사이에서 온통 오두방정이었다. 나는 통일부의 발표대로 북에 체류하다 귀환한 84명 중 한 명이었으나, 나의 신변은 안전했다. 이명박 대통령은 북한에 1억 그루의 나무를 심겠다고 공약했다. 이번에 1만 그루를 심었으니 이제 9999만 그루 남았다.

2부

마음을 보내는 일

평양의 김은숙 씨에게

김은숙 씨, 잘 지내고 있지요? 당신에게 이렇게 편지를 공개적으로 보내자니 참으로 쑥스럽습니다. 우리 사이에는 편지를 나눌 최소한의 통로조차 없으므로 당신이 조금은 이해해주리라 믿습니다.

당신을 두 번째 만났을 때 나는 어떤 보이지 않는 힘이 분명히 우리를 마주치게 만든 거라고 확신하였습니다. 그날은 유난히 피곤해서 혼자서라도 술을 한잔 하고 싶었습니다. 사실은 술도 술이지만 나는 사람이 더 그리웠는지도 모르겠습니다. 평양의 여성들과 눈 한 번 더 맞춰보고 이야기라도 한마디 더 나눠보려는 마음이 더 컸다는 게 솔직한 표현이겠군요. 남쪽의 술집에서처럼 종업원 여성에게 수작을 걸어보겠다는 심사는 물론 아니었습니다. 처음 가본 평양이었지만 정작 사사로이 '사람'을 만나는 일이 어렵다는 걸 나는 무거운 마음으로 받아들이고 있는 중이었으니까요.

호텔 스카이라운지에서 차림표를 들여다보며 남쪽의 안주 가격과 북쪽의 안주 가격을 비교해보고 있을 때였습니다. 당신은 무릎 아래에 닿는 파란 치마에 흰 저고리를 입고 걸어오고 있었지요. 어디선가 많이 보았던, 분명 언젠가 만난 적이 있는 처녀였습니다. 당신은 불과 넉 달 전에 중국 북경의 북한음식점 '해당화'에서 일하던 바로 그 사람이었습니다. 거기서 우리는 처음 만났지요. 내 앞의 술잔이 비어 있을 때 나는 탁자 옆을 지나가던 당신을 조용히 불렀지요. 중국에서는 잔을 비우면 종업원이 채워준다는 걸 알고 있었습니다.

나는 당신의 귀에 대고 말했습니다.

"망치 좀 갖다 주세요."

당신은 깜짝 놀라는 표정을 지었지요.

"아니, 망치를 대체 어디에다 쓴답네까?"

나는 빈 잔을 손가락으로 가리키면서 잔이 비어 있으니 깨버리려 한다고 말했습니다. 그때 고개를 갸우뚱거리던 당신은 뒤늦게야 내가 무슨 말을 하려는지 알고 잔에다 술을 따라주며 아이처럼 큭큭거리며 웃었지요. 그리고 다른 자리에 가서 서비스를 하면서도 연신 우리가 앉은 식탁 쪽을 보며 미소를 띠던, 북한에서는 당성이 상당히 높다는, 고등교육을 받은 인텔리라는, 그래서 때로는 도도하게 보이기도 하던, 당신의 이름은 김은숙이었습니다.

그렇게 해서 알게 된 당신을 넉 달 후에 평양에서 만났으니, 우연이라기엔 마치 약속하고 짜 맞춘 듯한 우연이 아니었겠습니까. 나는 당신에게 나를 혹시 기억하느냐고 물었지요. 하고많은 손님을 맞다가 보면 나 같은 어중이떠중이들을 얼마나 많이 만났을까 싶어서요. 당신은 서슴없이 이렇게 말했지요.

"어찌 그날 일을 잊을 수가 잊겠습네까?"

아! 이 말 한마디 때문에 나는 연거푸 술잔을 비우지 않을 수 없었습니다. 특히 '어찌'라는 말이 주는 귀여우면서도 예스런 북쪽의 독특한 억양에 어찌 감동하지 않을 수 있었겠습니까. 북한의 처녀 '접대원'과 내가 아는 척을 하자, 함께 술을 마시던 일행들이 나를 얼마나 부러운 눈으로 쳐다봤는지는 여기에다 일일이 다 쓰지 않아도 알겠지요? 벌써 햇수로 세 해 전 일이군요.

남쪽으로 돌아와서 나는 아내에게 당신하고 찍은 사진을 보여주었습니다. 그리고 불쑥 북쪽에 애인이 생겼다고 말했습니다. 그때 제 아내가 어떤 표정을 지었는지 아십니까? 전혀 경계심이나 질투심이 없다는 듯 그냥 웃고 말더군요. 통일이 하루이틀 사이에 되는 것도 아니니 할 테면 해보라는 뜻이었겠지요. 나는 속으로 쾌재를 불렀지요. 그 어떤 갈등도 의심도 없는 이게 바로 통일이구나, 하고 말이지요.

짝사랑이어도 좋고 이루어질 수 없는 사랑이어도 좋습니다. 북쪽을 생각하면 늘 그 자리에 당신이 있다는 것만으로도 나는 설레고 행복합니다. 나는 당신의 이름을 1930년대 시인 백석이 그리워했던 '나타샤'로 마음에 새겨 두려 합니다. 남쪽의 가난한 내가 아름다운 당신을 사랑해서 오늘밤은 푹푹 눈이 내릴 것 같습니다.

그리운 나타샤에게

나타샤, 노란 은행잎이 마치 눈처럼 내리는 늦가을입니다. 은행잎들이 사라질 때쯤이면 그 자리에 또 눈이 내려 쌓이는 겨울이 오겠지요. 나는 나타샤, 라는 말을 들으면 당신의 이름 뒤쪽으로 왠지 눈이 내리고 있을 것 같고, 눈부신 허벅지의 자작나무숲이 펼쳐져 있을 것 같고, 당신이 홀연 나타날 것만 같아서 숨이 막힌답니다.

백석의 시에서 당신을 처음 만났을 때도 그랬습니다. 나는 백석이라는 사내가 무척 부러웠습니다. 나도 백석처럼 가난했으나 내게는 아름다운 나타샤도 흰 당나귀도 없었으니까요. 그래도 백석이 되어보려고 혼자 쓸쓸히 앉아 눈 내리는 북방을 생각하며 밤새워 소주를 퍼마시기도 했지요. 그렇게 몇 날 며칠 술을 마셔대도 나타샤 당신은 오지 않더군요.

내가 당신에 대해 아는 건 당신이 아름답다는 것과 내가 사랑하는 한 시인이 당신을 사랑했다는 것뿐입니다. 그래서 나는 당신을 마음으로 그려볼 밖에 다른 도리가 없습니다. 아마 당신은 흰 눈을 닮았을 것 같습니다. 손으로 만지거나 가까이 가슴에 품으면 금세 녹아 없어지는, 눈물이 되어 녹아버리는 당신은 혹 그런 사람이 아닌가요?

　나타샤, 한 가지 궁금한 게 있습니다. 백석은 당신한테 대체 어떤 사내였나요? 그는 일본 유학파에다 영어와 러시아어에 능통했으며 이목구비가 준수한 모던보이였지요. 고향에서 두 번이나 결혼을 하고도 집을 뛰쳐나가 뭇 여인들을 안고 싶어하던 한량이기도 했구요. 그의 어떤 점이 당신을 홀리게 하던가요? 모르긴 몰라도 백석은 우유부단한 성품에 참으로 이기적인 사내가 아니었을까 생각합니다. 그러니 이 여자 저 여자 다 마음을 건드리면서 서울로 함흥으로 만주로 방황을 거듭할 수밖에 없었던 거지요.

　　가난한 내가
　　아름다운 나타샤를 사랑해서
　　오늘 밤은 푹푹 눈이 나린다

　　나타샤를 사랑은 하고
　　눈은 푹푹 날리고
　　나는 혼자 쓸쓸히 앉아 소주를 마신다
　　소주를 마시며 생각한다

　　나타샤와 나는
　　눈이 푹푹 쌓이는 밤 흰 당나귀 타고

산골로 가자 출출이 우는 깊은 산골로 가 마가리에 살자

눈은 푹푹 나리고
나는 나타샤를 생각하고
나타샤가 아니 올 리 없다
언제 벌써 내 속에 고조곤히 와 이야기한다
산골로 가는 것은 세상한테 지는 것이 아니다
세상 같은 건 더러워 버리는 것이다

눈은 푹푹 나리고
아름다운 나타샤는 나를 사랑하고
어데서 흰 당나귀도 오늘밤이 좋아서 응앙응앙 울을 것이다

「나와 나타샤와 흰 당나귀」 전문

백석과 짧고도 뜨거운 연애를 했던 자야 여사는 누런 미농지 봉투 속에 든 이 시를 직접 받았다 했고, 1938년 당시 『삼천리문학』 기자였던 소설가 최정희 선생의 육필원고 속에 이 시가 섞여 있다가 나중에 공개되기도 했습니다. 그리고 통영 처녀 박경련과의 러브스토리도 공개된 적이 있지요. 과연 이 중에서 나타샤가 누구일까 하고 세간에는 말이 많았지요. 나타샤, 하지만 당신이 누구인지 내게는 그게 그리 중요한 게 아닙니다. 나는 이 시에서 "가난한 내가/ 아름다운 나타샤를 사랑해서/ 오늘 밤은 푹푹 눈이 나린다"라

는 구절을 좋아합니다. 사랑하기 때문에 눈이 내린다는 겁니다! 첫눈이 내리는 날 만나자 어쩌고저쩌고 하는 유행가풍의 사랑법을 일거에 격파하는 솜씨가 멋지지 않습니까? 게다가 연인에게 산골로 가서 살자고 하면서 "산골로 가는 것은 세상한테 지는 것이 아니다/세상 같은 건 더러워 버리는 것이다"라고 당당하게 말할 줄 아는 사내는 백석 이전에도 없었고 이후에도 없을 겁니다.

누군들 이런 목소리에 빨려들지 않겠는지요. 나타샤, 내 말을 서운하게 듣지 마십시오. 어쩌면 백석에게는 나타샤가 아예 없을지도 모른다고 생각해봤습니다. 물론 많은 여자가 그의 주변에 있었지만 말입니다. 그 어떤 남자에게도 나타샤는 없는 게 아닐까요? 없기 때문에 또 모든 남자들은 나타샤를 그리워하는 게 아닐까요?

북의 오영재 시인께

　선생님, 봄이 오고 있습니다. 남쪽에서는 겨울을 무사히 견딘 매
화가 그 꽃망울을 금방이라도 터뜨릴 듯 팽팽하게 부풀었습니다.
햇살이며 바람, 들녘의 싱그러운 흙빛들이 어제의 그것이 아닙니다.
　2005년 여름, 저는 '6·15공동선언 실천을 위한 민족작가대회'가
열리는 날을 얼마나 손꼽아 기다렸는지 모릅니다. 평양에서 분단
이후 처음으로 남과 북, 그리고 해외의 작가들이 한자리에 모인다
는 사실 때문에 가슴이 설레었지요. 평양과 백두산을 생각하며 남
쪽의 문인들은 모두 어린아이가 되어버린 듯싶었습니다.
　민족작가대회 일정이 잡히면서 어떤 분은 예정된 해외여행을 포
기했고, 어떤 분은 북으로 가져갈 선물을 일찌감치 준비해서 빵빵
하게 짐을 꾸려 놓기도 했지요. 저한테 적지 않은 거금을 맡기면서
북녘 아이들에게 필요한 의약품을 꼭 전해 달라고 부탁하는 분도
있었고, 대전에 계시는 선생님의 형 오승재 교수께서도 북의 동생
에게 편지와 책을 전해 달라며 저한테 소포를 보내오셨습니다.
　서울에 있는 작가회의 사무실을 들를 때마다 저는 마음 한쪽이

쓰립니다. 북으로 가져갈 기념품들, 책이며, 가방이며, 의약품이며 하는 것들이 먼지를 뒤집어쓰고 널려 있어서입니다. 마치 이사 떠날 집에 들른 것처럼 마음이 심란하기 그지없습니다.

그곳의 박세옥 시인도 편찮다 하시고, 리호근 시인도 아프다는 소식을 듣고는 가슴이 미어지는 것 같았습니다. 민족이 아파서 작가가 아픈 것은 아닌가 하는 생각도 해봤습니다. 그분들은 분단의 현실을 가장 절실하게 체험한 작가들입니다. 우리의 만남이 점점 미루어지는 사이 병세가 더 악화되면 어쩌나 걱정입니다.

선생님, 저 휴전선은 아직 그대로 우리를 갈라놓고 있지만 우리 작가들 사이에는 이미 휴전선이 무너진 지 오래입니다. 같은 모국어로 창작을 한다는 이유 하나만으로도 남과 북의 작가들은 동료요 형제자매입니다.

몇 해 전 평양에서 선생님을 만나고 와서 저는 「주름」이라는 제목으로 시 한 편을 썼습니다.

평양 대동강변에서 만난 오영재 시인은 앞에 놓인 도시락을 열지 않았다 룡성맥주만 연거푸 몇 잔 들이켰다 8월의, 나무 이름이 기억나지 않는 나무 그늘 아래 우리는 둘러앉아 있었다 젓가락으로 밥덩이를 뜨면서 나는 나무 그늘의 주름 사이를 천천히 건너가는 선생의 목소리에 내 귀를 걸어두고 있었다

북(北)의 계관시인은 남쪽에 사는 피붙이들과 시인들에게 전해 달라

면서 두어 장 메모를 내게 건네주었다 나처럼 손이 하얗지는 않았다 울음 그친 매미들이 필체를 힐끗 보다가 다시 세차게 울었다 선생도 웃는 듯 우는 듯하였다 그때마다 이마의 주름이 펴졌다 접혀졌다 하였다 한반도 상공에서 내려다보이던 주름의 골짜기가 거기 다 들어 있었다

중국 심양에서 민족작가대회 재개를 위한 실무 접촉을 가졌다는 이야기를 들었습니다. 늦었지만 다행입니다. 한반도의 주름을 작가들이 펼 수 있는 날이 다가오고 있다니 참으로 기쁩니다. 이 봄이 가기 전에, 아니 하루라도 빨리 만났으면 합니다. 저 남녘 끝에서 북상하는 봄꽃 소식을 가득 싸서 올라가겠습니다.

*오영재 시인은 2011년 10월 23일 일흔다섯 살을 일기로 세상을 떴다.

속초의 이상국 선생님께

선생님 계시는 속초 앞바다는 여전히 푸르지요? 속초, 라는 말을 떠올리면 아무 일 없이 그냥, 아무 때나, 혼자서 다녀오고 싶다는 생각이 곧장 뒤따라옵니다. 그런 날이 오면 선생님께 전화도 드리지 않고 버스에 몸을 실을지 모릅니다. 속초터미널에 내려 전화를 드렸는데 만약에 선생님께서 서울을 가셨다면? 그래도 서운하지 않을 것 같습니다. 돌아오실 때까지 동해랑 놀고 있거나 겨울이라면 도루묵탕 잘하는 집을 찾아 어슬렁거리고 있으면 될 테니까요. 저에게 선생님은 속초와 동해의 이음동의어인 까닭이지요.

봄에 시집 『뿔을 적시며』를 잘 받아 읽고도 감사하다는 인사도 못 드렸습니다. 제가 휴대폰 없이 살면서 점점 싸가지 없는 인간이 되어 가는 것 같아 안타까울 때가 많습니다. 문자메시지로 전달되는 애경사 소식도 놓칠 때가 빈번하거든요. 용서해주세요, 선생님.

『뿔을 적시며』를 읽으면서 저는 시가 뿜어내는 단정한 기품 앞에 또 고개를 조아릴 수밖에 없었습니다. 문장은 동해의 물빛처럼 투명하고, 소소한 삶의 이면에 드리워진 슬픔은 설악의 산그늘처

럼 서늘하였습니다. 자폐에 가까운 독백과 요설이 횡행하는 시절이
라 선생님의 시는 한물간 구닥다리 서정으로 비칠 수도 있습니다.
그러나, 그렇기 때문에 선생님의 낮은 목소리와 선생님만의 단아한
형식은 지금 우리 시의 귀한 자산이라고 생각합니다.

        장에서 돌아온 어머니가 나에게 젖을 물리고 산그늘을 바라본다

        가도 가도 그곳인데 나는 냇물처럼 멀리 왔다

        해 지고 어두우면 큰 소리로 부르던 나의 노래들

        나는 늘 다른 세상으로 가고자 했으나

        닿을 수 없는 내 안의 어느 곳에서 기러기처럼 살았다

        살다가 외로우면 산그늘을 바라보았다

                                                「산그늘」 전문

  아, 슬픔의 힘이 가슴을 강타하는군요. 마치 백석의 「여승」을 읽
는 듯합니다. 「여승」에서 저는 "쓸쓸한 낮이 옛날같이 늙었다" "나는
불경(佛經)처럼 서러워졌다", 그리고 "여인(女人)은 나 어린 딸아이를
따리며 가을밤같이 차게 울었다"와 같은 세 문장의 직유를 잊지 못

합니다. "나는 냇물처럼 멀리 왔다"와 "닿을 수 없는 내 안의 어느 곳에서 기러기처럼 살았다"는 어찌 그리도 꼭 들어맞는 직유인지요! 아니, 어찌 그리도 페이소스의 핵심을 건드리는 묘문(妙文)인지요!

저도 주제넘게 백석을 베끼는 시늉을 하느라 음식으로 시를 여러 편 썼습니다만, 선생님의 이번 시집에서 맛보는 장떡, 국수, 감자밥, 묘두부, 닭백숙, 조껍데기술은 선생님을 따라다니면서 같이 먹고 싶은 충동을 불러일으킵니다. 선생님은 실직자시니까 물론 계산은 제가 하겠습니다. 그 자리에 고형렬 형을 꼭 불렀으면 좋겠습니다. 그러면 눈이 우르릉거리는 사나운 날, 을씨년하고 어두운 날씨를 이길 수 있다는 고형렬 형의 「조태 칼국수」도 맛을 볼 수 있겠지요?

> 내 사는 설악산의 엉덩이는 얼마나 깊고 털이 무성한지
> 내 그것과는 감히 견줄 수가 없다
> 또 어떤 날은 미시령을 넘어가며
> 달도 엉덩이를 보일 때가 있는데
> 그 모습이 아름답고 섹시해서
> 나는 어둠 속에서 용두질을 할 때도 있다

선생님의 시 「그곳」의 한 구절이지요. 여러 해 속초에서 미시령을 넘어 다니시면서 섹시한 달의 엉덩이를 훔쳐보신 엉큼한 선생님! 『뿔을 적시며』가 7년 만에 낸 시집이라고 들었습니다. '7년 만에'라는 말 앞에, 그 과작의 장인정신 앞에 저는 또 경외감을 바치고 싶어집

니다. 선생님은 "나는 시를 너무 함부로 쓴다"고 썼지만 저는 그 문장을 "너희는 시를 너무 함부로 쓴다"는 꾸짖음으로 읽습니다. 벼릴 때까지 벼리고, 버릴 데까지 버리고 내놓은 시가 선생님의 시라는 것을 저는 잘 압니다. 그래서 올해 지용문학상을 수상하신 것도 결코 우연한 일이 아니라는 생각이 듭니다. 늦었지만 멀리서 축하를 드립니다.

사실 선생님의 시를 처음 만난 것은 20대 초반 제 습작기 때였습니다. 기억이 가물가물합니다만 박목월 선생이 만들던, 얇으면서도 알찬 문예지 『심상』에서 선생님의 시 「동해별곡」 연작을 본 것 같습니다.

> 바닷가에서 신(臣)의 업(業)은 그물을 치는 일입니다
> 그러나 동해가 아침마다 신을 방생하거늘
> 동해 어느 곳에 함부로 그물을 던지겠습니까
> 동해는 신(臣)보다 일찍 깨고 늦게 잠들지만
> 품속의 게 한 마리 말미잘 하나 울리는 걸 듣지 못했습니다
> 무엇이건 살 수 있는 대처(大處) 사람들은
> 신의 바다를 몇 평만이라도 팔라 하지만
> 신이 동해(東海)를 팔아 다시 무엇을 사겠습니까
> 바닷가에서 신의 업은 그물을 치는 일입니다
> 그러나 아침에 그물을 던지는 것은
> 다만 저녁에 빈 그물을 건지기 위해서입니다

「동해별곡(東海別曲)·1」 전문

이런 좋은 시를 어린 눈으로 읽을 줄 아는 저도 괜찮은 놈이지요? 그 무렵 저는 연작 6편을 모두 외우다시피 했거든요. 시의 화자를 '신(臣)'으로 설정한 대목은 여전히 당당하고, 동해라는 자연을 흥정의 대상이 아니라고 말하는 기개는 여전히 높습니다. 저녁에 빈 그물을 건지기 위해 아침에 그물을 던진다는 말은 바로 선생님의 시업(詩業)을 이르는 표현이겠지요.

선생님, 시를 팔아 다시 무엇을 사겠습니까. 저도 빈 그물을 건지기 위해 노력하면서 지금보다 더 많이 외로워하겠습니다. 속초에서 선생님도 무한정 외로우시기를 빕니다.

전주에서 보내는 편지

경상도 출신인 제가 전라도에 오래 엉덩이를 붙이고 사는 게 사람들은 때로 궁금한 모양입니다. 상경 열차를 타고 치달아 서울로 내빼지 않고 한반도에서 횡으로 삶의 공간을 옮기는 예가 드문 탓이지요. 그럴 때마다 저는 동서화합의 일익을 담당하기 위해서라고 짐짓 웃으며 너스레를 떨곤 합니다. 어디에 발 내리고 산들 그게 무슨 대수이겠는가 싶어서입니다.

그래도 저에게 왜 하필이면 전주에 눌러앉아 사느냐고 다시금 물으신다면, 저는 며칠 밤을 새워 당신과 술잔을 기울여야 할 것 같습니다. 먹고 마시는 일을 풍류의 하나로 끼워 넣어준다면 전주는 풍류를 즐기기에 더없이 좋은 곳이지요. 두툼한 지갑을 가슴에 넣고 다니지 않아도, 술 따라주는 기생 옆에서 큰소리치며 거들먹거리지 않아도 전주에서는 누구나 풍류를 즐기는 '한량'이 될 수 있습니다.

전주를 흔히 맛과 멋의 고장이라고 부릅니다. 음운 하나를 슬쩍 바꿈으로써 이 고장의 특성을 재치 있게 정리해서 압축한 말이지요. 그 맛과 멋을 속속들이 알고 싶으시면 『윤흥길의 전주 이야기』

라는 녹록치 않은 에세이를 한 번 읽어보시기를 권합니다. 전주의 출판사에서 나온 책이어서 구하기가 꽤나 힘이 들지도 모릅니다. 하지만 정녕 전주의 맛을 맛보고 전주의 멋을 멋지게 책으로 음미하고 싶다면 당신께서 자주 쓰시는 말, '지방 출장'도 마다하지 않아야겠지요. 제가 출판사와 서점이 몰려 있는 서울로 '지방 출장'을 가끔 가는 것처럼 말이지요.

혹시 막걸리를 좋아하시는지요? 막걸리 한 주전자를 주문하면 열 몇 가지의 안주가 따라 나오는 곳이 전주입니다. 당신께서 배가 출출할 때 전주에 도착하신다면 저는 평화동이나 삼천동의 골목길로 모시고 가서 막걸리를 대접하겠습니다. 메추리알, 배추뿌리, 가오리무침, 돼지비곗살, 조기찜, 오이와 당근, 풋마늘쫑, 계란부침, 부추전, 생굴, 꼬막, 주꾸미와 얼큰한 홍어탕이나 청국장이 당신을 반길 것입니다. 안주 값을 얼마를 받느냐고 저에게 묻지 마시기 바랍니다. 막걸리의 안주 값은 서울 지방에서나 통하는 말이니까요.

물론 전주에는 상다리가 휘어지게 나오는 한정식도 유명하고 비빔밥과 콩나물국밥의 명성도 빼놓을 수는 없습니다. 한정식이 귀족의 분위기를 풍기는 밥상이라면, 비빔밥과 콩나물 국밥은 서민에게 부담이 없는 음식이지요. 그런데 비빔밥을 생각하면 조금 안타까워집니다. 전주 비빔밥의 이름에 값할 만한 음식점이 썩 드물기 때문이지요. 나물에다 밥을 비빈다고 다 전주 비빔밥은 아니며, 비빔밥 앞에 전주를 붙인다고 해서 다 맛있는 전주 비빔밥은 아니라는 것만 말해 두겠습니다.

당신께서 점심때쯤 오신다면 저는 뭘 드실 거냐고 물어보지도 않고 곧바로 택시를 타고 남문시장 쪽으로 향하겠습니다. 그곳에는 일인 분에 오륙천원 정도로 배를 든든히 채울 수 있는 밥집들이 죽 도열해 있답니다. 당신은 서른 가지에 가까운 반찬 가지 수를 일일이 헤아리면서 입이 벌어질 것입니다. 젓가락을 어디부터 댈지 몰라 입만 벌리고 있다가는 밥을 굶기 십상입니다. 푸짐하게 차린 상 앞에서 식당의 이윤이 남을지 어떨지 따위는 걱정하지 않아도 좋습니다.

　먹고 마시는 이야기를 하다 보니까 정작 전주 사는 재미를 말씀드리지 못했군요. 지금 전주천 가에는 버드나무들이 연초록을 맘껏 뿜어 올리고 있습니다. 저는 대도시의 한가운데를 통과하는 시냇물 중에 전주천 만큼 맑은 물빛을 간직한 곳을 아직 보지 못했습니다. 이 천변에서 키들거리며 '연애'를 거는 고등학생들처럼 전주는 여전히 맑고 싱싱합니다.

　문득 전주천변 오모가리탕집 평상 위로 당신을 초대하고 싶습니다. 또 먹고 마시는 이야기를 꺼내느냐구요? 용서해주십시오. 여기는 전주니까요.

대학생이 된 스무 살 민석이에게

서울에서 밥은 잘 먹고 지내느냐? 밥 먹으라고 잔소리하는 엄마가 곁에 없다고 끼니를 쉽게 건너뛰어서는 안 된다. 내가 너만 할 때는 정말 돈도 밥도 없어서 가끔은 굶을 때도 있었다. 나는 밥이 그리워 밥을 기다렸지. 너는 밥이 너를 기다리지 않도록 해라. 밥에 대해 꼭 예의를 갖추어라.

아들아, 태어나서 처음으로 집이라는 둥지를 벗어나니까 좋으냐? 겨드랑이에 날개가 달린 것 같아? 내가 보기엔 너는 아직 햇병아리다. 깃털은 노랗고 부리가 연한 병아리다. 네가 내지르는 소리는 힘찬 '꼬끼오'가 아니라 가녀린 '삐약삐약'이다. 그렇다고 해서 병아리 스스로 자신의 삶이 나약하다고 여기지는 않지. 병아리로 살아가는 그 순간만큼은 병아리로서 최선을 다하는 일, 그게 병아리의 길이다. 때로 매서운 솔개가 머리 위를 빙빙 돌기도 하고, 밤에는 우리 안을 엿보는 날카로운 살쾡이의 눈이 번뜩일 것이다. 하지만 햇병아리들은 긴장하면서 그들을 물리치는 법을 배우는 법이란다.

나는 무엇보다 네 방의 책꽂이에 책이 별로 보이지 않는 게 걱정된다. 제발 역사를 많이 읽어라. 네가 역사의식의 무뇌아라는 말을 듣지 않았으면 좋겠다. 과거만 역사인 것은 아니다. 오늘, 지금도 역사다. 학교 쉬는 날을 잡아 반드시 용산 참사 현장을 다녀오기 바란다. 그리하여 뻔뻔한 권력을 향해 어떻게 분노해야 하는지 고뇌하기 바란다. 5월에 집에 내려오면 함께 광주도 가보자.

아들아, 동무를 사귀려면 술을 마셔라. 술자리에 절대로 빠지지 마라. 마시되 너무 과해서는 곤란하겠지? 만약에 일찍부터 장래의 취직을 염려하는 친구가 있거든 꼬집어줘라. 대학은 취업을 준비하는 곳이 아니다. 영혼의 혁명을 준비하는 곳이 대학이라는 것을 잊지 말아라. 네가 좋아하는 체 게바라가 그랬지. "우리 모두 리얼리스트가 되자. 그러나 가슴에는 불가능한 꿈을 가지자."라고. 부디 심장은 뜨겁고 머리는 차가운 사내가 되어라.

사사로운 일로 신경질을 부리지 말 것이며, 길가의 작은 민들레 한 포기에도 우주가 깃들어 있음을 깨우쳐야 할 것이며, 이 세상은 혼자 사는 곳이 아니라는 것을 늘 명심해야 한다. 아들아, 스무 살의 자유를 누리는 만큼 스무 살만큼의 책임이 뒤따른다는 것을 잘 알고 있지? 내 책상 서랍에 너에게 줄 선물이 있다. 궁금하지? 콘돔이다. 진즉부터 너에게 주고 싶었다. 연두가 초록으로 변하는 5월 어느 아침에 전주에서 아비가 쓴다.

처음 대통령을 뽑는 딸에게

사랑하는 딸아, 설레느냐? 12월 19일을 손꼽아 기다리고 있느냐? 그날은 너의 손으로 처음 대통령을 뽑는 날이다. 참 많이 컸구나. 같은 시대를 살아가는 아비로서 축하한다는 말을 전하고 싶다. 너의 작은 손으로 정부를 세울 수 있으니 말이다.

한편으로는 답답한 심정도 숨길 수 없는 게 사실이다. 일찌감치 후보의 정책과 미래에 대한 전망을 보고 투표할 기회를 빼앗겨버린 탓이다. 오로지 후보의 이미지와 구호로만 편을 가르는 선거판을 지켜보며 나도 솔직히 흥이 나지 않는다. 어쩌겠느냐? 그 누구를 탓할 것 없다. 다만 우리가 할 일은 혹세무민하는 자들을 경계하고 엄중히 한 표로 판단하는 일뿐이다. 너와 나의 한 표만이 희망이다.

딸아, 머지않아 너에게 투표통지서가 배달될 것이다. 내가 너만한 나이였을 때는 국가가 나에게 그 용지를 전해주지 않았다. 나는 국민이었으나 내 손으로 대통령을 뽑을 수 없었다. 군부독재자들이 허용하지 않았다. 투표하게 해달라고 요구하고 저항하는 이들에게는 철퇴가 내려졌다. 죽음의 시대였다.

죽음을 삶으로 가까스로 변환시킨 게 1987년 6월이었다. 그 당시 네 살 먹은 너를 안고 시위대 뒤를 쫓아가던 일 아느냐? 우리 손으로 직접 대통령을 뽑게 해달라는 것이었지. 항쟁이었다. 국민들의 염원을 최루탄으로 잠재우려던 세력들을 잊으면 안 된단다, 딸아. 그때 흘린 눈물을 단지 추억으로만 이해해서는 안 된단다. 눈물은 핏물이었다. 미래로 가기 위해서는 반드시 역사를 참고해야 한다. 너는 부디 이 나라의 미래를 위해 한 표를 던져라.

알다시피 우리나라는 지구상에서 유일한 분단국가다. 민족이 갈라선 지 60년이 넘었다. 60년이 넘게 싸우고 으르렁대고 시기하고 질투하며 세월을 보냈다. 남북의 체제와 이념과 문화의 이질성은 모두 분단으로부터 나왔다. 치고받고 싸우면서 둘 다 가슴에 멍이 들고 말았다.

가까스로 정신 차리고 손을 잡아보자고 한 게 겨우 10년이다. 천신만고 끝에 되찾은 10년이다. 아직 상처는 아물지 않았다. 앞으로도 더 많은 약을 상처에 발라야 한다. 경제나 국방을 비롯한 모든 영역에서 북한은 남한하고 맞짱 붙을 상대가 아니다. 가난하고 피곤해진 형제에게 발을 거는 것은 사람의 도리가 아니라고 생각한다. 너 같으면 동생한테 그리 하겠느냐? 딸아, 여전히 북한에 대해 무작정 각을 세우고 삿대질하는 자들이 있단다. 냉전시대로의 회귀를 존재의 목표로 삼는 자들이란다. 그들의 언행을 유의해서 관찰해야 한다. 이번 대통령 선거에서 너는 부디 이 민족의 사랑을 위해 한 표를 던져라.

대학을 졸업하고 지금은 '청년백수'로 지내고 있는 딸아, 대통령이 일자리를 만들어준다고 믿지 마라. 수백만 개의 일자리를 만든다는 환상에 속지 말라는 말이다. 그렇게 일자리가 생긴다면 대통령 선거를 해마다 한 번씩 해도 좋겠지. 청년실업이란 말이 쏙 들어가게 될 터이니까. 너의 일자리는 대통령이 만드는 게 아니라 너의 손으로 만드는 것이다. 겉만 번지르르한 공약에 넘어가서는 안 된단다.

이와 함께 제발 우리 사회에 퍼져 있는 왜곡된 경제 논리를 그대로 추종하지 마라. 부동산 투기로 얻은 재산을 재투자라고 말하는 사람들이 늘어나는 한 이 땅에 희망은 없단다. 좀 더 많이 가진 사람들이 왜 좀 더 많이 나누어야 하는지, 경제적인 부가 왜 삶의 질을 보장해주지 못하는지, 진정 경제에 관한 총체적인 사유와 토론이 필요한 때다. 모든 것을 경제 탓으로 돌리면서도 온 국민이 경제 숭배주의에 빠져 있는 오늘날의 모순을 직시하기 바란다.

딸아, 민주주의 사회에서 투표는 기회인 동시에 위협이다. 한편으로는 투표를 통해 우리의 의지를 가장 강력하게 드러낼 수 있기 때문이며, 다른 한편으로는 투표라는 절차를 거쳐서 어떤 이에게 우리의 삶에 깊숙이 개입할 권한을 우리 스스로 그에게 위임하기 때문이다.

우리가 투표에 꼭 참여해야 하는 이유가 바로 여기에 있다. 투표는 우리의 삶을 우리 스스로 결정할 것인가, 아니면 무방비로 타인의 손에 통째로 맡겨 둘 것인가의 경계선인 것이다. 이 중대한 삶의 경계선 위에서 방안에 틀어박혀 하루를 허비할 생각일랑 하지 마라. 그것은 너의 권리뿐만 아니라 주체적인 삶을 포기하는 것과 마찬가지다. 투표는 하면 좋고 안 하면 그만인 그런 것이 아니다.

딸아, 이제 너의 한 표가 중요하다. 너의 한 표가 투표율이고, 너의 한 표가 정부고, 너의 한 표가 혁명이고, 너의 한 표가 너의 권력이다. 부디 너의 권력을 행사하는 데 주저하지 마라. 만약에 투표하는 날 다리를 다치게 된다면 기어가서라도 투표해라. 모처럼 쉬는 날이니 여행을 가자고 어떤 친구가 제의해오면 그 친구하고 절교를 하더라도 투표해라. 내가 먼 데 좀 다녀오라고 심부름을 시키면 아비의 말을 거역하더라도 투표해라.

한솥밥을 먹던 사람들에게

삼시 세 끼 배곯지 않고 먹고 살만 한 호시절이라는데, 한쪽에서는 영 글러먹은 세상이라고 삿대질로 세월을 다 보내고, 또 한쪽에서는 옛적보다 사는 게 수월찮다고 땅이 꺼져라 한숨만 쉬고 있다. 도처에 투정과 엄살이 넘쳐나고 있다. 경제를 탓하고 정권을 탓하지만 그 누구도 자기 자신을 탓하지는 않는다. 귀성길에 고속도로가 막히면 길게 늘어선 다른 차들을 탓하지 자신의 차가 길을 가로막고 있는 장벽의 하나라는 걸 인정하려고 하지 않는다.

입으로 밥 들어가는 일도 투정 아니면 엄살이다. 잘 생각해보자. 더 맛난 것을 혀끝으로 찾으려는 욕망과 더 몸에 좋은 것을 섭취하려는 욕망의 부추김에 길들여지면서 우리는 점점 속물이 되어온 건 아닌지? 먹는 일은 중요하지만 우리는 그동안 도시에서 먹는 일에 한사코 목을 매달고 살지는 않았는지? 남보다 더 맛있는 것을, 더 많이 먹으려고 아등바등 살아온 것은 아닌지?

고향은 밥의 기억을 공유하는 사람들이 모이는 곳이다. 그 누구도 고향에서는 투정과 엄살을 부리지 않았고, 함께 밥을 먹는다는 것만으로도 행복했다. 음식을 나눠먹을 줄 알았고, 반찬을 서로 권할 줄 알았다. 명절은 그렇게 더불어 밥 먹던 사람들이 다시 모이는 시간이다.

설날이 다가온다. 성공한 사람도 실패한 사람도 고향 쪽으로 발걸음을 옮길 것이다. 고향에서는 성공했다고 떠벌이며 자랑할 일이 아니며, 실패했다고 기죽어 고개 숙일 일도 아니다. 왜냐하면 우리는 가난한 밥상 앞에서 함께 밥을 먹던 사람들이니까! 한솥밥을 먹던 사람들이니까!

설날에 모처럼 한솥밥을 해 먹게 되거든 모든 좌절과 상처 앞에 조금 더 겸손해지자. 옛적에 할아버지 앞에 다소곳이 무릎 꿇고 앉아 덕담을 듣던 아이처럼 귀가 순해지자. 그때 창호지로 비쳐들던 햇살처럼 말이다.

꽃이 된 아이들에게

4월 16일이었지. 너희들을 싣고 가던 세월호가 침몰했다는 소식을 처음 들었지. 텔레비전에 전원 구조라는 뉴스를 보고, 참 다행이다, 괜찮아서 다행이라고 생각했고, 해가 질 때까지 우리는 그렇게 알고 있었어. 그 후로 벚꽃이며 살구꽃 같은 봄꽃들이 푸른 잎사귀들에게 자리를 다 비켜준 뒤에까지도 너희에게서는 소식이 들려오지 않았지.

오랜만에 교실을 벗어난다고, 교문 밖을 나선다고, 수학여행을 떠난다고, 제주도에 간다고 얼마나 들뜨고 신났을까. 교복 대신 청바지를 입고, 무거운 가방 대신 알록달록 배낭을 메고 오종종 모여 있었을 너희를 생각한다. 봄바람을 맞으며 바람 불면 바람 부는 대로, 생각나면 생각나는 대로 걷고 싶었을, 학교라는 구속에서 잠시 해방된 마음을 떠올린단다. 누구보다 즐거워했을 그 얼굴을 하나하나 기억한단다.

아이들아, 기적처럼 태어났으니 기적처럼 돌아오라는 말도 기적이 되지 못했구나. 푸른 잎사귀보다 더 푸른 너희가 아직 그곳에서 꽃이 되었다는 사실을 나는 믿지 못하겠다. 수학여행을 가다 다시 돌아오지 못한 너희에게 대한민국이라는 국가는 아무것도 해준 것이 없다. 검은 바닷속에서 애타게 어른들을 찾았을 너희에게 우리 어른들은 아무것도 해준 일이 없다. 너희가 생각했던 나라는 이런 곳이 아니었을 거야. 너희가 믿었던 어른은 그런 사람들이 아니었을 거야. 섬에 닿지 못한 세월호를 우리 모두가 가라앉힌 것이나 다름없다고 생각해. 어른이어서 미안하다. 책임지지 못해 미안하다. 어둡고 깊은 곳에 혼자 내버려둬서, 함께 있어주지 못해서, 같이 살아 있지 못해서, 우리만 살아 있어서 미안하다.

아이들아, 부끄러운 어른으로 그래도 말을 걸고 싶구나. 잠깐만 나와 볼래. 쉿, 아무한테도 말하지 않고 몰래 가는 거야. 허락도 허가도 필요 없어. 망설일 필요도 없지. 우리 제주도로 가자. 내가 데려다줄게. 하고 싶은 대로 하는 거야. 성큼성큼 교실에서 나와 교문을 박차고 만나자. 불량하게 걷고 다리를 건들건들 흔들어보고 빽빽 소리도 질러보는 거야. 어슬렁어슬렁 돌아다니다가 볕 좋은 곳에 그냥 드러누워 버리지 뭐. 봄날이니까. 우리니까. 사람이니까. 걸어서 바다까지 뛰어서 한라산까지 가보자. 함께 걸어줄게. 손잡아줄게. 신나게 놀아줄게. 아이들아, 지금은 꽃이 된 아이들아.

무소의 뿔처럼 혼자서 가라

　밤새워 화투판에서 밑천 다 날리고 새벽 마루 끝에 앉아 냉수 한 사발 들이키는 사람처럼, 다 벗어던지고 몸뚱이 하나 남은 겨울 나무처럼 스스로 벌거벗기 위해 서 있는 것들이 있으니, 오로지 뼈만 남아 몸 하나가 밑천인 것들이 있으니, 올해 당신은 무소의 뿔처럼 혼자서 가라.

　모든 것으로부터 버림받았다고 해도, 희망 같은 것을 몽땅 잃어버렸다고 해도, 우리가 가진 절망이 많으니, 절망을 재산으로 삼고, 절망으로 밥을 해먹고, 절망으로 국을 끓일 각오로 무소의 뿔처럼 혼자서 가라.

　살아온 날들에 대해서는 흔쾌히 반성문을 쓰고, 살아갈 날들을 위해서는 빛나는 예지의 선언문을 쓰고, 누가 뭐라 해도 후진하는 법 없이, 요란하게 수다를 떠는 법 없이, 발소리를 남기지 않고 침묵으로 한 생을 밀고 가는 무소의 뿔처럼 혼자서 가라.

　바람 찬 노숙의 새벽이여, 문풍지 사이로 스미는 바람소리여, 눈썹 끝까지 눈 쌓인 배추밭이여, 살얼음으로 감발하고 넘는 고갯길이여, 검은 기름띠에 휘감겨 우울했던 태안의 해안이여, 지난가을 트랙터로 갈아엎은 배나무 과수원이여, 지금 비록 쓰러져 아플지라도 눈물을 보이지 말고 무소의 뿔처럼 혼자서 가라.

순식간에 꽁꽁 얼어붙은 금강산 가는 길이여, 군홧발로 짓밟힌 촛불이여, 반 토막으로 거덜 난 주식통장이여, 갈가리 찢긴 국사 교과서여, 이랜드와 기륭전자와 YTN 해고자들이여, 해직교사들이여, 비정규직 가로수들이여, 마른 풀잎 같은 청년실업자들이여, 거꾸로 돌아가는 민주주의 시계를 향해, 그리고 분노를 잃어버린 심장을 향해 무소의 뿔처럼 혼자서 가라.

지금 이 세상을 지배하고 있는 것이 겨울이라는 것을 알고, 그러나 겨울이 한 번도 봄을 이겨본 적이 없다는 자연의 순리와 역사의 진보를 믿고 무소의 뿔처럼 혼자서 가라. 땅속 깊이 묻어둔 김장독처럼 발효의 시간을 견디며, 비록 벌거벗었으나 나무처럼 땅속에서도 발가락을 꼼지락거리며, 계절의 사선을 넘어 어둠을 넘어 무소의 뿔처럼 혼자서 가라.

가라. 몸을 낮춰서 가지 말고, 어깨를 움츠리고 가지 말고, 힐끔힐끔 눈치 보면서 가지 말고, 당당하게 무소의 뿔처럼 혼자서 가라. 광목천을 가르는 가위처럼 사랑해야 할 것과 미워해야 할 것을 분명히 구별하고, 과녁의 중심을 향해 날아가는 화살처럼 뒤돌아보지 말고 무소의 뿔처럼 혼자서 가라.

가라. 바닥을 친 경제여, 바닥을 친 사랑이여, 무소의 뿔처럼 혼자서 가라. 우리는 아직 밑바닥까지 내려가 본 연못의 물고기도 되어

보지 못했고, 밑바닥까지 내려가 본 물 속의 잎사귀도 되어보지 못했으니, 밑바닥을 찾아, 근원을 찾아 무소의 뿔처럼 혼자서 가라.

열 걸음 안에 제 병을 낫게 할 약이 있는 줄 알고 풀을 뜯는 저 소를 보아라. 우리 산하의 능선을 닮은 저 소의 등줄기의 곡선을 보아라. 욕심도 교태도 없이 실한 저 엉덩이를 보아라. 크고 순한 가식 없는 저 눈망울을 보아라. 저 소의 걸음걸이, 저 소의 울음소리를 따라 당신은 부디 무소의 뿔처럼 혼자서 가라. 이유 없이 끼어들지 말고, 남의 꼬리를 물고 늘어지지 말고, 당신 속에서 걸어가는 소를 찾아 무소의 뿔처럼 혼자서 가라.

그리하여 무소의 뿔처럼 혼자서 가라. 소리에 놀라지 않는 사자와 같이, 그물에 걸리지 않는 바람과 같이, 진흙에 더럽혀지지 않는 연꽃과 같이 무소의 뿔처럼 혼자서 가라.

기도

　항일 무장 독립군들이 휘몰아치는 눈보라를 뚫고 오르던 길을 우리는 참 편하게 오릅니다. 거센 눈보라로 우리의 이마를 갈겨주시고, 매운 칼바람으로 흐리멍덩한 정신의 온도를 재보아 주소서. 거울을 앞에 놓고도 자신을 보지 못하는 우리에게 천지의 팽팽한 수면을 펼쳐보여 주시고, 장백폭포의 힘찬 물줄기가 회초리 되어 종아리에 감기게 하소서.

　장군봉, 백운봉, 자하봉, 철벽봉, 지반봉, 와호봉, 천문봉, 천활봉, 용문봉, 화개봉…… 백두산 봉우리들의 이름을 숨 가쁘게 불러봅니다. 스크럼을 짜고 있는 봉우리들이 저 혼자 잘나서 최고 높이로 솟아오른 게 아니라는 것을 알게 하소서. 저 해남 땅끝마을의 앞산과 한반도의 크고 작은 산들이 힘을 합쳐 밀어주었기 때문에 비로소 백두산이 우뚝 솟아올랐다는 것을 알게 하소서. 우리가 가진 재산과 권력과 지위가 우리의 힘으로 쌓인 게 아니라는 것을 분명히 깨우치게 하고, 우리보다 빈한하고 낮고 허약한 이들이 오늘날의 우리를 만들었다는 것을 아프게 각성하게 하소서.

우리가 우리 땅을 밟으며 오지 못하고 먼 길 돌아서 온 백두산입니다. 어느덧 광복 70년인데 분단의 철조망을 걷어내지 못한 역사를 발걸음 한 번 내디딜 때마다 부끄럽게 하소서. 눈 위에 찍히는 발자국도 창피해서 고개 들지 못하게 하소서. 가동을 멈춘 심장은 차갑다는 것을, 차가운 것은 두근거리지 않는다는 것을, 두근거리지 않는 것은 살아 있지 않다는 것을 알고 뉘우치게 하소서.

백두산은 백두산에만 있는 게 아니라는 것을 느끼게 하소서. 매일 나서는 출근길이 백두산에 오르는 길이며, 일상의 사소한 다툼과 시기와 질투도 백두산으로 가는 과정임을 가만히 깨닫게 하소서. 내 바로 옆의 동료와 동무가 백두산의 봉우리이며, 최저임금 5580원에 시달리는 내 이웃들의 눈망울에도 천지가 고여 있음을 직시하게 하소서.

2015년 을미년 새해 아침에 백두산에 올랐습니다. 올해 을미년에는 '갑질'로 인생을 분탕질하고 있는 오만한 갑들에게 을이 없으면 갑도 없다는 사실을 통찰하게 해주소서. 벼랑 끝으로 곤두박질치고 있는 대한민국의 민주주의와 시시각각 전쟁과 테러로 위협받고 있는 이 세계의 평화를 회복하게 해주소서. 부디 모든 멸시와 차별을 땅속에 묻고, 따뜻한 화해와 상생이 땅 위에 넘치게 하소서.

최후진술서[*]

1심

저는 지금도 제가 왜 이 법정에 피고인으로 서 있게 되었는지 이 해를 할 수 없습니다. 저에게 잘못이 있다면 평소에 책을 읽으면서 궁금해 하던 것을 트위터를 통해 공개적으로 질문을 했다는 것입니다. 어떤 의문점에 대해 질문을 던지고 합리적으로 의심하는 행위조차 법의 판단을 받아야 한다면 우리 사회는 올바른 사회라고 보기 어렵고, 그 앞날도 막막합니다. 검찰이 저를 무리하게 기소한 것은 법률이라는 이름을 앞세운 폭력이며, 저는 그 피해자라는 생각을 떨칠 수가 없습니다. 그래서 이 자리에 서 있는 저는 참으로 괴롭습니다.

지난 3월 22일, 전주지검에 처음에 나갈 때 저는 피진정인 신분

---

[*] 편집자 주 : 저자는 2012년 대통령 선거 직전 안중근 의사가 죽음을 앞두고 남긴 글씨(유묵)의 행방을 묻는 글을 트위터에 올렸다가 공직선거법 위반으로 기소되어 2013년 11월의 1심 재판에서는 일부 유죄를 선고받았으나 2014년 3월의 항소심에서 무죄 판결을 받았다.

이었습니다. 저에게 소환을 통보한 첫 번째 검사는 피진정인으로 검찰에 출두하라고 했습니다. 그리고 며칠 후 다시 전화를 해서 이 사건에 관한 근거자료를 보내주면 굳이 검찰에 나오지 않아도 된다고 했습니다. 하지만 저는 자진해서 검찰에 나갔습니다. 전주지검장실에서 지검장, 차장검사, 부장검사와 함께 차를 마시며 20여 분간 대화를 나눴습니다. 저에게 그들은 크게 걱정할 것 없다, 진정이 들어와서 형식상 이런 절차를 거치는 거다, 라고 말했습니다. 그 이후 담당검사의 방에서 40여 분 간 조사를 받았습니다. 트위터에 올린 글의 근거가 뭐냐는 질문이 주를 이뤘고, 저는 미리 준비해간 자료를 검사에게 모두 넘겨주었습니다. 그런데 기이하게도 5월 말, 법무부는 저를 담당했던 첫 번째 검사를 비위 혐의로 면직처분을 하고 말았습니다. 그 젊은 검사가 혹시 저를 기소하지 않겠다는 의견을 상부에 냈다가 보복성 징계를 당한 건 아닌지 내심 걱정이 됩니다. 권력의 마음에 들지 않으면 검찰총장까지 주저앉히는 게 이 나라의 현실 아닙니까?

6월 4일, 담당검사가 바뀌었다는 통보와 함께 추가로 조사할 게 있다고 검찰에서 부르더군요. 저는 편한 마음으로 나갔습니다. 그런데 두 달 반만에 졸지에 저의 신분이 '피진정인'에서 '피의자'로 바뀌어 있었습니다. 검찰은 저에게 이 사실을 숨겼고, 공소시효 이전에 조사를 마무리해야 한다면서 다급하게 사건을 진행하는 표정이 역력했습니다. 그리하여 국정원 대선개입 사건에 많은 국민의 관심이 집중되고 있던 시기, 즉 원세훈 전 국정원장과 김용판 전 서울경

찰청장을 불구속 기소하던 날 똑같이 저를 불구속 기소했습니다. 이 사건에 검찰의 정치적 의도가 강하게 개입했다고 판단하는 이유가 이것입니다. 국정원의 유례없는 불법 대선 개입을 희석시키기 위해 상대편에서도 선거법을 위반했다는 치졸하고 궁색한 논리를 퍼뜨리고자 저를 기소한 것입니다.

저는 17건의 트위터 글을 통해 박근혜 당시 후보가 안중근 유묵을 훔쳐갔다고 쓴 적이 결코 없습니다. 어떤 물건을 소장한 사람이 그 물건을 훔쳐갔다는 건 말이 되지 않으니까요. 검찰은 작년 제18대 대선 당시, 제가 문재인 캠프 공동선대위원장으로서 선거 직전에 상대 후보를 비방할 목적으로 트위터에 글을 올렸다고 억지 논리를 펴고 있습니다. 트위터에 올린 글은 캠프와 아무 관련이 없으며, 순전히 개인적인 판단에 의한 것입니다. 박근혜 후보를 떨어뜨릴 목적이 있었다면 조직력을 갖춘 선거캠프를 활용했겠지요. 선거기간에는 합법적인 방법으로 후보를 검증하는 게 국민의 권리입니다. 박근혜 후보는 1974년부터 1979년까지 청와대에서 퍼스트레이디 대리역할을 한 사람입니다. 앞에서 보셨다시피 1993년부터 2010년까지 안중근 의사와 관련한 각종 도록과 학술논문, 언론 기사에 '박근혜 소장'이라는 기록이 10여 차례 등장합니다. 그럼에도 측근을 통해 "청와대에서 가지고 나오지 않았고 본 적도 없다"는 짤막한 해명만 내놓았을 뿐입니다. 죽음으로 민족을 구한 안중근 의사의 유묵을 이렇게 취급하는 것은 무책임한 태도이며, 한 나라의 대통령 후보로서 충분히 해명해야 할 사안이라고 생각했습니다.

저는 30년 넘게 글을 쓰면서 수십 권의 책을 출간하기도 했습니다. 어떤 책은 100쇄를 훨씬 넘겨 스테디셀러가 되었고, 제가 쓴 시와 산문 20여 편이 초·중·고 교과서에 실려 지금도 어린 학생들이 배우고 있습니다. 작가에게 문장은 책임을 져야 할 생명과도 같은 것입니다. 저는 충분한 자료조사와 검증 과정을 거치고 나서 글을 쓰는 사람 중의 하나입니다. 요컨대 제가 트위터에 올린 글은 모두 사실에 바탕을 둔 내용입니다.

권위적인 군사독재시기에 저는 문학청년 시절을 보냈습니다. 그 후 시인으로 활동을 하면서 우리 사회에서 헌법이 보장하는 표현의 자유가 어떻게 허물어지고 어떻게 복구되는지도 유심히 지켜봤습니다. 그러하기에 이 표현의 자유를 저 스스로 어떻게 지켜나가야 하는지도 잘 알고 있습니다. 또한 그에 대한 책임감도 잘 인식하고 있습니다. 적잖은 부작용에도 불구하고 SNS에서의 글쓰기가 보편화되어 가고 있는 지금, 표현의 자유를 거론해야 할 만큼 우리 사회의 민주주의는 위기를 맞고 있습니다. 재판을 앞두고 저는 시를 쓰지 않는 것도 권력에 대한 하나의 저항이라고 판단하고 수십 년 동안 지속해오던 시 쓰는 일을 중단했습니다. 평생의 일을 포기해야 할 만큼 현실은 엄중하기만 합니다.

오늘 국민참여재판에 배심원으로 참여하신 여러분들께 부탁드리고 싶은 게 있습니다. 제가 군이 통상적인 재판 대신에 국민참여재판을 신청한 이유는 지금 법정에서 진실을 다투고 있는 이 문제에 대해 여러분의 건강한 상식과 양심에 따른 판결을 받고 싶어서였습니다. 아마도 법률 조문에 따른 엄격한 법적용은 재판부가 더 판단을 잘하실 것입니다. 배심원 여러분들도 그렇듯이 저도 법에 관해서는 문외한이라 해도 좋을 만큼 잘 알지 못합니다. 저 또한 여러분과 마찬가지로 일상을 영위하는 과정에서 구체적이고 세부적인 법률 사안에는 정통하지 못하지만, 현재 통용되는 법 가운데 일부분은 매우 부당하거나 부조리함을 종종 느낄 때가 있습니다. 국민참여재판은 법의 그러한 약점을 보완하는 제도라고 생각합니다.

배심원 여러분, 여러분은 각자 한 사람의 국민인 동시에 이 재판에 참여하지 못하는 다른 국민들을 대표하는 분들입니다. 여러분의 의견이 바로 국민의 의견이며, 여러분의 판결이 바로 국민의 판결입니다. 여러분이 국민의 대표라는 것은 여러분이 바로 우리 시대의 양심과 정의를 대변한다는 뜻이며, 법이 원래 그러한 기반 위에 세워졌듯이 여러분의 생각과 판단이 법보다 중요하며 법보다 앞선다는 뜻이기도 합니다.

부디 바라건대, 배심원 여러분이 법의 기원임을 잊지 말아주십시오. 여러분은 법에 의해 구성된 존재가 아니라 법을 구성한 당사자이며, 만약 법이 원래의 의도와 달리 악용된다면 그것을 제지하고 수정할 권리를 지닌 유일한 존재입니다. 여러분의 상식과 양심으로 제가 죄인인지 아닌지 밝혀주십시오. 배심원 여러분께서 저를 유죄라고 판단하신다면 저는 그 죄를 달게 받겠습니다. 여러분의 판결은 억울한 법의 구속으로부터 피해를 입는 국민들이 없도록 하는 데 기여할 것입니다. 또한 스러져가는 이 땅의 민주주의를 살리는 매우 중요한 결정이 될 것입니다.

저는 이 사건에 대해 배심원 여러분들과 재판부에서 현명한 판단을 내리실 거라고 믿습니다. 저의 행위가 과연 법의 심판을 받아야할 만큼 우리의 가치관을 위협하는 것인지를 잘 판단해주십시오. 그 판단이 우리 사회의 건강성을 판가름 내는 시금석이 될 거라고 확신합니다.

저의 말씀을 끝까지 들어주신 여러분께 감사를 드립니다.

2심

1심 국민참여재판에서 배심원들은 전원일치 무죄 평결을 내렸습니다. 그럼에도 1심 재판부는 그 의견을 뒤집는 판결을 함으로써 이 사건은 뜻하지 않게 많은 국민과 언론의 주목을 받았습니다. 일반적인 상식과 법의 거리가 이렇게 멀다는 것을 알게 되었습니다. 이 사건을 통해 우리는 상식으로 이해할 수 있는 일이 왜 법의 잣대로는 죄가 되는지 오랫동안 사유하고 토론하게 되리라 봅니다.

이 사건과 관련해서 두 가지만 이야기해보겠습니다. 저는 트위터에 올린 17개의 글에서 "박근혜 후보가 안중근 유묵을 훔쳐 소장하고 있거나 유묵 도난에 관여했다"는 취지의 표현을 한 적이 없습니다. 하지만 검찰은 제 글을 자의적으로 해석해서 소설을 썼습니다. 검찰은 정치적 판단에 의해 무리하게 저를 기소했습니다. 권력에 대한 과도한 충성심이 오히려 그 권력에 해를 끼치게 된다는 것을 우매한 검찰은 모르고 있습니다.

또 하나는 이 사건으로 인해 우리 헌법이 보장하고 있는 표현의 자유가 위축되어서는 안 된다고 생각합니다. 우리 사회에서 민주주의의 기본이 되는 표현의 자유는 그 보장의 폭을 넓혀야 하는 것이지 그 어떤 이유에서든 제한해서는 안 된다고 봅니다.

우리 사회의 민주주의가 전반적인 위기를 맞고 있는 지금, 재판부의 현명한 판단이 민주주의를 지키는 시금석이 될 거라고 생각합니다.

3부

시
를

읽
는

일

서울로 가는 전봉준

눈 내리는 만경 들 건너가네
해진 짚신에 상투 하나 떠가네
가는 길 그리운 이 아무도 없네
녹두꽃 자지러지게 피면 돌아올거나
울며 울지 않으며 가는
우리 봉준이
풀잎들이 북향하여 일제히 성긴 머리를 푸네

그 누가 알기나 하리
처음에는 우리 모두 이름 없는 들꽃이었더니
들꽃 중에서도 저 하늘 보기 두려워
그늘 깊은 땅속으로 젖은 발 내리고 싶어하던
잔뿌리였더니

그대 떠나기 전에 우리는

목숨 그대의 칼집도 찾아주지 못하고
조선 호랑이처럼 모여 울어주지도 못하였네
그보다도 더운 국밥 한 그릇 말아주지 못하였네
못다 한 그 사랑 원망이라도 하듯
속절없이 눈발은 그치지 않고
한 자 세 치 눈 쌓이는 소리까지 들려오나니

그 누가 알기나 하리
겨울이라 꽁꽁 숨어 우는 우리나라 풀뿌리들이
입춘 경칩 지나 수군거리며 봄바람 찾아오면
수천 개의 푸른 기상나팔을 불어제낄 것을
지금은 손발 묶인 저 얼음장 강줄기가
옥빛 대님을 홀연 풀어헤치고
서해로 출렁거리며 쳐들어갈 것을

우리 성상(聖上) 계옵신 곳 가까이 가서
녹두알 같은 눈물 흘리며 한 목숨 타오르겠네
봉준이 이 사람아
그대 갈 때 누군가 찍은 한 장 사진 속에서
기억하라고 타는 눈빛으로 건네던 말
오늘 나는 알겠네

들꽃들아

그날이 오면 닭 울 때

흰 무명띠 머리에 두르고 동진강 어귀에 모여

척왜척화 척왜척화 물결소리에

귀를 기울이라

　오직 신춘문예를 통과해야 한다는 강박, 욕망, 오기, 흥분이 뒤섞인 감정들이 이십대 초반의 나를 감싸고 있었다. 다른 길은 눈에 보이지 않았고, 설혹 다른 길이 있다고 해도 내가 가야 할 길은 아니라고 스스로 우기고 싶었을 것이다. 그것은 병이었고, 나는 그 몹쓸 병에 걸린 문학주의자였다.

　대학 1학년 때 〈매일신문〉에 「낙동강」이 당선된 이후, 두 해 동안 계속 쓴잔을 마셔야 했다. 이름을 엉뚱하게 바꿔 응모한 적도 있었는데 번번이 최종심에서 탈락이었다. 미리 써서 벽에 붙여둔 당선소감은 구겨졌고, 큰소리치고 마신 외상 술값은 갚을 길이 없었다. 연애는 발목이 눈 속에 푹푹 빠지거나 저 혼자 빈 들판을 헤매기 일쑤였다. 그리하여 저녁마다 마시던 술만이 좋은 애인이었다.

　신춘문예가 입을 모아 요구하는 '참신성'을 공식처럼 외우고 다니면서도 나는 좀 다른 꿈을 꾸고 있었다. 80년대라는 시대와 시를 어떻게 묶을 것인가 하는 게 고민의 중심 내용이었다. 대학 캠퍼스 안에는 정보 경찰들이 합법적으로 방을 얻어 드나들던 시절이었다. 문학의 밤을 준비하면서 그 이름을 '이 어둠 속에서 타오르는 시'로 내걸었다가 '어둠'이 무엇인가에 대해 따지는 사람들과 고된 입씨름을 벌여야 했다. 그 흔한 '어둠'의 은유 하나도 허락되지 않던 때의 시는 그에 맞서기 위해 '어둠'을 외면할 수 없었다. 그렇다고 현실이 어둡다고 직설적인 넋두리로 시를 질질 끌고 갈 수도 없는 노릇이었다. 이른바 서정에 대한 배려가 그것이었다. 현실 속에 서정을 들어앉히고, 서정을 현실 속으로 잡아당기려는 노력의 하나가 시를 쓰는 일이었다.

이 시를 쓰게 된 계기는 전적으로 한 여자를 만났기 때문. 햇볕이 유난히 맑은 봄이었던가. 어떻게 어떻게 해서 그녀와 나는 그만 눈이 맞아서 들길이며 술집이며 자취방을 엉덩이에 뿔난 송아지마냥 쏘다녔는데, 그녀는 나와 같은 학교의 국사교육과에 다니는 처녀였다. 시인을 꿈꾸던 나는 늘 한두 권의 시집을 들고 다녔고, 그녀의 손에는 우리 역사와 관련된 책들이 들려 있었다. 사랑이라는 것은 상대방에게 관심을 가지는 데서 출발하는 법. 나는 그녀에게 적극적으로 접근하는 방식의 하나로 닥치는 대로 그녀의 책을 빌려보기 시작했다. 특히 우리나라 근현대사를 주체적인 시각으로 정리한 책들을 재미있게 읽었는데, 그게 그 무렵 몽매한 내 눈을 틔우는 데 도움이 되었다. 그 와중에 읽은 책 중의 하나가 재일사학자 강재언이 쓴 『한국근대사』였다. 책을 다 읽고 책장을 덮었을 때 책의 뒤표지에는 한 장의 조그마한 사진이 붙어 있었다. 그 사진을 설명하는 짤막한 한마디, '서울로 압송되는 전봉준'. 그것을 나는 노트 한쪽에 또박또박 적어 두었다.

신춘문예 철이 다가왔을 때, '서울로 압송되는 전봉준'을 '서울로 가는 전봉준'으로 고치고 그걸 제목으로 삼아 학교 앞 자취방에 엎드려 시를 썼다. 동학농민전쟁에 대한 또 다른 책들을 통해 역사적 사실을 확인하는 과정에서 상상력을 건드리는 몇 가지 아이디어가 모아졌다. 전봉준이 전북 순창의 피노리에서 체포된 시기는 음력으로 정월이었다. 그 어느 책에도 서울로 압송되는 동안 눈이 내렸다는 기록은 없다. 그것은 원래 역사학자들의 몫이 아니기도 했다. 나는 시의 배경에다 눈을 퍼부어대기로 했다. 그리고 반봉건을 기치로 내건 혁명 주도 세력들의 왕에 대한 입장이 궁금했는데, "우리 성상 계옵신 곳"과 같은 구절은 자료 조사에 의한 표현이라고 할 수 있다. 또한 마지막 연에서 거센 물결소리의 실감을 위해 농민군의 혁명 기치 중의 하나인 "척왜척화 척왜척화"를 그대로 빌려온 것에 대해 지금도 큰 행운이라고 생각한다. 갑오년 당시에는 '척왜척화' 말고 '척양척왜'라는 구호도 있었으나, 격음의 효과가 선명한 쪽을 선택했다.

신춘문예에 당선이 된 후, 지금은 작고한 전주의 박봉우 시인은 나를 만날 때마다, 어이 전봉준, 나 술값 이천 원만 주라, 하면서 애칭으로 나를 '전봉준'으로 부르곤 하였다. 불우한 민족시인의 눈에는 전봉준 어쩌고 하면서 문단에 머리를 내민 나이 어린 후배가 참 기특하게 보였던 모양이다. 때는 5공 치하였으니, '동학란'이 겨우 '동학혁명' 정도로 한 꺼풀 껍질을 벗게 될 때였으니.

금강 하구에서

시도 사랑도 안 되는 날에는
친구야 금강 하구에 가보아라
강물이 어떻게 모여 꿈틀대며 흘러왔는지를
푸른 멍이 들도록
제 몸에다 채찍 휘둘러
얼마나 힘겨운 노동과 학습 끝에
스스로 깊어졌는지를
내 쓸쓸한 친구야
금강 하구둑 저녁에 알게 되리
이쪽도 저쪽도 없이
와와 하나로 부둥켜안고
마침내 유장한 사내로 다시 태어나
서해 속으로 발목을 밀어넣는 강물은
반역이 사랑이 되고
힘이 되는 것을

한꺼번에 보여줄 테니까
장항제련소 굴뚝 아래까지 따라온 산줄기를
물결로 어루만져 돌려보내고
허리에 옷자락을 당겨 감으며
성큼 강물은 떠나리라
시도 사랑도 안 되는 날에는
친구야 금강 하구에 가보아라
해는 저물어가도 끝없이
영차영차 뒤이어 와 기쁜 바다가 되는 강물을
하루내 갈대로 서서 바라보아도 좋으리

이 시를 쓰던 무렵, 나는 이리중학교 신참내기 교사였고, 퇴근하면 하루도 거르지 않고 소주를 부어댔고, 스물일고여덟쯤이었고, 다달이 월급을 받았으나 경제는 늘 쪼들렸고, 『민중교육』지 사건이 터졌고, 내가 아는 많은 이름들이 그 사건에 연루되어 '빨갱이'로 몰리고 있었고, 뜻이 맞는 선생님들끼리 소모임을 만들어 심각하게 사회과학 서적들을 '학습'했고, 전교조 이전 교사협의회가 만들어지기 시작했고, 직원회의 시간에 벌떡 일어나 교장에게 대드는 날이 잦아졌고, 자주 분노했고, 그럴 때마다 교사로서의 사명감에 대해 생각했고, 시에 '어린 조국'이라는 말이 점점 많이 등장했고, 가끔 가까운 군산에 바람을 쐬러 갔고, 탁류인 군산 앞바다와 금강 하구를 오르내렸고, 갈대들이 서걱대는 소리를 들었고, 역사라는 말이 무거

윘으나 당연히 짊어지고 가야 할 짐이라 생각했고, 내가 쓴 시가 이 문드러진 역사에 어떤 보탬이 되는가를 스스로 검열했고, 그러다가 또 술을 마셨고, 아침에 첫 시간에 나한테 수업을 받는 아이들은 코를 싸쥐어야 했고.

청진 여자

내가 사는 남쪽 나라

쓸쓸한 눈 내리면,

미군 없는 청진항에서

헌 자전거 한 대 빌어 타고

퍼붓는 눈발을 따라가서

어둠을 털어내는 전등을 밝힌 집

백설기 같은 김이 하얗게 서린

유리문 열고 들어서면

갈탄 난로가 뜨거운 집

이름도 버리고 돈도 없이 왔노라고

내가 등 푸른 한 마리 정어리로

당신과 헤엄치고 싶다 말하면

동해 같은 자궁을 열어주는

사랑이라는 말보다 더 아름다운

청진 여자, 그녀와 하룻밤 자고 싶다

봄에 눈이 온다는
물 맑은 청진항 부근에서
꿈의 벌레 같은 눈송이들이
이부자리를 따뜻하게 적시는 밤
아내를 남쪽에 두고
나는 죄짓는 마음도 모르고
헝클어진 머리카락 미역냄새를 맡으면
부끄럼없이 굵어지는 어깨와 팔뚝
한반도의 허리를 꼭 껴안듯이
더 깊은 신천지 속으로
힘차게 나를 밀어 넣으면
온 바다로 파도 치는
청진 여자, 그녀와 하룻밤 자고 싶다
내가 사는 남쪽 나라
쓸쓸한 눈 내리면,
모든 것을 다 주어야
비로소 하나 되는 날
그 설레이는 첫새벽에
동해 붉은 해 같은 아이를 낳아
넘치는 젖을 물리게 될 청진 여자여,
우리는 간섭받지 않는
부부가 되고 싶다.

이 시를 두고 어떤 이는 '이루어질 수 없는 사랑'일 뿐이라고 하고, 또 어떤 젊은 평론가는 '개꿈'이라 하고, 아내는 농 삼아 기분 나쁘다고 토라지고, 짓궂은 친구는 외설적이라며 웃기도 하였다. 그러나 이 시를 쓸 당시에나 다시 읽어보는 지금이나 나는 기분이 좋은데, 그 이유는 단 한가지. 청진이라는 곳은 지금 우리가 갈 수 없는 곳이기 때문이다.

지도를 펼치면 청진은 함경북도 동햇가에 자리잡고 있다. 아주 먼 옛날 까마득히 잊혀진 마을의 이름 같은 이 지명이 우리나라 지도 위에는 무수히 많다. 한반도의 허리를 가로지른 휴전선이라는 붉은 점선의 위쪽은 모두 내 마음속의 청진 땅이다. 개성 해주 사리원 남포 송림 원산 평양 신의주 회천 함흥 강계 혜산…… 이런 지명들은 갈 수 없는 청진의 또 다른 이름들이다.

저물 무렵

저물 무렵 그애와 나는 강둑에 앉아서
강물이 사라지는 쪽 하늘 한 귀퉁이를 적시는
노을을 자주 바라보곤 하였습니다
둘 다 말도 없이 꼼짝도 하지 않고 있었지만
그애와 나는 저무는 세상의 한쪽을
우리가 모두 차지한 듯 싶었습니다
얼마나 아늑하고 평화로운 날들이었는지요
오래오래 그렇게 앉아 있다가 보면
양쪽 볼이 까닭도 없이 화끈 달아오를 때도 있었는데
그것이 처음에는 붉은 노을 때문인 줄로 알았습니다
흘러가서는 되돌아오지 않는 물소리가
그애와 내 마음 속에 차곡차곡 쌓이는 동안
그애는 날이 갈수록 부쩍 말수가 줄어드는 것이었고
나는 손 한 번 잡아주지 못하는 자신이 안타까웠습니다
다만 손가락으로 먼 산의 어깨를 짚어가며

강물이 적시고 갈 그 고장의 이름을 알려주는 일은

내가 할 수 있는 유일한 자랑이었습니다

강물이 끝나는 곳에 한없이 펼쳐져 있을

여태 한 번도 가보지 못한 큰 바다를

그애와 내가 건너야 할 다리 같은 것으로 여기기 시작한 것은

바로 그때부터였습니다

날마다 어둠도 빨리 왔습니다

그애와 같이 살 수 있는 집이 있다면 하고 생각하며

마을로 돌아오는 길은 늘 어찌나 쓸쓸하고 서럽던지

가시에 찔린 듯 가슴이 따끔거리며 아팠습니다

그러던 어느 날 그애와 나는

누가 먼저랄 것도 없이 입술을 포개었던 날이 있었습니다

잊을 수가 없습니다 그애의 여린 숨소리를

열 몇 살 열 몇 살 내 나이를 내가 알고 있는 산수공식을

아아 모두 삼켜버릴 것 같은 노을을 보았습니다

저물 무렵 그애와 나는 강둑에 앉아 있었습니다

그때 우리가 세상을 물들이던 어린 노을인 줄을

지금 생각하면 아주 조금 알 것도 같습니다

    경북 안동의 한 면소재지에 있던 아버지의 가게는 시들시들하다
가 망했다. 연쇄점이라는 간판을 단 큰 가게들이 새로 생겨나면서 우
리 가게는 더 이상 경쟁에서 버틸 수가 없었다. 내가 초등학교 6학년

때였다.

나는 사촌형을 따라 대구로 유학을 갔고, 그 이듬해 아버지는 가게를 정리하고 식솔을 이끌고 경기도 여주로 이주했다. 아버지의 친구 한 분이 안동댐 수몰지역에서 받은 보상금으로 여주의 싼 농지를 구입했는데, 그분의 권유로 농사를 지으러 간 것이다. 그리하여 내 본적지는 '경북 예천군 호명면 황지동'에서 '경기도 여주군 흥천면 대당리'로 순식간에 바뀌었고, 상인의 아들이었던 나는 그때부터 농민의 아들로 살아야 하는 현실과 맞닥뜨리게 되었다.

해마다 여름과 겨울 두 차례 방학 때면 대구에서 여주로 가는 차를 탔다. 중앙선 열차를 타고 죽령을 넘었으며, 경부고속도로 버스 위에 몸을 싣기도 했다. 어린 나이였지만 나는 '고향'을 꽤 많이 의식하고 성장한 편이다. 여주로 갈 때면 늘 성숙한 어른처럼 귀향하는 심정이었으니까.

말씨가 다르고 음식이 다른 새로운 고향은 무엇보다 들이 넓었다. 남한강 지류인 복하천이 만들어낸 평야였다. 새로 사귄 고향의 친구들하고 그 들판을 퍽 자주 쏘다녔다. 아버지의 수박밭에서 일을 돕다가 거의 매일 먹을 감으며 놀았고, 물고기가 지천이어서 횃불을 만들어 '밤고기'를 잡으러 나서기도 했다. 커다란 양은냄비에 민물 매운탕을 끓여 먹을 때 어른들 몰래 소주잔이 오가는 일이 다반사였고, 겨울날 눈 내린 겨울 들판은 파도치는 바다 같았다. 그 들판에는 북에서 날려 보냈다는 삐라가 자주 내려앉았는데, 그것을 일없이 주우러 다니면서 그것을 날려 보낸 북쪽 하늘을 바라보았다.

사내아이들끼리 그렇게 몰려다니다가도 우리는 가끔 계집애들 이야기에 몰두하였다. 평상에 누워 여드름을 짜다가, 어른들 흉내를 내면서 아랫목에서 '나이롱뽕'을 치다가, 홍수환이며 염동균 같은 권투 선수 이야기를 나누던 끝에, 우리는 우리가 아는 계집애들 이름과 얼굴을 떠올리며 킥킥거렸다. 사춘기로 진입하기 위해 무던히 애를 쓰던 우리는 어렸지만 스스로 괴팍한 악동이고자 했다. 그렇게라도 하지 않으면 우리에게 다가온 시간은 아무 의미 없이 흘러가버릴 것 같았다.

6학년 때였는지, 아니면 그 1년 뒤쯤이었는지 모르겠다. 마을에 눈이 크고 속눈썹이 긴 여자아이 하나가 있었다. 어느 날부터 그 아이가 내 마음속에 들어와 박혔다. 하지만 두근거리는 마음을 전해 줄 뾰족한 방도가 없었다. 함부로 속마음을 드러냈다가 그애가 나를 하찮은 '찌질이'로 여기면 어쩌나 하는 조바심이 일었다. 그러다가 나는 용기를 냈다. 단 몇 줄의 문장이라도 쓰자! 나는 공책을 찢었고, 최대한 압축한 내 마음을 정성들여 또박또박 적었다. 그리고 그애가 냇가로 가고 있을 때 빨래바구니 속에다 그것을 던지듯이 집어넣었다. 그애의 얼굴을 바라볼 수 없었다. 얼굴이 화끈거리는 통에 나는 뒤돌아서 냅다 뛸 수밖에 없었다.

기다리던 답장은 오지 않았다. 그날 이후로 나 혼자 냇가에 나가는 일이 잦아졌지만, 내 어설픈 연애는 말 한마디 건네지 못하고 답장 한 번 받지 못하고 그렇게 끝이 났다. 그애하고의 떨리는, 숨 가쁜, 첫 키스를 꿈꾸던 나는 망했다. 실패한 사랑의 기억을 위무하기 위해 한 편의 시가 만들어졌다. 「저물 무렵」이다.

너에게 묻는다

연탄재 함부로 발로 차지 마라
너는
누구에게 한 번이라도 뜨거운 사람이었느냐

1989년 8월부터 1994년 2월까지 내 이름 앞에는 '해직교사'라는 말이 붙어 있었다. 해직교사라는 말을 들을 때마다 내 마음속에는 두 가지의 심리 상태가 서로 충돌하곤 하였다. 기꺼이 한 시대를 짊어지고 가려는 자의 자긍심이 그 하나라면, 때로 주변의 따가운 눈총 때문에 생기는 현실적 모멸감이 그것이다.

이 시는 내가 쓴 시 중에 꽤 많은 분들이 기억해주는 작품이다. 제목은 '너에게 묻는다'이지만 실은 '나'에게 엄중히 묻고, '나'를 아프게 채찍질하자는 뜻으로 쓴 시다. 나 아닌 다른 이에게 한 순간이라도 뜨거운 사람이 되는 일, 그것으로 학교에서 쫓겨난 자의 비애를 스스로 다스리고자 했다. 그래야만 그 가파른 시대를 견뎌낼 수 있을 것 같았다.

특별한 직업 없이 전교조 사무실에서 상근을 하는 동안 내가 주로 하는 일은 학교를 방문하는 것이었다. 신문이나 홍보 유인물을 들고 낯선 학교의 교무실 문을 두드리는 일이 처음에는 얼마나 어색했는지 모른다. 학교의 관리자인 교장, 교감 선생님들은 전교조가 불법단체라는 이유를 들어 극구 우리의 출입을 막았다. 그것은 높다란 벽이었으며, 한편으로는 까마득한 벼랑이었다. 그 벽에다 대고 목소리 높여가며 삿대질하는 일이 잦아지면서 나는 서서히 '사나운 운동권'이 되어가고 있었다. 하지만 목소리를 높인 뒤에 찾아오는 허탈감이 무엇보다 견디기 힘들었다.

"나를 기관단총처럼 써먹게."

땅바닥에 털썩 주저앉고 싶은 생각이 들 때면 이 말을 떠올렸다. 『닥터 노먼 베쑨』이라는 책을 읽다가 밑줄을 그어 둔 구절이다. 캐나다 출신의 의사인 노먼 베쑨은 자신이 가진 지식과 기술과 열정을 이 세상에다 송두리째 바치고 간 사람이었다. 그도 유수한 개업의로서 물질적인 부를 쌓으면서 누구보다 안정된 생활을 향유할 수 있었다. 그러나 1920년대 중반의 현실은 그를 현실에 안주하는 의사로 가만 놔두질 않았다. 가난 때문에 병들어 죽어가는 사람들을 보면서 그는 그의 삶을 뒤바꿀 중요한 깨달음을 얻는다.

"의료 행위를 가장 필요로 하는 사람들은 그 의료비를 감당할 여유가 없는 가장 가난한 사람들이다."

노먼 베쑨은 질병에만 관심을 가지는 의사가 되어서는 안 된다고 생각했다. 질병을 일으키는 주변 환경을 총체적으로 이해하는 것이

올바른 진료에 이르는 길이라고 믿었다. 물론 어떤 특수한 분야의 전문가가 되려면 그 분야에 몰입해야 한다. 그러나 내부로의 몰입이 지나쳐 외부 현실을 보는 눈을 잃게 된다면 알 빠진 안경을 쓰고 있는 꼴이 되고 말 것이다. 특히 그것이 인간의 생명과 관련된 일이라면 인간을 위협하는 매우 이기적인 행위가 될 수도 있다. 노먼 베쑨은 폐결핵을 수술로 치료하는 획기적인 기술을 개발한 전문가이면서도, 결핵으로 죽어가는 젊은 여성 환자의 입에 키스를 해줄 줄 아는 감동적인 휴머니스트였다.

그는 국경을 넘어 스페인의 반제국주의 투쟁과 중국의 신민주주의혁명을 돕는 일에 몸을 던진다. 포탄이 쏟아지는 전쟁터에서도 철저하게 환자의 입장에 서고자 했기에 모든 중국 민중이 추앙하는 영웅이 될 수 있었다. 그는 헌신적으로 부상병을 수술하던 중 손가락에 패혈증이 감염되어 죽어가면서 자신을 기관단총처럼 써먹으라고 소리쳤다. 그때 그의 나이는 마흔아홉이었다.

옷

나는 새 옷을 입는 게 그렇게 싫을 수가 없었다
나이 한 살 더 먹은 뒤에는 아주 잘 맞을 테니
몸집보다 늘 큼직한 것을 입어야 한다고
모처럼 옷을 사 오신 어머니를 원망할 수는 없었지만
그럼 지금의 나는 뭐냐, 라는 생각이 들었던 게 사실이고
소맷자락이 너무 길어서
한두 번씩 접어 입어야 하는
새 옷에다 내 몸을 맞추지 않을 수 없는
우리집의 가난이 남들에게 들통나는 것 같아서 싫었다
밀가루포대를 뒤집어 쓴 것 같네,
등 뒤에서 계집애들이 쫑알대고 있을 것도 같았다
내 어린 욕망보다 1년쯤 앞서서
나를 데리고 다니던 새 옷이 미워서
마구 나뒹굴었다, 잔디밭 위에 습진 땅바닥에
먼지 이는 운동장에 천방지축 뒹굴어도

그래도 여전히 나를 꼭꼭 가두는 말끔한 옷을 이번에는

억지로 구겨 넣었다, 책상 서랍 속으로

방 구석으로 가방 속으로 열등감 속으로 어느 날은

더럽혀지지도 않은 것을 빨랫감 속으로 내팽개치곤 했다

나를 세상 속으로 팽개치며

달려와 보니 어느덧 서른세 살,

그놈의 옷 때문에

오늘 아침에도 아내한테 큰소리 치며 화냈다

와이셔츠를 다려 놓지 않았는데 양복을 어떻게 입으며

약속 시간은 다 되어 가는데 대체 어쩔 참이냐고,

나도 올 데까지 왔나 보다

만나는 상대와 장소에 따라 옷을 골라 입는다는 것은

중산층에 가까워졌다는 뜻이므로

옷이 재산과 지위를 보장하는 보호색이라면

그럼 지금의 나는 중산층이냐,

아닌데, 아닌데, 아닌데, 몇 번이나 도리질하는 동안

아내가 다려준 옷을 입으며 나는

초록색 잎사귀 위에 앉아 바르르 떨고 있는 청개구리거나

흙탕물 속에서 먹이 찾아 두리번거리는 늪개구리라는 생각이 든다

우리 어머니 흉 좀 봐야겠다.

우리 어머니는 소금보다 더 짜다. 여든을 바라보는 연세가 되었는

데도 어머니는 넉넉한 것과는 거리가 먼 분이다. 여전히 짜다. 올가을에 안동에서 송이버섯을 한 상자 사서 보내주셨는데, 귀한 것이니만큼 남들하고 덤벙덤벙 나눠먹지 말라고 몇 번이나 전화를 하셨다. 귀한 것이니 오히려 이웃들하고 조금씩이라도 나눠먹으라고 하면 좀 좋은가. 아끼는 것도 정도가 있는 법이다. 어머니의 냉장고 속에는 유통기한이 지난 것들이 가득하다. 아끼고 아꼈다가 나중에 먹기 위해 넣어둔 것들인데, 결국은 쓰레기가 되고 만 것이다. 어머니의 양파 자루에는 양파가 썩어가고, 감자 상자 안에는 감자가 싹을 내미는 일도 허다하다. 몇 알만 사 먹으면 될 것을 가격이 내렸다고 몇 킬로그램씩 사두었다가 낭패를 당한다.

어릴 때 나는 어머니하고 시장가는 일이 제일 싫었다. 어머니가 겨울 내복 한 벌을 사러 장에 나섰다고 하자. 어머니는 일단 장터의 모든 옷가게를 하나도 빠뜨리지 않고 둘러보신다. 주인은 어머니가 원하는 내의를 어김없이 내놓는다. 그러나 어머니는 색깔이 마음에 안 든다, 치수가 맞는 게 없다, 천이 너무 얇다는 이유를 대며 태연히 다른 집으로 발길을 돌린다. 나는 안다, 정작 어머니가 핑계를 대고 싶은 것은 옷값이라는 것을. 그리하여 어머니는 집중적으로 가격 흥정을 할 두세 군데 옷가게를 선택한 뒤에 길고 긴 옷값 줄다리기에 나선다. 어머니의 옷값 흥정이 끝나기를 기다리며 나는 앉았다가 일어서기를 몇 번이나 되풀이해야 했다. 그게 얼마나 민망했으면 이런 시를 썼겠는가.

우리 어머니는 마흔둘에 혼자가 되셨다. 궁핍한 살림에 혼자 어린 자식들을 키우기 위해서는 무엇보다 아끼고 아껴 쓰는 일이 몸에 배일 정도로 중요했으리란 건 나도 안다. 하지만 내가 방에 전등을 켜놓고 다니면 일일이 끄고 다니는 분이 우리 어머니다. 겨울에 보일러 돌아가는 소리가 조금만 오래 나면 덥지도 않은데 덥다면서 기어이 낮추고 마는 분이 우리 어머니다. 집 안에 헌 신문지가 쌓여 있는데도 아파트 입구에 주간생활정보지가 보이면 무조건 들고 오시는 분이 우리 어머니다. 일간신문하고 생활정보지는 크기가 달라서 용도도 다르다는 이야기다.

거기에다가 우리 어머니는 편애를 생의 신조처럼 떠받들고 사신다. 방학을 맞아 집으로 가면 키우던 닭을 한 마리 잡을 때가 있다. 그럴 때면 사형제 중 맏이인 나를 몰래 부엌으로 부르신다. 부뚜막에는 큼지막한 닭다리 하나가 양은그릇에 담겨 있고, 그 옆에는 소금 종지가 놓여 있다. 동생들이 얼씬거리지 않는 틈을 이용해 나에게 그걸 어서 먹으라고 재촉을 하신다. 그러면 나는 뻔뻔스럽게 다리를 해치우고 어머니의 성화에 국물까지 마시고 입을 닦으며 부엌을 나선 적이 한두 번이 아니었다(이 이야기를 혹시라도 우리 제수씨들이 읽을까 두렵다). 그것뿐만이 아니다. 쇠고기 국을 그릇에 담을 때도 당신의 아들이나 손자에게만 고깃덩이를 더 많이 넣으려고 애를 쓰신다.

내가 이렇게 흉을 봐도 우리 어머니, "그래서 뭐가 잘못 됐나?" 하고 오히려 나를 이상하다는 듯 바라보실 것 같다. 편애를 사랑으로 알고 있는 분이 우리 어머니다.

연애

연애 시절

그때가 좋았는가

들녘에서도 바닷가에서도 버스 안에서도

이 세상에 오직 두 사람만 있던 시절

사시사철 바라보는 곳마다 진달래 붉게 피고

비가 왔다 하면 억수비

눈이 내렸다 하면 폭설

오도 가도 못하고, 가만있지는 더욱 못하고

길거리에서 찻집에서 자취방에서

쓸쓸하고 높던 연애

그때가 좋았는가

연애 시절아, 너를 부르다가

나는 등짝이 화끈 달아오르는 것 같다

무릇 연애란 사람을 생각하는 것이기에

문득 문득 사람이 사람을 벗어버리고

아아, 어린 늑대가 되어 마음을 숨기고

여우가 되어 꼬리를 숨기고

바람 부는 곳에서 오랜 동안 흑흑 울고 싶은 것이기에

연애 시절아, 그날은 가도

두 사람은 남아 있다

우리가 서로 주고 싶은 것이 많아서

오늘도 밤하늘에는 별이 뜬다

연애 시절아, 그것 봐라

사랑은 쓰러진 그리움이 아니라

시시각각 다가오는 증기기관차 아니냐

그리하여 우리 살아 있을 동안

삶이란 끝끝내 연애 아니냐

이 세상에서 오로지 두 사람만 존재한다고 믿을 때 연애는 진행
된다. 온힘을 다해 서로에게만 몰입할 수 있는 게 바로 연애다. 연애
는 두 사람이 만나는 것에서부터 시작하지만 각자가 살아온 시간과
연애를 하는 것으로 점점 확장된다. 상대방이 살아온 시간, 기억, 주
변 사람들, 혹은 상대방의 지갑의 두께도 연애에 관여한다. 상대방
이 가진 흉터, 상처, 약점하고도 연애할 준비가 되어 있어야 진정한
연애가 가능하다. 온 마음으로 상대방의 시간을 품는 게 연애다.

열심히 산다는 것

산서에서 오수까지 어른 군내 버스비는
400원입니다

운전사가 모르겠지, 하고
백원짜리 동전 세 개하고
십원짜리 동전 일곱 개만 회수권함에다 차르륵
슬쩍, 넣은 쭈그렁 할머니가 있습니다

그걸 알고 귀때기 새파랗게 젊은 운전사가
있는 욕 없는 욕 다 모아
할머니를 향해 쏟아붓기 시작합니다
무슨 큰일 난 것 같습니다
30원 때문에

미리 타고 있는 손님들 시선에도 아랑곳없이

운전사의 훈계 준엄합니다 그러면,
전에는 370원이었다고
할머니의 응수도 만만찮습니다
그건 육이오 때 요금이야 할망구야, 하면
육이오 때 나기나 했냐, 소리 치고
오수에 도착할 때까지
훈계하면, 응수하고
훈계하면, 응수하고

됐습니다
오수까지 다 왔으니
운전사도, 할머니도, 나도, 다 왔으니
모두 열심히 살았으니!

1994년 봄, 나는 전라선 기차를 타고 오수역에서 처음 내렸다. 버스를 갈아타고 장수군 산서고등학교를 찾아가기 위해서다. 해직된 지 4년반 만의 복직. 산서, 라는 말이 주는 산골짜기의 이미지 때문에 낯섦이 소름처럼 팔뚝에 돋아났다. 학교 근처에 자취방을 얻었다. 연탄으로 난방을 하고 마당 수돗가에서 쌀을 씻고 걸레를 빨아야 하는, 처마가 낮은 집이었다. 광장에서 가까스로 골방에 안착한 느낌.

이곳에서 몇 년간 푹 썩어야지. 시도 좀 바꾸어야겠어. 그동안 나는 시를 너무 많이 끌고 다녔어. 말의 묘미보다 사회적 메시지의 선도성에 더 관심을 기울였고, 지긋지긋한 동어반복을 남용했고, 한 편의 시에다 언제나 힘주어 마침표를 찍으려고 욕심을 부렸고, 시에 행과 연이 있다는 사실조차 망각하고 시를 써왔지. 세상을 보는 여러 가지 방법이 있는데 80년대 민중시는 망원경으로만 세상을 포착하려고 했지. 현미경을 대고 세상을 볼 필요도 있겠어. 작고 하찮은 것 속에 들어 있는 커다란 걸 찾아봐야지.

면소재지에 있는 산서고등학교는 전교생이 100명 조금 넘는 인문계 고등학교였다. 국어교사인 나는 수업이 없는 시간에 학교 공터에 텃밭을 만들었다. 그리고 틈틈이 들과 산을 쏘다녔다. 그러자 이미 낯익은 것들인데도 새롭게 눈에 띄는 것들이 거기 있었다. 자연이 그랬고 사소한 사람살이가 그랬다. 눈에 보이는 것들이 모두 시가 되는 것 같았다. '헛것'에 투자하는 일이 시적인 삶이라는 생각이 들었다. 그렇게 메모하고 쓴 시들이 나중에 시집 『그리운 여우』가 되었다.

산서에서 오수까지는 군내버스로 15분쯤의 거리다. 할머니의 능청을 눈치 챈 젊은 버스운전사의 농 섞인 대응 사이에서 승객인 나는 누구 편을 들어야 할까 생각했었다. 답은 금방 나왔다. 어느 쪽 편도 들지 말자. 그게 양쪽을 다 이기게 하는 일이지. 오수에 도착할 때까지 버스 안에는 아무도 얼굴을 찌푸리는 사람이 없었다. 그날은 운전사와 승객 모두가 통쾌하게 승리한 날이었다.

화암사, 내 사랑

인간세(人間世) 바깥에 있는 줄 알았습니다
처음에는 나를 미워하는지 턱 돌아앉아
곁눈질 한번 보내오지 않았습니다

나는 그 화암사를 찾아가기로 하였습니다
세상한테 쫓기어 산속으로 도망가는 게 아니라
마음이 이끄는 길로 가고 싶었습니다
계곡이 나오면 외나무다리가 되고
벼랑이 막아서면 허리를 낮추었습니다

마을의 흙먼지를 잊어먹을 때까지 걸으니까
산은 슬쩍, 풍경의 한 귀퉁이를 보여주었습니다
구름한테 들키지 않으려고
아예 구름 속에 주춧돌을 놓은
잘 늙은 절 한 채

그 절집 안으로 발을 들여놓는 순간

그 절집 형체도 이름도 없어지고,

구름의 어깨를 치고 가는 불명산 능선 한 자락 같은

참회가 가슴을 때리는 것이었습니다

인간의 마을에서 온 햇볕이

화암사 안마당에 먼저 와 있었기 때문입니다

나는, 세상의 뒤를 그저 쫓아다니기만 하였습니다

화암사, 내 사랑

찾아가는 길을 굳이 알려주지는 않으렵니다

절을 두고 잘 늙었다고 함부로 입을 놀려도 혼나지 않을지 모르겠다. 이 나라의 절 치고 사실 잘 늙지 않은 절이 없으니 무슨 수로 절을 형용하겠는가. 심지어 잘 늙지 않으면 절이 아닌 것처럼 여겨지는 심사도 무의식 한쪽에 풍경처럼 매달려 있는 까닭에 어쩔 수가 없다. 잘 늙었다는 것은 비바람 속에서도 비뚤어지지 않고 꼿꼿하다는 뜻이며, 그 스스로 역사이거나 문화의 일부로서 지금도 당당하게 늙어가고 있다는 뜻이다.

화암사가 그러하다. 어지간한 지도에는 그 존재를 드러내고 밝히기를 꺼리는, 그래서 나 혼자 가끔씩 펼쳐보고 싶은, 작지만 소중한 책 같은 절이다. 20여 년 전쯤에 우연히 누군가 내게 귓속말로 일러주었다. 화암사 한번 가보라고, 숨어 있는 절이라고, 가보면 틀림없이 반하게 될 것이라고.

당시만 해도 화암사를 찾아가는 길은 반듯하지 않았다. 전주에서 대둔산으로 가는 국도를 타고 가다가 완주군 경천면 소재지 근방에서 오른쪽으로 꺾는 길을 찾는 것도 몇 차례 두리번거려봐야 가능한 일. 그러고도 작은 마을과 논밭 사이로 난 구불구불한 길을 놓치지 않아야 했다. 사람살이의 나지막한 풍경들을 다 살펴보고 난 뒤에 찾아오라는 듯 화암사는 그렇게 꼭꼭 숨어 있었다.

주차장에 차를 세우고 화암사로 가는 길. 4월, 좁다란 숲길 한쪽에 가도가도 얼레지 꽃이 지천이었다. 바람난 처녀처럼 꽃잎을 까뒤집은 꽃. 그들도 해마다 이맘때쯤이면 절 구경하러 산을 올라가는가 싶었다. 그러다가 어느 때는 길이 뚝 끊기고 계곡이 앞을 가로막기도 하고, 막혔다 싶으면 외나무다리가 길을 다시 이어주기도 한다. 마을을 지나올 때의 흙먼지를 잊어먹을 만큼 걷다가 보면 이번에는 벼랑이 턱하니 발길을 가로막는다. 벼랑에다 세운 철제 다리를 타고 올라와야 화암사는 자기 자신을 보여주겠다고 한다. 절을 만나기 위해 사다리를 타고 올라가야 하다니! 문득 화암사가 구름 속에 주춧돌을 놓고 지은 절이라는 생각이 들었다.

절 입구에 있을 법한 일주문도 사천왕상도 없이 경내로 들어서려면 작은 문 하나를 통과해야 한다. 잊을 수 없다. 세월에 닳은 문턱을 처음 넘어설 때, 나는 마치 어릴 적 외갓집 대문을 넘어 마당으로 발을 들여놓을 때와 똑같은 느낌을 받았던 것이다. 실제로 ㅁ자형 구조를 가진 경내로 들어가면 절이 아니라 여염집의 편안한 안

마당에 서 있는 듯한 착각에 빠진다. 그때의 적막은 또 얼마나 큰 위안인가.

전에는 거기에 두 마리의 흰둥이가 살았는데 지금도 그 아들이나 손자뻘 되는 녀석이 있는지 모르겠다. 그 녀석들은 뒷산 다람쥐가 도토리 굴리는 소리까지 훤히 다 듣는 듯했다. 그 소리를 듣고는 쌩 하니 달려갔다가 소득 없이 터덜터덜 돌아오는 모습이 지금도 눈에 어른거린다.

헛것을 기다리며

이제는 나를 사로잡고 있는 것이 그 무엇 무엇이 아니라
그 무엇 무엇도 아닌 헛것이라고, 써야겠다

고추잠자리 날아간 바지랑대 끝에 여전히 앉아 있던 고추잠자리와,
툇마루에서 하모니카를 불다가 여치가 된 외삼촌과,
문득 어둔 밤 저수지에 잉어 뛰던 소리와,
우주의 이마를 가시로 긁으며 떨어지던 별똥별과,
나는 아무것도 아니라고 생각했을 때 새털구름처럼 밀려오던 자잘한
슬픔들을

내 문법 공책에 이제는 받아 적어야겠다
그동안 나는 헛것을 피해 여기까지 왔다
너의 눈을 재 속에 숨은 숯불의 눈으로 보지 못하고,
너의 말을 처마 끝에 달린 풍경의 귀로 듣지 못하고,
너의 허벅지를 억새밭머리 바람의 혀로 핥지 못하였다

그래 여우라면, 사람의 키를 훌쩍 뛰어넘어

혼을 빼고 간을 빼먹는 네가 여우라면 오너라

나는 전등을 들지 않고도 밤길을 걸어

그 허망하다는 시의 나라를 찾아가겠다

너 때문에 뜨거워져 하나도 두렵지 않겠다

젊은 외삼촌의 자전거 짐받이에 앉아 몇 번 낚시를 따라간 적이 있었다. 낚시를 가는 날은 게으른 베짱이 같았던 외삼촌이 그렇게 부지런해 보일 수가 없었다. 외삼촌은 식전부터 서둘렀다. 마당으로 나가 보면 대나무로 만든 낚싯대에다 마른 수수깡을 잘라 만든 찌까지 완벽하게 낚시를 할 채비를 갖추고 있었다. 저수지로 가는 길은 울퉁불퉁했다. 자전거 바퀴가 옴폭 패인 곳을 지날 때마다 엉덩이가 깨질 것처럼 아팠다. 외삼촌이 틀림없이 나를 골탕 먹이려는 게 분명했다. 나는 주먹으로 외삼촌의 등을 마구 두드리며 소리쳤으나, 그 당시에 내 주먹은 외삼촌의 두꺼운 등을 격파하기엔 너무 작은 무기였다.

저수지에 도착해서 보면 늘 물안개가 우리보다 먼저 와서 수면을 감싸듯이 덮고 있었다. 아, 잊을 수 없다, 그 물안개 속에 이따금 들려오던 잉어 뛰던 소리를! 잉어가 물 위로 뛰어오른다는 것은 물속에서 필시 어떤 곡절이 있었을 테지만, 그 소리는 내 가슴을 두드리는 커다란 북소리가 되기에 부족함이 없었다. 게다가 보이지 않는, 도대체 무슨 일이 일어나고 있는지 도저히 알지 못하는 안개 저쪽에서 내 허벅지만 한 금빛 잉어가 뛴다니! 그걸 상상하는 일만으로도 나는 스스로 훌륭한 낚시꾼이 된 것 같은 착각에 빠져들기도 했다. 하지만 기다리는 것은 쉽게 오지 않는 법. 낚싯대를 드리우고 안개가 깔린 수면을 뚫어져라 쳐다보았지만 잉어는커녕 붕어 새끼 한 마리도 바늘을 건드려주지 않았다. 보이지 않는 헛것을 기다리는 마음이 시의 마음이 아닐까 하는 생각을 하면서 쓴 시다.

단풍나무 한 그루

너 보고 싶은 마음 눌러 죽여야겠다고
가을산 중턱에서 찬비를 맞네
오도 가도 못하고 주저앉지도 못하고
너하고 나 사이에 속수무책 내리는
빗소리 몸으로 받고 서 있는 동안
이것 봐, 이것 봐 몸이 벌겋게 달아오르네
단풍나무 혼자서 온몸 벌겋게 달아오르네

보이지 않던 것들이 보일 때, 우리는 나이 들어간다고 말한다. 세계를 보는 눈이 깊어진다고 말할 수도 있을 것이다. 가로수로 줄지어 선 가을의 느티나무들이 저마다 다른 빛깔로 물든다는 것을 알게 된 것은 10년도 채 되지 않는다.

산서고등학교 교사 시절, 어느 해 가을에 장수를 갔다가 버스를 타고 전주로 넘어오는 길이었다. 비가 오고 있었고, 비에 젖은 길가의 단풍나무 빛깔이 그렇게 처연해 보일 수가 없었다. 빗방울은 단풍나무의 붉음 뒤에 또 다른 붉음을 덧입히는 것 같았다. 나는 괜히 서글픈 생각이 들었으나, 단풍나무들은 찬비를 맞으며 버티고 있었다.

도끼

도끼 한 자루를 샀다
눈썹이 잘생긴 놈이다

이놈을 마루 밑에 밀어 넣어두고 누웠더니 잠이 오지 않았다
나도 드디어 도끼를 가졌노라,
세상을 명쾌하게 두 쪽으로 가를 수 있는 날이 오리라,
살아가다 내 정수리에 번갯불 같은 도끼날이 내려온다 해도 이제는
피하지 않으리라, 생각하니
내 눈썹이 아프도록 행복하였다

장작을 패보겠다고
이튿날 새벽, 잠을 깨자마자 도끼를 찾았다
나무의 중심을 향해 내리치면 나무는 장작이 되고 장작은 불꽃이 되
고 불꽃은 혀가 되고 혀는 뜨거움이 되고 뜨거움은 애욕이 되고 애욕은
고독이 되고

그리하여 고독하게 나는 장작을 패다가 가리라 싶었다

도끼를 다룰 줄 모르는 나는 서두르지 않았다
옛적 아버지처럼 손바닥에 침을 한 입 뱉고
균형을 잃지 않으려고 양발을 벌린 다음
호흡을 천천히 가다듬고
조심스럽게 도끼를 치켜들고는
(허공으로 치켜 올려진 도끼는 구름의 안부와 별들의 소풍 날짜를 잠
깐 물어보았을 것이었다)
있는 힘을 다해 고요한 세상의 한가운데로
도끼를 힘껏 내리쳤다

그러나 내 도끼는
나무의 중심을 가르지 못하였다
장작을 패는 일이 빈번히 빗나가는 사랑하는 일과 같아서
독기 없는 도끼는 나처럼 비틀거렸다

　장작을 패려고 생전 처음 도끼 한 자루를 샀다. 번쩍거리는 도끼
날이 대담해 보였다. 그래서 '눈썹이 잘생긴 놈'이라고 명명하였다.
이놈을 마루 밑에 밀어 넣어 두었더니 잠이 오지 않았다. 내가 도끼
를 가졌다는 것, 장작을 쩍쩍 소리 나게 두 조각으로 가르는 일이
머리에서 떠나지 않았다.

며칠 후, 나는 장작을 패기로 했다. 도끼를 꺼내 자루에다 침을 한 번 뱉고, 적당하게 양다리를 벌리고, 호흡을 천천히 가다듬고 장작을 향해 내리쳤다. 내가 내리치기만 하면 이 세상이 두 쪽으로 갈라질 줄 알았다. 그러나 내 도끼는 나무의 중심을 정확하게 가르지 못하였다. 중심을 가르기는커녕 번번이 빗나가고 말아, 이만저만 낭패가 아니었다. 내 눈썹은 일그러질 대로 일그러졌다. 그렇게 눈썹이 잘생긴 도끼도 나를 만나 독기(毒氣)를 잃어버린 것만 같았다.

나는 도끼와 장작을 모두 원망하였다. 도끼는 도끼대로 장작의 중심으로 들어가고 싶었을 것이고, 장작은 장작대로 도끼날을 받아들여 나무로서의 한 생을 마칠 준비를 하고 싶었을 것이다. 그 둘 사이에서 나는 어정쩡하게 서 있을 뿐이었다.

그때, 오래전부터 마음속에 심어두었던 글귀가 하나 떠올랐다.

갈라지면서
도끼날을 향기롭게 하는
전단향나무처럼.

고대 인도의 잠언시 「수바시따」에 들어 있는 구절이다. 「수바시따」는 엄밀한 의미에서 법구는 아니다. 수천 년 전부터 인도 민중들의 입에서 입으로 전해져 내려온 노래, 혹은 시라고 할 수 있다. 잠언이라고 불러도 좋을 것이다. 구전되어 온 시가이기 때문에 물론 구체적인 창작자도 알 수가 없다. 인도에는 '자타카'라는 부처님의 전생 이야기가 수백 가지 전해져 내려오는데, 이 「수바시따」는 '자타카'를 서정적으로 압축한 것일까?

전단향나무가 갈라지면서 도끼날을 향기롭게 한다는 말은 얼마나 향기로운가! 이분법적으로 본다면 도끼는 가해자고, 향나무는 피해자다. 향나무의 입장에서 도끼는 원수일 뿐이다. 그 둘 사이에는 용서와 화해가 이루어질 수가 없다. 그럼에도 향나무는 몸이 두 쪽으로 갈라지면서 원수의 몸에 자신의 향을 묻힌다. 그때부터 피아의 구별은 사라진다. 원망도 사라진다.

나를 가장 아프게 한 사람에게 나의 향기를 전해줄 수 있다면 그게 결국은 부처님의 품에 드는 일일 것이다. 일찍이 『법구경』의 한 말씀도 이와 일맥상통한다. 옮겨 적는다.

不可怨以怨 원망으로써 원망을 갚으면
終以得休息 끝내 원망은 없어지지 않는다
行忍得息怨 오직 참음으로써만 원망은 사라지나니
此名如來法 이 진리는 영원히 변치 않으리

사라진 똥

뒷산에 들어가 삽으로 구덩이를 팠다 한 뼘이다

쭈그리고 앉아 한 뼘 안에 똥을 누고 비밀의 문을 마개로 잠그듯 흙 한 삽을 덮었다 말 많이 하는 것보다 입 다물고 사는 게 좋겠다

그리하여 감쪽같이 똥은 사라졌다 나는 휘파람을 불며 산을 내려왔다

－똥은 무엇하고 지내나?

하루 내내 똥이 궁금해

생각을 한 뼘 늘였다가 줄였다가 나는 사라진 똥이 궁금해 생각의 구 덩이를 한 뼘 팠다가 덮었다가 했다

실상사 근처에서 한 보름 살았다. 새로 나올 시집 원고를 정리하

기 위해서였다. 번잡한 세상의 일들을 뒤로 밀쳐두고 싶은 욕심도 없지 않았다. 실상사 재연 스님께 매달렸더니 절 부근의 작은 집 하나를 점찍어 주셨다.

산 중턱의 외딴집이었다. 그 집 뒤로는 인가가 한 채도 없었다. 지리산의 한 능선이 구불구불 펼쳐져 있을 뿐이었다. 방안의 가재도구라고는 빗자루와 쓰레받기, 휴지통 하나가 전부였다. 인터넷이나 전화도 없었다. 방 한 칸이 집 한 채인 집이었다. 다행히 전기가 들어와서 밤에 책을 읽을 수 있었고, 마당가 수도꼭지에서 흘러나오는 물로 세수를 할 수 있었다. 나는 그 외딴집을 보자마자 꿈에 그리던 집이라는 생각이 들었다.

밤늦게 글을 쓰다 보면 늦잠을 자게 마련이어서 아침밥은 거르기로 했다. 점심과 저녁은 실상사 공양간에서 먹어도 좋다는 승낙을 얻었다. 산 아래에 있는 절까지는 승용차를 타고 가면 되었다. 끼니를 위해 차를 타고 가는 게 좀 멋쩍었다. 걸어서 산을 내려가면 30분 이상 걸리기 때문에 한여름 뙤약볕을 견뎌낼 용기가 나지 않았다.

실상사 공양간은 허름한 조립식 건물에 자리를 잡고 있다. 조명이 밝지 못해 대낮에도 실내는 어슴푸레한 느낌이 든다.

　　이 음식이 어디서 왔는가
　　내 덕행으로 받기가 부끄럽네
　　마음의 온갖 욕심 버리고
　　육신을 지탱하는 약으로 알아

보리를 이루고자 공양을 받습니다

공양간 벽에 붙어 있는 게송이다. 나는 밥을 먹을 때마다 마음속으로 읽었다. 한쪽에서는 스님들이, 또 다른 한쪽에서는 식객들이 말없이 앉아 절밥을 먹는데, 나는 늘 혼자였다. 밥을 혼자 먹는 사람은 쓸쓸하고, 쓸쓸하기 때문에 밥을 먹을 때마다 자신을 돌아보게 된다.

실상사는 큰 그릇 하나에 밥과 찬을 함께 담아서 먹는다. 채소는 대부분 절 마당에서 스님들이 기른 것들이다. 상추무침, 콩나물무침, 무생채, 애호박볶음, 찐호박잎, 풋고추, 깻잎 장아찌, 오이냉국, 두부찌개, 잡곡밥…… 평소에 갖가지 나물에다 고추장을 넣고 쓱쓱 비벼 먹는 것을 좋아하는 나로서는 더 바랄 게 없었다. 고기와 생선을 며칠 먹지 못하므로 불룩 나온 배를 다스릴 기회로도 안성맞춤이었다.

그렇게 하루 두 끼를 먹고 이튿날 눈을 뜨면 어김없이 뱃속에서 신호가 왔다. 화장실까지 한참을 걸어 내려가야 하는 게 귀찮아서 매일 뒷산에서 일을 보기로 마음을 먹었다. 절밥을 먹었으니 땅에게 똥을 돌려주는 일은 당연한 일이 아니겠는가. 삽 한 자루와 휴지만 달랑 들고 숲속으로 가면 곳곳에 내 똥을 받아줄 자연이 기다리고 있었다. 그 덕분에 시 한 편을 얻었다. 제목은 「사라진 똥」이다.

나는 산도라지꽃 앞에서, 싸리꽃 앞에서, 칡꽃 앞에서, 애기원추리꽃 앞에서, 이름도 모를 버섯들 앞에서 매일 똥을 눴다. 그러고는 삽으로 꼭꼭 덮는 것도 잊지 않았다. 절밥을 먹고 똥을 땅에게 돌려주었더니 땅은 또 많은 것을 내게 선물하였다. 매미소리, 새소리, 계곡의 물소리, 소나무를 지나가는 바람소리가 아침마다 나를 응원하는 듯하였다.

아, 그 아침의 오묘하고 향기로운 내 똥 냄새를 나는 잊지 못한다. 그것은 똥 혼자서만 풍기는 냄새가 아니었다. 흙과 똥이 어울려 만들어내는 기막힌 화음이었다. 실상사 약사전의 부처님께 나도 무엇인가를 바치고 싶었다. 그리하여 「공양」이라는 제목의 시 한 편이 더 씌어졌다.

싸리꽃을 애무하는 산(山)벌의 날갯짓 소리 일곱 근

몰래 숨어 퍼뜨리는 칡꽃 향기 육십 평

꽃잎 열기 이틀 전 백도라지 줄기의 슬픈 미동(微動) 두 치 반

외딴집 양철지붕을 두드리는 소낙비의 오랏줄 칠만구천 발

한 차례 숨죽였다가 다시 우는 매미 울음 서른 되

공부

황조롱이 한 마리 공중에 떴다, 16층 창밖에 정지 상태다

내 눈썹 높이와 한 치 어김없는 일직선이다

생각하니, 허공에 걸린 또 하나의 팽팽한 눈썹이다

이 높이까지 상승기류를 타고 그는 순식간에 떠올랐겠으나

엘리베이터에 휘청휘청 실려 온 나, 미안하고, 또 괜히 무안하다

그는 왼쪽에서 미는 구름과 오른쪽에서 미는 구름을 양 날개 속에 숨
겼다

위에서 내리누르는 바람과 아래에서 떠받치는 바람을 발톱 끝에 말
아 쥐었다

그는 침묵하고 있다, 입을 다물고 있는 동안 부리는 더욱 단단해지고
날카로워졌다

나는 낡아 가는데,

그는 오만한 독학생 같다

세상의 책에다 밑줄 하나 긋지 않고 있다, 밑줄 같은 건

먼 산맥의 능선과 굽이치는 강물에다 일찌감치 다 그어 두었다는 듯

그는 날쌘 황조롱이, 나는 조롱 한번 해보지 못하고 쭈글쭈글해졌다

별을 따기 위해 홀로 빛나기 위해 하늘의 열매를 탐해 공중에 뜬 게
아니다 그는

벽을 치고 창을 달고 앉아 있는 나하고는 상관없이

내리꽂힌다, 시속 이백킬로미터나 되는 속도로, 땅위의 한 마리 들쥐
때문이 아니라

내리꽂혀야 하므로, 그는 나를 조롱하듯 내리꽂힌다

호남고속도로를 달리다 보면 삼례 쪽에 우뚝 솟아 있는 23층 건
물이 하나 있다. 우석대학교 본관이다. 여기에서는 사방팔방으로 시
선이 막히는 곳이 없다. 주위의 모든 산과 강과 평야와 도시가 한눈
에 들어온다. 문예창작학과에 임용되어 처음 연구실을 배정받은 곳
이 본관 16층이었다. 마치 높은 허공에 둥지를 하나 얻은 듯하였다.
기러기 떼가 건물의 허리를 가로질러 지나가는 것이 보이기도 하
고, 창밖으로 가끔 황조롱이쯤으로 보이는 매서운 새가 내 눈높이
에서 한동안 정지 상태로 허공의 고요를 즐기는 모습을 발견할 때
도 있다. 그럴 때마다 나는 너무 높이 올라와 있지 않은가 하는, 이
래도 되는가 하는 자책감에 사로잡히곤 하였다. 새도 아닌 것이 새
의 날갯짓과 눈동자를 옆에서 훔쳐보고 있으니 도대체 가당한 일인
가 말이다.

무말랭이

외할머니가 살점을 납작납작하게 썰어 말리고 있다
내 입에 넣어 씹어 먹기 좋을 만큼 가지런해서 슬프다
가을볕이 살점 위에 감미료를 편편 뿌리고 있다
몸에 남은 물기를 꼭 짜버리고
이레 만에 외할머니는 꼬들꼬들해졌다

그해 가을 나는 외갓집 고방에서 귀뚜라미가 되어 글썽글썽 울었다

어릴 적에 나는 방학이면 외갓집에 가서 살다시피 했다. 그 당시
우리 집은 연탄을 땠지만 외갓집의 부엌은 아궁이에 불을 지펴 밥
을 지었다. 외할머니와 부엌 아궁이 앞에서 불을 지피며 밥 익는 냄
새를 기다릴 때, 나는 마치 붉은 불을 운전하는 듯 착각에 빠지기도
했다. 무엇보다 외할머니가 음식을 만드는 과정을 옆에서 가만히
지켜보는 게 그렇게 좋을 수 없었다. 칼국수와 만두를 만들기 위해
반죽을 주무르는 일은 신기했고, 하나밖에 없는 사위인 우리 아버

지가 처가에 온 날, 암탉의 목을 비틀고 털을 뽑는 손놀림을 바라보는 일은 늘 아슬아슬한 즐거움이었다.

외갓집에 머물다가 집으로 돌아가는 날, 외할머니는 늘 새벽에 나를 깨우시곤 하였다. 비포장도로를 달리는 완행버스로 불과 30분 거리 정도밖에 안 되는 곳에 우리 집이 있었음에도 불구하고 급한 일도 없는데 왜 그렇게 서두르곤 했을까. 눈을 비비며 세수하고 뜨거운 국에다 밥을 조금 말아먹고 옷을 다 입어도 마당에 밤새 들어차 있던 추위는 물러가지 않았다. 외할머니는 고무줄로 이은 토끼 털 귀마개를 채워주었다. 그러면 마치 외할머니의 따스한 손이 내 귀에 붙어 있는 것만 같았다.

어느 해 여름이었다. 외할아버지와 외할머니는 밭을 매다가 산그늘이 내릴 때쯤이면 돌아오셨다. 헛간에 호미를 걸어 놓고 우물가에 엎드린 채 외할아버지는 나를 불렀다. 등목을 하시려는 거였다. 나는 바가지로 물을 퍼서 외할아버지의 등에 끼얹었다. 한 손으로는 땅을 짚고 한 손으로는 가슴께를 문지르며 외할아버지는 어린아이처럼 소리를 지르셨다.

그다음은 외할머니 차례였다. 손등으로 이마에 흐르는 땀을 훔친 뒤에 외할머니는 외할아버지와 똑같은 자세로 우물가에 엎드리셨다. 그런데 뭔가 확연하게 달랐다. 외할아버지는 하루의 노동의 끝을 찬물로 식히기 위해 당당하게 엎드려 계셨지만, 외할머니는 마치 벌 받는 자세로 엉거주춤 엎드려 있는 것이었다. 그리고 바로 그 순간에 나는 보고 말았다. 외할머니의 가슴에는 바람이 다 빠지고 구겨진 라면 봉지 같은, 형편없이 쪼글쪼글해진 것이 아래로 축 처져 있었다.

아주 어릴 적에 내가 빨아먹으며 잠들기도 했다는, 그, 가슴이라는 말을 붙이기에는 너무 미안한 그, 가슴에 가까운, 오래전에는 진정 가슴이었던 그것! 거기에다가 부지깽이같이 말라버린 두 팔과 다리가 잠깐 엎드려 있는 것도 힘에 겨워 바들바들 떨고 있는 게 아닌가. 나는 그 등에다 찬물을 끼얹는 일조차 죄스러웠다.

어른이 되어 밥벌이를 하면서부터 외갓집에 갈 때는 외할머니께 담배 한 보루를 사 드리는 걸 잊지 않았다. 속병 때문에 이십대 초반부터 담배를 피웠다는 외할머니는 나하고 둘이 맞담배 피우는 걸 좋아하셨다. 어쩌다가 외할아버지가 마당으로 갑자기 들어서면 당신의 담배를 재빨리 끄고 내 손에 든 담배를 태연하게 당신의 손으로 옮기셨다.

손자에게는 그렇게 너그러울 수 없는 외할머니였지만 외할아버지와 외삼촌들에게는 대쪽같이 차갑고 엄한 분이었다. 외할아버지는 술을 좋아하셨는데 평생 외할머니하고 약속해놓은 술잔 이상을 비우는 걸 보지 못했다. 젊은 날 여치처럼 놀기를 좋아하던 외삼촌의 기타를 마당에 조각조각 나게 만든 것도 외할머니였다. 돌아가시기 전에는 치매에 걸려 무말랭이처럼 말라가던 외할머니. 해마다 가을이면 곱게 말린 무말랭이를 보내주시던 그분을 생각하며 쓴 시한 편이다.

갱죽

하늘에 걸린 쇠기러기
벽에는 엮인 시래기

시래기에 묻은
햇볕을 데쳐

처마 낮은 집에서
갱죽을 쑨다

밥알보다 나물이
많아서 슬픈 죽

훌쩍이며 떠먹는
밥상 모서리

쇠기러기 그림자가

간을 치고 간다

가로등에 불이 막 들어오기 시작하는 스산한 겨울 저녁이면 불현듯 생각나는 음식이 있다. 갱죽이 그것이다. 콩나물과 김치, 혹은 삶은 무청 시래기 따위를 숭숭 썰어 희멀겋게 끓인 죽 말이다. 나는 여태 단 한 번도 갱죽을 맛있다고 생각해본 적이 없다. 그래도 겨울이 되면 왠지 반드시 먹어봐야 할 것 같은 희한한 음식이다. 갱죽 그릇에 코를 박고 퍼먹다가 보면 이 겨울이 훈훈해질 것 같고, 진절머리 나는 세상의 일들도 썩 물러갈 것 같다. 그립지도 않은데 그립고, 먹기 싫은데도 먹고 싶고, 먹어도 괜찮고 안 먹어도 괜찮을 것 같은, 바로 그런 음식이 갱죽이다.

혀끝에 남아 있는 감미롭고 화려한 미각만 기억을 지배하는 게 아니다. 진수성찬의 기억은 강렬하고 매혹적이지만 대체로 살뜰한 여운이 없게 마련이다. 이에 비해 갱죽을 먹던 기억은 흐릿하면서도 끈질기다. 그 불그죽죽한 빛깔과 시큼한 냄새와 형언하기 어려운 맛과 숟가락으로 후룩후룩 떠먹을 때의 소리를 나는 잊지 못한다. '갱죽'이라는 말 속에는 모든 감각을 빨아들이고 퍼뜨리는 기억이 다 들어 있는 것이다.

나는 어린 시절에 자주 갱죽을 먹었다. 끼니 때가 되어 배가 고파서도 먹었지만, 먹기 싫어도 먹어야 했다. 먹고살기 힘겨운 시기였으므로 밥상 앞에서 투정을 부리는 일은 가장 못된 짓이라고 배웠다. 어른들은 밥알 한 톨도 국물 한 숟가락도 남기지 말 것을 엄하게 주문했다. 이를 어기면 잔소리나 매가 날아왔다. 적어도 음식에 관한 한 어린아이들에게 '표현의 자유' 같은 것은 없었다.

어머니는 식은 밥이 어중간하게 남아 있는 저녁이면 그 찬밥으로 갱죽을 끓였다. 쌀을 다시 안치기도 그렇고, 겨울 저녁에 찬거리를 새로 만들기도 어설프고, 손이 귀찮기도 할 때, 그냥 한 끼 때우고 새끼들을 재워야겠다는 생각이 들 때, 쌀을 한 줌이라도 아껴보자는 심산으로 어머니는 갱죽을 끓였을 것이다.

텔레비전도 컴퓨터도 없던 그때, 부엌 연탄불 위에서 갱죽이 보글보글 끓는 동안 나는 무엇을 했나? 숙제로 국민교육헌장을 달달 외우고 있었을까? 국민소득 1000달러, 수출 100억 달러의 무지갯빛 미래를 그리고 있었을까? 집집마다 자가용을 가지게 된다는 마이카 시대의 도래를 손꼽아 기다리고 있었을까? 아니, 가난의 냄새가 나는 죽 냄새를 맡기 싫어 코를 싸쥐고 있었는지도 모르겠다.

근검과 절약이라는 단어는 그 시대의 주요한 국가적 슬로건이었다. 지금 생각하니 그 구호를 부엌에서 가장 잘 실천하는 음식이 갱죽이 아니었을까 싶다. 갱죽을 먹을 때는 다른 반찬이 필요 없었으니까. 김치도 없이 밥상 위에 달랑 간장 종지 하나만 있으면 족했으니까.

갱죽을 떠올리면 쓰라린 통증 같은 것이 목에 걸린다. 그것은 뜨끈하지만 눈자위를 시큰거리게 하는, 쓸쓸한 그 무엇이기도 하다. 어릴 적, 60촉 백열전구 아래 숟가락을 들고 둘러앉은 우리들에게 어머니는 말했다.

"내가 시집올 때 먹던 갱죽은 밥알보다 나물이 더 많았단다."

이렇게 우리를 위로하는 사이, 아버지도 옆에서 한마디 거들었다.

"겨울에는 뭐니 뭐니 해도 갱죽이 최고지. 영양도 풍부하고."

희멀건 죽이 왜 영양이 풍부한지 따져 물어볼 만큼 나는 성숙하지 못했다. 갱죽을 먹으면 금방 배가 꺼질 터이니 한 그릇 더 먹으라는 말에 빈 그릇을 디밀었을 뿐. 그렇게 배를 빵빵하게 채워야만 긴 겨울밤의 허기를 그나마 잊을 수 있었다. 우리는 갱죽이 키운 자식들이었다.

갱죽의 '갱'은 제사 때 올리는 국이라는 뜻의 '갱(羹)' 자를 쓴다. 흔하지 않은 한자다. 시래기죽이거나 김치죽, 콩나물죽, 풀죽, 나물죽 따위로 불러도 될 텐데 왜 하필이면 갱죽이라고 했는지 궁금해진다. 알기 쉬운 말보다는 어려운 말을 택해 혹시 가난의 궁핍함을 은폐해 보려는 의도가 들어 있는 건 아닐까? 내용은 별 게 아니더라도 간판은 그럴싸하게 달아보고 싶은 치장의 욕망이 작용한 건 아닐까? 음식 이름을 두고 웬 난데없는 어깃장이냐고 나무란다 해도 나는 그렇게 믿고 싶어진다. 갱죽은 슬픈 음식이기 때문이다.

꽁보리밥도 웰빙 음식으로 대접을 받는 시대이니 누군가 또 갱죽을 판다고 식당 영업을 시작할지도 모르겠다. 그런 집이 생긴다 해도 나는 별로 가고 싶지 않다. 제대로 된 갱죽은 어머니가 찬장 속에 들어있는 꼬들꼬들한 찬밥을 어떻게 처리할까 고민하는 사이 만들어지는 것이다. 거기에 매캐한 연탄불 냄새가 곁들여져야 하는

것이다. 그리고 무엇보다도 갱죽을 말없이 먹어주는 식구들이 있어
야 하는 것이다.

지금은 입으로 먹어야 할 것들이 넘치고, 먹을 것을 파는 집도 많
고, 너나 할 것 없이 먹는 데 목숨을 거는 시절이다. 나는 그 반대쪽
을 바라보며 「갱죽」이라는 제목으로 시 한 편을 썼다.

닭개장

아버지는 우물가에서 닭모가지를 비틀고 어머니는 펄펄 끓는 물을 끼얹어 닭의 털을 뽑았습니다

장독대 옆 참나리가 목을 빼고 닭 볏 같은 꽃을 들이밀고 바라보던 여름이었습니다

나리꽃 꽃잎에 버둥대던 닭의 피가 몇 방울 튀어 묻은 듯 아린 점들이 여럿 박혀 있었습니다

부엌은 가난처럼 더웠으므로 마당에다 삼발이 양은솥을 걸고 닭을 삶아야 했습니다

닭이 익는 동안 어머니는 하루도 더 전에 물에 데쳐 삶아 찬물에 담가 두었던 무시래기며 배추시래기를 건져 총총 썰었습니다

물에 불려 오동통해진 토란대와 고사리는 골무 크기 정도로 썰었습니다

어린 숙주나물을 씻어 채반에 받쳐 놓고 텃밭에서 뽑아온 굵은 대파를 큼지막하게 썰었습니다

더 뜨거워질 수 없을 때까지 장작을 지피다가 닭고기 익는 냄새가 코

끝을 파고들면 싸리버섯처럼 노란 기름이 동동 뜬 솥 안에서 닭을 건져
냈습니다

쟁반 위에 혼자 웅크린 닭은 뜨거운 김을 서럽게 무럭무럭 피워 올렸
습니다

어머니는 대접에 떠다 놓은 물에 손가락을 몇 번이나 담갔다 뺐다 하
면서 정말 잘게, 명주실처럼 가늘게도 닭의 살을 찢었습니다

능숙한 어머니의 손 때문에 저녁이 빨리 찾아왔습니다

무시래기와 배추시래기와 토란대와 고사리와 숙주나물과 대파와 그
리고 잘게 찢은 닭고기 위에 조선간장과 고춧가루와 깨소금과 참기름
으로 갖은 양념을 한 뒤에 어머니는 거기에다 술술 주문 외듯 밀가루를
뿌리고는 골고루 버무렸습니다

그 버무림 속에 또 무엇이 더 들어가고 무엇을 덜어냈는지 그때 나는
참으로 궁금하였습니다

살과 뼈가 우러나올 대로 우러나온 희뿌연 국물에다 손으로 버무린
것들을 넣고 센 불로 양은솥 안의 모든 것을 한통속이 될 때까지 끓였
습니다

그리하여 닭개장은 비로소 밥상 앞에 앉은 식구들 앞에 둥그렇게 한
그릇씩 놓이는 것이었습니다

마치 붉은 노을을 국자로 퍼다 먹는 듯하던 닭개장

걸쭉하고 화끈거리는 그 국물에 밥을 척척 말아먹고 서늘한 땀을 흘
려야 여름이 서너 발짝쯤은 물러날 것 같았습니다

그 이튿날 졸아든 국물이 좀 짜다 싶으면 물 두어 사발 더 붓고 끓여

먹었습니다

나는 찬밥에 말아 먹는 게 훨씬 좋아서 어머니한테 없는 찬밥을 찾았습니다

우리 어머니가 잘 만드시는 음식 중 하나가 닭개장이다. 닭이 귀하던 시절에 닭 한 마리는 무엇 하나 버릴 것이 없었다. 아버지는 닭을 잡을 때 목을 비트는 일을 맡으셨다. 뜨거운 물에 데친 닭의 털을 뽑아내는 일도 아버지 몫이었다. 어머니는 배를 가르고 간, 염통, 똥집, 창자 따위의 내장과 닭발을 따로 손질해서 무를 얇게 썰어 넣은 다음 물을 자박자박하게 붓고 볶았다. 그것은 아버지의 술안줏감이었다.

부엌 솥에서 닭을 삶은 뒤에 어머니는 사형제 중 맏이인 나만 부엌으로 부르셨다. 부뚜막에는 큼지막한 닭다리 하나가 양은그릇에 담겨 있고, 그 옆에는 소금 종지가 놓여 있었다. 동생들이 얼씬거리지 않는 틈을 이용해 나에게 그걸 어서 먹으라고 재촉을 하셨다. 그러면 나는 뻔뻔스럽게 다리를 해치우고 어머니의 성화에 국물까지 마시고 입을 닦으며 부엌을 나선 적이 한두 번이 아니었다.

내장과 다리 하나가 없어진 닭으로 어머니는 닭개장을 끓이셨다. 닭개장을 어떻게 만드나? 고사리, 파, 숙주나물, 배추시래기 같은 갖은 야채와 잘게 찢은 닭고기를 밀가루로 골고루 버무린 다음 끓는 육수에다 넣는다. 그리고는 뜨거운 불로 오래 끓인다. 닭개장은 여러 번 끓일수록 국물이 진하게 우러나왔다. 이렇게 한 솥 끓이면 우

리 식구들은 두어 끼 정도는 반찬이 필요 없었다. 뜨신 밥에도 말아 먹고, 찬밥에도 말아먹고.

일기

　오전에 깡마른 국화꽃 웃자란 눈썹을 가위로 잘랐다

　오후에는 지난여름 마루 끝에 다녀간 사슴벌레에게 엽서를 써서 보
내고

　고장 난 감나무를 고쳐주러 온 의원(醫員)에게 감나무 그늘의 수리도
부탁하였다

　추녀 끝으로 줄지어 스며드는 기러기 일흔세 마리까지 세다가 그만
두었다

　저녁이 부엌으로 사무치게 왔으나 불빛 죽이고 두어 가지 찬에다 밥
을 먹었다

　그렇다고 해도 이것 말고 무엇이 더 중요하다는 말인가

　이 시에 나오는 문장들은 몇 년 전부터 머리에 맴돌던 것들이다.
어느 여름, 문창과 제자들하고 고창 선운사에 며칠 머문 적이 있다.
학생들하고 하루에 한 편씩 쓰자고 호기롭게 제안을 하고 갔는데,

정작 한 줄도 쓰지 못한 건 나 혼자뿐이었다. 마지막 날에 그동안 쓴 시를 합평하는 시간을 갖기로 해서 노트북을 열고 부랴부랴 숙제하듯이 쓴 시다. 이렇게 짧은 시간에 시를 쓴 건 또 처음인데 1시간 정도 걸린 것 같다. 일필휘지를 싫어하는 나 스스로도 참 기이한 일이구나 싶었다.

요즘 너무 바쁘게 살았다. 시 쓰는 일을 뒤로 밀쳐두고 시의 바깥을 기웃거리는 일이 많았다. 무슨 외부강연에 불려 다니는 일이 그리도 많았는지…… 정중히 거절할 때가 더 많았지만 어쩔 수 없이 해야 하는 경우가 있다. 나는 여전히 '빈둥거리다'라는 말을 좋아하는데, 이 시에 나오는 대로 느리게, 한가하게, 작게 사는 게 무엇보다 중요한데, 그걸 못하고 있는 나 자신을 나무라는 시라고 할 수 있다.

북항

나는 항구라 하였는데 너는 이별이라 하였다

나는 물메기와 낙지와 전어를 좋아한다 하였는데

너는 폭설과 소주와 수평선을 좋아한다 하였다

나는 부캉, 이라 말했는데 너는 부강, 이라 발음했다

부캉이든 부강이든 그냥 좋아서 북항,

한자로 적어본다, 北港, 처음에 나는 왠지 北이라는

글자에 끌렸다 인생한테 패할 수 있을 것 같았다

어디로든지 쾌히 달아날 수 있을 것 같았다

모든 맹서를 저버릴 수 있을 것

같았다 배신하기 좋은 북항,

불 꺼진 삼십 촉 알전구처럼 어두운 북항,

포구에 어선과 여객선을 골고루 슬어놓은 북항,

이 해안 도시는 따뜻해서 싫어 싫어야 돌아누운 북항,

탕아의 눈 밑의 그늘 같은 북항,

겨울이 파도에 입을 대면 칼날처럼 얼음이

해변의 허리에 백여 빛날 것 같아서

북항, 하면 아직 블라디보스토크로 가는 배편이

있을 것 같아서 나를 버린 것은 너였으나

내가 울기 전에 나를 위해 뱃고동이 대신 울어준

북항, 나는 서러워져서 그리운 곳을 북항이라

하였는데 너는 다시는 돌아오지 못한다 하였다

한반도 남쪽에 사는 사람들의 심리 속에 '북(北)'이라는 글자는 매우 복잡한 이미지로 저장되어 있다. '북'이라는 글자는 방향을 가리키는 '북'도 있지만 '달아나다' '패배하다' '도망가다'는 뜻도 들어 있다. 긍정적인 이미지보다는 부정적인 이미지가 강한 것도 사실이다. 이 한 글자 속에 증오가 있고, 애잔함이 있고, 차가움의 이미지가 있다.

그동안 바느질 자국이 안 남는 시를 너무 오래 썼다. 거친 손자국도 보이고, 한 땀 한 땀 실의 길이도 들쭉날쭉하고, 실밥도 좀 삐져나오는 시를 생각했다.

시작 노트 1

　최근 일주일 간 나는 오랜만에 시인이 된 것 같았다. 아침부터 저녁까지 작업실에서 오로지 시만 읽고, 시만 생각하고, 시만 쓸 시간을 가졌기 때문이다. 생전 처음이었다. 방안에서 뒹굴다가 누웠다가, 심심하면 마당을 밟았다가, 개울에 버들치들 노니는 것 내려다보다가, 앞산에 딱따구리가 고목에 구멍 파는 소리(그 녀석은 없는 구멍도 잘 찾지!), 뒷산에 장끼와 산비둘기 섧게 우는 소리를 내내 들었다. 가끔은 남사스러워서 시인이라는 자, 이렇게 행복해도 되나, 하고 스스로에게 묻곤 하였다.

　올봄에 한 가지 알았다. 나무 중에서 제일 게으른 나무는 대추나무와 석류나무와 배롱나무라는 것을. 그들은 다른 나무들이 꽃 피우고 잎 다 피우는데도 새 잎을 내밀 생각을 하지 않는다. 세상의 봄을 감지하고 재는 그들의 잣대가 그만큼 엄중하다는 뜻일까. 그게 아니라면 그들도 나만큼 한심하고 게으른 작자들이라는 뜻일까.

시작 노트 2

　새로 쓰는 시는 이전에 쓰여진 시가 낳은 오류에 대한 반성의 꽃
이다. 시를 쓴다는 것은 반성을 자꾸 덧칠하는 일이다. 자기 자신이
떨어진 줄도 모르는 꽃잎 위에 또 꽃잎 쌓이듯이.

시작 노트 3

    요즘은 무엇보다 불투명의 세계가 나를 잡아당긴다. 투명한 언어만이 잘난 게 아니다. 불투명의 언어가 오히려 본질을 투명하게 이끌어내기도 한다. 명징하게 말을 한다고 해서 말이 다 명징하게 통하는 것은 아니다. 말하지 못하고 그대로 둔 침묵, 혹은 말과 말 사이의 침묵도 모두 결국은 말이 아닐 것인가.

시작 노트 4

　백석이 몸에서 잘 떨어지지 않는다. 도꼬마리 씨앗 같다. 아니, 내가 백석의 몸에 붙은 도꼬마리 씨앗인지도 모르겠다. 얼마 전 통영을 갈 일이 있었는데, 젊은 통영 여자들이 모두 '천희(千姬)'처럼 보였다. 백석을 '베끼는' 일이 금방 끝날 것 같지는 않다. 꿈이 하나 있다. 기회가 된다면 백석이 거닐었던 중국 동북지방과 북한 땅을 가서 그의 흔적을, 혹시라도 그가 떨궈 놓았을지도 모르는 생의 부스러기를 찾아보고 냄새 맡는 것.

시작 노트 5

박용래를 다시 읽는다. 말이 넘치고 넘치는 시절에 여전히 배울 게 많다. 맵고, 깐깐하고, 쫄깃쫄깃하고, 마구 사무친다.

시작 노트 6

녹음이 짙어지면서 산 아래 날아가는 해오라기 날갯짓이 더 하얗게 보인다. 배경의 힘으로 해오라기는 날아간다.

시작 노트 7

　모든 감동은 교감에서 나온다. 시의 감동은 일차적으로 시인과 독자와의 교감, 즉 소통 위에서 이루어진다. 그러나 소통이 이루어졌다고 해서 모든 시가 다 울림을 갖는 것은 아니다. 허망한 소통보다는 고독한 단절이 오히려 서로를 행복하게 할 때도 있으니까 말이다. 시를 보는 미학적 관점과 언어에 대한 경험이 자연스럽게 일치할 때 시적 감동은 증폭될 것이다. 이런 측면에서 보면 언어란 시인과 독자 사이에 놓인 가교인 동시에 보이지 않는 훼방꾼이기도 하다. 저 유서 깊은 '낯설게 하기'는 그 두 가지 역할을 동시에 수행하고자 할 때 여전히 유효한 시적 방법이다. 독자를 편하게도 하고 불편하게도 하는 시, 이것인가 싶으면 저것인 시, 바른가 싶으면 이미 비뚤어져 있는 시……. 나는 요즘 그런 시를 꿈꾼다. 그래서 표현의 리얼리티 속에서 감동의 요소를 찾으려고 끙끙대는 편이다. 행과 연을 수없이 바꾸고, 가장 물기 많은 말, 가장 적합한 어휘를 배치하기 위해 헤맨다. 내가 말하고자 하는 바와 언어가 가장 이상적인 형태로 만날 때까지 찾고, 지우고, 넣고, 비틀고, 쥐어짜고, 흔들기를 마다하지 않는다. 적어도 나 하나쯤은 감동시킬 때까지 언어하고 치고받고 싸운다. 리얼리티가 확보되지 않은 리얼리즘이 어디 있을까 싶어서다. 말의 조탁(彫琢)을 잊어버린 요설의 시절이니 더 그렇게 억지를 부려보고 싶어지는 것이다.

시작 노트 8

그물에 담겨오는 것이 빈 바다뿐일지라도, 우리들 생의 젖은 시름뿐일지라도, 이대로 뭍으로 뱃머리를 돌릴 수는 없다. 내 등 뒤에서 늙어가는 아내여, 저 바다에 아직 잔광(殘光)이 남아 있는 것은 이 세상이 우리에게 사랑할 시간을 조금 남겨 두었다는 뜻이다. 서두를 건 없다. 매일매일 저녁이 저물면서 바다를 껴안듯이 우리도 천천히 사랑하고, 천천히 늙어갈 뿐이다.

시작 노트 9

　입춘 지난 뒤에는 이 세상에서 남도의 보리밭이 제일 힘차다. 허공을 꽁꽁 동여매고 있던 추위를 보리 싹으로 찔러 녹이고, 허공의 주인이 되기 위해 보리는 키를 돋아 세운다. 보이지 않는 땅 속 뿌리들이 얼마나 꼼지락거렸으면 보리밭마저 이렇게 꿈틀거리겠느냐. 시여, 이제 나를 밟아다오. 서 마지기 내 가슴을 꼭꼭 밟아다오. 밟혀봐야 허공이 얼마나 달콤한 자유인지 알게 된단다.

시작 노트 10

10여 년 전부터 조금씩 동시를 썼다. 아주 열심히 매달리다시피 쓴 것은 아니다. 띄엄띄엄 동시가 올 때마다 몇 줄씩 받아 적었다. 나한테 동시는 밤마다 같은 자리에서 반짝이는 이름난 별이 아니었다. 순간적으로 왔다가 사라지는 별똥별 같은 것이라고 생각했다. 아니면 이름 붙지 않은 수많은 은하수 중의 하나이거나. 내가 스스로 쓴 동시에 의미 있는 이름을 붙여주지 않았으므로 동시도 나를 위해 반짝여주지 않았다.

학교에서 어쩌다가 '아동문학창작기초'라는 과목을 덜컥 맡게 되었는데, 무엇보다 시급한 일은 우리 아동문학 작품들을 부지런히 읽는 일임을 뒤늦게야 깨달았다. 그래서 닥치는 대로 읽었다. 나름대로 목록을 만들어 읽었고, 찾아서 읽었고, 책을 주문해서 읽었다. 이미 다 커버린 우리 집 아이들이 어릴 적에 읽던 책을 뒤져가며 읽었다. 어른이 쓴 동시도 읽었고, 어린이가 쓴 동시도 가리지 않고 읽었다.

우리나라에 좋은 동시가 의외로 많았다. 그런 동시를 찾게 되는 날은 소풍 가서 보물쪽지를 찾은 것처럼 기뻤다. 나쁜 동시는 더 많았다. 시적 생명력을 이미 잃어버린 구태의연한 언어들, 마음을 자극하지 못하는 상상력, 시로서 최소한의 품격마저 갖추지 않은 동시를 만났을 때는 화가 났다. 불사르고 싶은 동시집, 꽤 많았다.

시와 동시와의 거리는 그리 멀지 않다고 생각한다. 어른과 어린이의 눈이 크게 다르지 않은 것처럼 말이다. 다른 점이 있다면 그것은 구사하는 어휘의 차이가 아닐까 싶다. 어른은 '대변'이라고 말하고 어린이는 '똥'이라고 말한다. 이미 '대변'이란 말에 감염된 어른들이 '똥'이라는 말의 동심에 가까워지려고 노력하는 순간, 거기에서 시가 발생한다. 그리고 '똥'이라는 말에서 벗어나 '대변'이라는 말을 흠모하려는 어린이들을 조금 더 오래 '똥'에 머물도록 만드는 게 동시의 역할인지도 모르겠다.

나는 아직 동시를 잘 모른다. 괜히 겸손 떠는 게 아니다. 잘 모르기 때문에 동시는 나에게 중요한 공부의 대상이다. 동시로 쓰고 싶은 게 무궁무진하다는 점에서 동시는 여전히 신나는 미래다.

시작 노트 11

　인간으로서의 기본적인 자유가 보장되지 않는 세상에서는 시가 언제든지 '무기'가 될 수 있어야 한다고 생각한다. 그러나 그러한 의무감 때문에 상상력이 위축되어서는 안 될 것이다. 문학은 정치도 종교도 철학도 아니고 오로지 문학이어야 하니까. 리얼리스트로서의 꿈과 낭만주의자로서의 현실인식이 만나는 지점이 반드시 있을 것이다.

시작 노트 12

어느 날 문득, 시가 나를 놓아줬으면 좋겠다.

시작 노트 13

요 며칠 사이 베란다로 햇볕이 마구 뛰어드는 것 같다. 예사롭지 않다. 겨우내 아파트 창문 밖에서 머뭇거리기만 하던 햇볕이 창을 뚫고 베란다로 뛰어드는 것이다. 햇볕에 발이라도 달린 것일까. 자박자박 발소리라도 날 것 같다.

나는 소사나무 분재 앞에 쪼그리고 앉아 햇볕을 받는다. 손바닥에 받쳐들어 보기도 한다. 그러나 햇볕이 가장 오래 머무는 곳은 아무래도 내 손바닥이 아니라 소사나무 부근이다. 나보다 훨씬 오래 전부터 소사나무는 최대한 가지를 벌리고 햇볕을 기다리고 있었던 것이다.

잎눈이 눈을 뜨려는지 나뭇가지에는 벌써부터 심상치 않은 기운이 감돈다. 어린아이가 잠에서 막 깨어나 눈을 뜨기 한 5초 전의 표정을 하고 있다. 하나, 둘, 셋, 넷, 다섯까지만 세면 연초록 이파리가 고개를 내밀지도 모른다. 비록 고층 아파트의 베란다에 분재라는 형태로 갇혀 있는 나무이지만, 그도 이 세상의 봄을 불러오는 일에 얼마나 참여하고 싶었을 것인가.

시작 노트 14

　민주주의를 유린하고 그 가치를 눈속임하는 일들이 매일 터져 나오고 있다. 박근혜 정부를 바라보는 심정은 '참담' 그 자체다. 30년 넘게 시를 써왔고 10권의 시집을 냈지만, 현실을 타개해나갈 능력이 없는 시, 나 하나도 감동시키지 못하는 시를 오래 붙들고 앉아 있는 것이 괴롭다. 불의가 횡행하는 참담한 시절에는 쓰지 않는 행위도 현실에 참여하는 행위가 될 수 있을 것이다. 박근혜가 대통령인 나라에서는 시를 단 한 편도 쓰지 않고 발표하지 않겠다.

시작 노트 15

　정치는 여의도의 정치인들만 하는 게 아니다. 술자리에서 시국을 이야기하는 것도 정치고, 선거에 참여해 투표를 하는 행위도 넓은 의미에서는 정치다. 시인을 비롯한 예술가들이 현실 정치에 관여하는 경우 그 의도를 눈여겨봐야 한다. 일신의 영달과 출세를 위한 것인지 아닌지를 잘 구별해야 한다는 거다. 예술과 정치를 억지로 분리해서 사고하려는 사람들이 오히려 정치적으로 불순한 의도를 갖고 있는 경우가 적지 않다.

시작 노트 16

시인은 철없이 심심하게 사는 자다.

시작 노트 17

어제는 사람 때문에 울고 오늘은 사람도 아닌 것들 때문에 책상을 친다.

시작 노트 18

나무는 힘겹게 낙엽을 내려놓는 저 오래된 습관의 힘으로 나무다.

시작 노트 19

고양이가 꼼짝도 하지 않고 혼자 가만히 볕을 쬐고 있다면 그건 수행하고 있는 게 분명하다. 그 옆을 지나갈 땐 발소리를 죽여야 한다. 하루에 단 한 시간도 그 무엇에 몰입해보지 않은 사람이 있다면 고양이에게 배워야 한다.

시작 노트 20

마곡사 가는 길 단풍이 하룻밤만 같이 살자고 붙잡는데 뿌리치고
오느라 서러웠다.

시작 노트 21

밤의 4차선 도로 한복판에 고양이도 개도 아닌 짐승이 누워 있는 것을 보았다. 너구리 같았다. 불빛은 먼 불빛이 좋다. 광명을 좇으면 죽음이다.

시작 노트 22

   학생들이 헌책장터를 연다고 해서 내 방 책장을 정리하는 중이다. 죽을 때까지도 다 못 읽을 것 같은 책들이다. 천 권은 될 성싶다. 아깝지도 아프지도 않다. 책장이 텅텅 비어가니 오히려 좋다. 책이란 나의 과적의 비곗살이었다. 며칠 후 학생들이 인사를 왔다. 장터를 열어 95만 원을 벌었다고, 그중에 35만 원어치 저녁을 사먹었다고 한다. 책이 소주와 삼겹살로 변할 수 있다니 기적이다. 참 잘했다고 칭찬해주었다.

시작 노트 23

　개들이 물어뜯을 때는 개를 발로 차버리거나 주위에 구원을 요청하는 방법이 있다. 그게 여의치 않으면 살갗을 내주지 말고 갑자기 허공이 되면 된다. 매우 어려운 일이지만 허공이 되면 개들의 입이 헛헛할 것이다.

시작 노트 24

한 해 동안 너무 많이 돌아다녔고, 너무 많이 지껄였고, 너무 많이 마셨다. 지가 무슨 소나기라고!

시작 노트 25

할 일이 너무 없어서 새라도 날아와 울어줬으면 싶은 날들이 올 겨울에 많았으면 좋겠다. 그 새 이름을 알기 위해 새가 앉았다 간 나뭇가지 끝을 하루 종일 바라보는 사람이었으면 좋겠다. 그러다가 눈이 쏟아져 세상으로 가는 길들이 막혔다는 소식을 들었으면.

시작 노트 26

아침의 첫 담배는 영하 10도쯤의 공기를 섞어 들이키며 코끝이
아릿아릿해질 때 피우는 게 제일 좋다. 산등성이 참나무 가지 사이
새들이 날아가는 길도 훤하게 보일 때, 멀리 왔다는 생각이 들 때,
내게도 그리운 게 있구나 싶을 때.

시작 노트 27

산그늘이 배가 고팠나? 벌써부터 아랫마을에서 올라오는 애벌레 같은 길을 조금씩 갉아먹고 있다.

시작 노트 28

면소재지에서도 멀리 떨어진 슈퍼였다. 면장님을 따라 갔는데 49년생부터 58년생까지 예닐곱 분이 술자리를 들락거렸다. 안주는, 호형호제였다. 환갑이 넘은 슈퍼 주인아주머니가 내 손을 두어 번 만졌다. 내가 거기서 최연소 술꾼이었다는 게 심히 자랑스러웠다.

시작 노트 29

겨울밤이 두꺼워졌다.

시작 노트 30

　겨울밤 방바닥에 엎드려 『미당 시전집』을 읽는 중이다. 시집 『팔할이 바람』에 실린 미당의 자전적인 시편들을 그동안 읽지 못한 내가 원망스럽다. 이 시집이 나온 1988년에 나는 교단에서 미당의 시보다 그의 빗나간 삶을 가르치는 데 골몰하고 있었다. 『팔할이 바람』은 그 지겨운 왜식 7·5조로부터 벗어난 판소리사설 같은 리듬이 예사롭지 않고, 가끔 시에 간을 치는 에로티시즘도 아릿아릿하다. 이 시들을 쓸 당시 미당은 73세였다. 노시인이 작심하고 끄집어낸 기억의 서사 또한 우리의 자산 아닌가.

시작 노트 31

새벽이 되자 눈 쌓인 숲이 머리를 흔들었다. 객지는 하룻밤의 독거가 좋다. 전기난로가 등 뒤에서 울고 있다.

시작 노트 32

　"방바닥이 사람 덕 보려고 한다"는 말을 최근에 듣고 슬며시 웃었다. 방바닥이 냉골일 때 쓰는, 긍정적이고 여유로운 태도와 해학이 스며들어 있는 말이다. 웃을 일 없는 시절에 웃는 것은 나도 이 말 씀 덕을 봤다는 얘기다.

시작 노트 33

잠시 울컥거려도 상대의 마음을 휘어잡는 눈물이 있고, 소나기처럼 퍼붓듯이 울어도 사람의 마음에 닿지 못하는 눈물이 있다.

시작 노트 34

어금니가 빠져도 봄은 온다.

시작 노트 35

빗소리 들어오라고 창문을 두 뼘쯤 더 열었다.

시작 노트 36

   어디쯤에서 매화는 몸이 근지럽고 산수유는 안달이 나고 개나리
는 온몸에 두드러기가 나고 목련나무는 가슴을 쥐어뜯고 싶고 살구
나무는 빨리 바람이 나고 싶고 복숭아나무는 주책없이 빨간 빤스를
벗어 던지고 싶고 산벚나무는 안절부절 못하겠구나.

시작 노트 37

그날은 절대로 쉽게 오지 않는다. 그날은 깨지고 박살나 온몸이 너덜너덜해진 다음에 온다. 그날은 참고 기다리면서 엉덩이가 짓물러진 다음에 온다. 그날은 그날을 고대하는 마음과 마음들이 뒤섞이고 걸러지고 나눠지고 침전되고 정리된 이후에 온다.

4부

세상을 들여다보는 일

고통의 축제
2007 아시아·아프리카 문학페스티벌

1

골방에서 글을 쓰던 작가들이 요즘 아주 엉뚱한 일 하나를 꾸미고 있다. '2007 아시아·아프리카 문학페스티벌'이 그것이다. 대중의 눈을 사로잡는 현란한 영화도 아니고 문학을 주제로 삼아 세계적인 축제를 열겠다는 것이다. 이미 하체의 힘이 쇠약해져 비실비실 걸음을 떼기도 힘든, 그래서 중년 남자의 몰골로 어정쩡하게 서 있는 문학의 이름으로? 그 케케묵은 시나 소설로? 과연 이 엄청난 행사를 치를 수 있을까?

이런 의문들이 실은 역설적으로 이 페스티벌을 기획하게 만든 주요 동력이다. 문학이라는 힘 못 쓰는 남자에게 비아그라를 투약한다는 것이다. 그것도 미국산이 아닌 아시아와 아프리카에서 만든 것으로 말이다.

지금까지 우리가 접한 세계문학은 유럽문학이거나 일본문학의 일부였다고 해도 과언이 아니다. 세계문학전집은 아시아와 아프리카가 빠진 반쪽 문학전집이었다. 결국 우리가 받아들이고 일궈낸 근대가 반쪽이라는 것을 모르고 21세기를 맞이한 것과 같다.

공교롭게도 아시아와 아프리카는 근대 이후 제국주의 침탈에 의한 상처와 치유의 역사를 함께 나눠 가지고 있는 대륙이다. 그럼에도 두 대륙 간 영혼의 소통은 전무하다시피 했다. 영혼 이전에 원활한 물적·인적 교류의 장도 마련하지 못하고 있는 실정이다. 아프리카로 가는 길은 지금도 유럽의 공항을 거쳐야만 가능하다. 문학을 기초로 하는 출판시장도 예외가 아니다.

'2007 아시아·아프리카 문학페스티벌'을 준비하면서 남아프리카공화국의 수도 케이프타운에 있는 아프리카작가동맹의 사무국과 교섭을 벌일 때였다. 직접 그곳으로 사람을 보내 참가 의사를 타진해보자는 의견이 제출되었을 때, 우리는 아무 생각 없이 '아프리카를 다녀올 사람'을 입에 올리고 있었다. 무려 54개국으로 이루어진 거대한 아프리카가 하나의 나라인 것처럼 착각을 하고 있었던 것이다. 아프리카의 어느 나라 작가가 한국으로 올 때 "아시아에 간다"는 말을 한다고 생각해봐라. 얼마나 씁쓰레할 것인가? 그만큼 아프리카는 먼 곳이었고, 소통 저편에 있는 미지의 대륙이었다.

우리 사회의 모든 분야에서 신처럼 떠받들고 있는 글로벌 개념의 실체는 미국화의 다른 이름이 아닐까? 좀 더 심하게 말하면 영어문화권에 대한 복속이거나 투항이 아닐까? 진정한 글로벌은 현재 학계 일각에서 논의하고 있는 '동아시아론'을 포함해서 아시아 전체와 아프리카, 그리고 라틴아메리카까지 두루 아우르는 총체적인 기획

속에서 나와야 할 것이다. '2007 아시아·아프리카 문학페스티벌'이 그런 기획의 첫 걸음이 될 수도 있을 것이다.

이 행사를 통해 아시아·아프리카와의 문학적 소통을 위한 전진기지가 우리나라에 만들어진다면 한국문학이 명실상부하게 세계문학으로 진입하는 결과를 가져오게 된다. 이것은 양 대륙 작가들의 단순한 교류를 넘어 한국문학에 대한 세계적인 관심을 증폭시킬 중요한 계기로 작용하리라 본다. 또한 한미 FTA의 저작권 20년 연장 문제로 위기를 맞고 있는 출판시장은 국내 문학콘텐츠의 수출이라는 새로운 돌파구를 마련할 수도 있다.

중국은 작년에 아프리카 48개국 정상들을 불러 아프리카와의 협력시대를 활짝 열었다. 이에 비해 우리는 4개국 정상들을 서울로 초청했을 뿐이다. 한발 늦었다. 올해 '아시아·아프리카 문학페스티벌'이 성공적으로 치러진다면 미수교국을 포함해 아프리카와 아시아에서 100여 개 나라 작가들이 우리나라를 찾을 것이다. 문학에 활력을 주는 비아그라를 아시아·아프리카에서 구하는 일은 생각만 해도 신이 난다.

2

작가들의 글쓰기를 흔히 출산의 고통에 비유한다. 예술 작품의 탄생이 그만큼 엄혹한 진통의 시간을 필요로 하는 까닭이다. 또한 작가들은 생의 환희나 행복보다는 고통과 결핍에 관심을 갖는다. 이 세상이 아무런 아픔 없는 태평성대라면 문학은 존재할 필요가 없을지도 모른다. 삶이라는 게 배부르고 등 따뜻하면 그만이라고 생각하니까.

이렇듯 문학작품과 작가는 고통이 낳은 자식들이다. 다음 달 8일부터 14일까지 전주에서 열리는 아시아·아프리카 문학페스티벌(AALF)에 참가하는 외국 작가들의 면면을 들여다봤다. 이들의 생의 이력은 하나하나 기구하고, 아프고, 눈물겹다. 그야말로 고통의 축제를 보는 듯하다.

남아프리카공화국에서 오는 루이스 응코시라는 소설가가 있다. 그는 인종차별정책이 극심하던 60년대에 흑인소년과 백인소녀 간의 성관계를 묘사한 작품을 썼다는 이유로 아파르트헤이트 정권에 의해 편도 기차표만 받고 강제추방을 당한다. 그렇게 고국을 떠난 후 30여 년을 잠비아, 보츠와나, 말라위 등지의 인근 아프리카 지역은 물론 미국과 유럽 등지로 유랑한 작가다. 그는 1994년 최초의 흑인 정권인 만델라 정권이 선 이후에야 조국을 찾을 수 있었다.

1994년 벌어진 르완다 학살은 역사상 가장 짧은 기간에 가장 많은 인명 피해를 낸 사건이다. 3개월 간 거의 100만 명의 목숨이 스러졌다. 이 사건의 생생한 목격자이자 피해자인 여성 작가 욜란드 무카가사나가 이번 행사에 참여한다. 그녀는 학살 당시 남편과 두 아이를 잃은 고통을 안고 있는 사람이다.

아프리카의 생소한 나라 기니 비사우에서 오는 작가 로우렐은 돌고 돌아 한국에 온다. 그는 자국 내에 국제공항이 없어 인접국인 세네갈까지 버스 편으로 이동을 하고 세네갈에서 다시 유럽을 거쳐 한국으로 들어오는 대장정에 돌입한다.

아시아 작가들도 예외가 아니다. 베트남의 여성 소설가 레 밍 쿠에는 열다섯 살의 어린 나이에 유소년 자원군으로 베트남 전쟁에 참전한 이력이 있다. 그녀는 5년의 군 복무 기간을 마친 뒤 1969년에 하노이에 돌아왔지만, 전장과 떨어진 도시 생활에 적응하지 못하고 다시 정글로 돌아가 종전될 때까지 정글에서 군부대와 함께 작전을 수행한 전사다.

소련 연합군이 아프가니스탄을 침범하던 당시 유명 시인으로 알려져 있던 파타우 나데리는 감옥에서 시를 쓰던 시인이다. 그는 끊임없는 감시와 위협, 모욕 속에서도 담뱃갑 속에 끼워진 은박종이에 시를 썼고 자신을 보러 온 아내에게 그것을 은밀히 건네주었다. 우리의 김남주 시인이 저 80년대에 그랬던 것처럼.

그리고 이집트의 작가 소날라 이브러힘은 1959년 이집트 낫세르 대통령이 좌익분자 처벌 작전이라는 미명 아래 지식인들을 무차별적으로 투옥하던 시기에 7년형의 강제 노역을 언도받기도 했다. 파키스탄의 작가 파미다 리아즈는 계엄 정권하에 잡지를 발간하다가 사형을 선고받은 이력의 소유자다.

지구촌의 마지막 하나 남은 분단국가인 우리나라에 이러한 작가들이 일정한 시기에 한데 모인다는 것은 매우 경이로운 일임에 틀림없다. 아시아와 아프리카 지역 45개국에서 80명에 가까운 작가들이 오는 것은 80여 개의 외국 언론이 한국에 오는 것과 같다. 80여 개의 찬란한 고통과 80여 개의 순결한 영혼이 한국으로 모여드는 것과 같다. 어쩌면 문학올림픽이라고 불러도 좋을 것이다.

여기에 한국의 대표적인 시인, 소설가, 그리고 문학평론가 200여 명이 한꺼번에 모여 독자들과 함께 축제의 장을 펼친다. 이번 행사에 참여하는 한국 작가들의 이름을 열거하는 것만으로도 눈부시기 그지없다.

고은, 신경림, 송기숙, 최일남, 김주영, 전상국, 황석영, 한승원, 현기영, 강은교, 박범신, 김훈, 김용택, 황지우, 도종환, 성석제, 은희경, 신경숙, 윤대녕, 김인숙, 문태준, 김선우…….

고통스러운 세상에 뿌리를 둔 문학을 읽고 즐기는 것은 고통을 넘어서서 새로운 세상을 만나는 길이기도 하다. 모처럼 마련되는 품격 있는 축제를 이제 마음껏 즐길 일이 남았다. 올해 노벨문학상을 한국의 작가가 수상하지 못했다고 아쉬워 할 일은 아니다. 11월에 열리는 아시아·아프리카 문학페스티벌은 우리 한국문학의 힘을 확인하는 축제가 될 것으로 본다.

막걸리 프로젝트

내가 사는 전주에는 요즘 막걸리집이 바야흐로 봄철이다. 시내 한복판에 막걸리만 파는 집이 100군데도 넘는다. 삼천동의 한 골목에는 수십 개 점포가 나란히 어깨를 맞대고 왁자하게 손님을 맞는 곳도 있다. 술꾼들은 너나없이 살판났다는 표정이 역력하다. 그 소문을 듣고 다른 지역에서 일부러 관광버스를 타고 전주의 막걸리집을 찾는 단체방문객들도 점점 늘어나고 있다고 한다.

하고많은 술중에 왜 하필이면 막걸리냐고? 먹고살기도 힘든데 무슨 술타령이냐고? 너무 성급하게 나무라지 마시길 바란다. 사실은 먹고살기 힘들어진 이후부터 막걸리는 옛날의 명성을 되찾기 시작했다. 80년대 중반까지 막걸리는 주머니 사정이 넉넉하지 못한 서민들과 궁핍한 대학생들이 주로 찾던 술이었다. 그 무렵 막걸리는 취기를 오르게 하는 술이면서 배를 든든하게 해주는 밥이기도 했다. 그러다가 소주와 삼겹살이 등장하면서 뒤쪽으로 밀렸다가 뼈아픈 구제금융시대를 지나 다시 폭발적으로 술꾼들의 주목을 받고 있다.

최근에는 전주시에서 아예 팔을 걷어붙이고 나섰다. 이른바 '막걸리 프로젝트'가 그것이다. 이 명명은 어찌 보면 도포 입고 양주 마시는 사람을 연상시키지만, 그걸 붙잡고 시비를 걸 까닭은 없다. 가령 '토속주활성화정책'이라고 해보자. 이런 관변용어는 고리타분한 냄새를 풍긴다. 그에 비하면 '막걸리 프로젝트'는 얼마나 유쾌한가. 전통과 현대의 꽤 괜찮은 결합이라 해도 무방할 듯하다.

다만 한 가지 염려스러운 점은 막걸리의 아래로부터의 자생적 혁명을 자치단체에서 행정적으로 지도하고 감독하는 일이 되풀이되어서는 안 되겠다는 것이다. 술판이란 저절로 무르익어야 하고, 행정은 술판에서 노래가 흘러나오면 추임새를 넣는 역할을 맡는 게 좋다. 예를 들면 위에서 '모범 막걸리 업소'를 선정하려고 하지 말고, 옆에서 '좋은 막걸리집'을 골라 술꾼들한테 귀띔해주면 되는 것이다.

막걸리를 즐기는 술꾼들이 늘어난 것은 무엇보다 예전에 비해 술맛이 훨씬 좋아졌기 때문이다. 그리고 손님들에게 끊임없이 제공되는 안주의 종류가 푸짐하고 다양해진 것도 애호가들의 발길을 붙잡는 이유 중의 하나다. 전주에서는 막걸리 한 주전자에 열 가지가 넘는 안주가 따라 나온다. 신세대의 시선을 붙잡기 위해 '안주 무한리필'과 같은 말도 생겨났다. 그러니 메뉴판을 바라보며 머리로 안주 값을 계산하지 않아도 된다. 메추리알, 배추뿌리, 오이와 당근, 두부찜, 홍어찜, 계란탕, 명태탕, 파전, 생합, 생굴, 주꾸미, 홍어회, 병어회……. 막걸리를 파는 집집마다 안주가 다 다르고, 주인의 손맛에 따라 맛도 다르니 일일이 주워섬길 수 없을 정도다.

또 하나 막걸리만의 매력을 나는 알고 있다. 막걸리는 사람을 취하게 하는 술이지만 아주 대단한 요쿠르트라고 생각한다. 막걸리를 마신 다음 날 아침, 화장실에서 나는 매번 황금 빛깔을 가진 용이 꿈틀꿈틀 승천하는 것을 확인한다. 막걸리 아닌 다른 술은 좀처럼 황금빛 용을 만들지 못한다. 혹시 만성변비로 고생하는 분들이 있다면 저녁에 막걸리 한 잔을 꼭 마셔보시라. 약이 필요 없다.

천상병 시인은 일찍이 "저녁 어스름은 가난한 시인의 보람"이라고 노래한 적이 있었다. 그 구절을 되뇌며 저녁이면 막걸리집 부근에서 어슬렁거리는 동무들이 있다. 글을 쓰는 자들이다. 시인은 대체로 이 세상의 질서를 거꾸로 거스르려는 욕망을 지닌 사람들이 아니던가. 세상의 형편에 발을 덜 맞추는 것, 빠름을 신봉하는 사회에 느린 것도 중요하다고 엉덩이를 뒤로 빼며 뭉그적거리는 것, 다 시인들이 꿈꾸는 거다. 기생 옆에 끼고 상다리가 부러지게 술상을 차려놓은 채 음풍농월할 수 있는 시절이 아니므로 우리는 오늘 저녁도 막걸리집에서 만난다.

없는 게 없는 고장

내가 사는 전라북도에는 들녘이 지평선을 펼쳐놓고 숨 쉬는 소리가 들린다. 들녘 사이로 강물이 출렁거리는 소리가 들린다. 산들이 손과 손을 잡고 기지개를 뻗는 소리가 들린다. 바다가 섬을 잠재우는 소리가 도란도란 들린다.

여기는 없는 소리가 없다.

변산 바다의 주꾸미가 입가에 달라붙는 소리, 광한루의 춘향이 치맛자락이 날리는 소리, 구천동에 눈 내리는 소리, 내장산 단풍이 햇볕에 빨갛게 물드는 소리, 갑오년 농민군이 치켜든 횃불 타는 소리, 인삼밭의 인삼 뿌리가 굵어지는 소리, 금강 하구에서 숭어가 알 낳는 소리, 고랭지 사과가 익어가는 소리, 고추장 익어가는 소리, 한옥마을 김칫독에서 김치 익어가는 소리…….

여기는 없는 소리가 없어서 귀가 즐겁다.

귀가 즐거우니 눈도 즐겁고, 덩달아 입도 마음도 즐겁다.

얼쑤!

미쳐야 일편단심이다

완주에 있는 내 작업실은 낡은 시골집이다. 방 둘에 부엌 하나가 딸려 있고 마당을 내다볼 수 있는 작은 툇마루가 있다. 거기 앉아 산딸나무 꽃이 환하게 피어 있는 것을 지켜보던 봄날이었다. 그때 갑자기 처마 안쪽으로 다급하게 새 한 마리가 날아들었다. 바람보다 빨랐다. 처마 안쪽에 새똥을 받으려고 골판지를 하나 붙여 놓았는데 그 안에 또 새가 둥지를 짓고 알을 낳아 놓은 모양이었다. 몇 해 전에는 부화한 딱새 새끼들이 오종종 자라고 있는 것을 발견한 적이 있었다. 내가 마루에 앉아 있는 동안 안절부절 못하던 어미들이 생각났다. 나는 본의 아니게 딱새의 육아를 훼방 놓고 있었던 것이다. 올봄에는 딱새가 아니라 곤줄박이였다. 내가 마루에 앉아 있는데도 먹이를 물고 참다못해 새끼들을 찾은 것이다. 처마 안쪽에서 찌릿찌릿 여치소리 같은 게 번지고 있었다. 어미를 맞은 새끼들이 노란 부리를 벌리고 먹이를 받아먹느라 내는 소리였다.

나는 툇마루에서 일어나 멀찍이 떨어져 앉았다. 그러고는 처마 안쪽으로 부지런히 드나드는 곤줄박이 부부를 오래 바라보았다. 곤줄박이는 먹이를 사냥한 뒤에 새끼들 쪽으로 단번에 날아들지 않았다. 지붕이나 살구나무 가지 끝에 앉아 주위를 면밀하게 살핀 다음에 잽싸게 새끼들에게 접근했다. 그날 나는 곤줄박이 가족에게 침입자일 뿐이었다. 가슴이 먹먹해진다는 말은 이럴 때 쓰는 말일 것이다.

일주일 후쯤 작업실을 가보았더니 곤줄박이 가족은 떠나고 없었다. 새끼들이 첫 비행에 성공한 그날이 눈앞에 그려졌다. 처음에는 한 마리씩 마당으로 폴짝 뛰어내렸을 것이고, 까만 눈알을 굴리며 두리번거리다가 날개를 흔들어보았을 것이고, 몸이 공중으로 떠오르는 것을 알게 된 이후에는 비로소 자신이 하늘을 날 수 있는 새라는 것을 알았을 것이고, 그 환희로 몸을 떨며 허공과 하나가 되었을 것이다. 그것은 오로지 새끼들을 지켜보며 먹이를 물어 나른 어미의 조바심과 부지런한 헌신이 있었기에 가능한 일이다. 이런 것을 일편단심이라고 불러도 좋을 것이다.

이렇듯 단단히 미쳐야 일편단심이라는 말을 할 수 있을 것 같다. 한자 '어리석을 痴(치)'는 어느 한곳에 매혹되어 정신을 차리지 못하는 바보를 가리킬 때 자주 쓰이는 말이다. 퇴계 이황은 생전에 매화를 유독 좋아했다고 한다. 주위 사람들이 '매화치(梅花痴)'라고 놀려도 아랑곳없었다. 오히려 매화를 '매형(梅兄)'이라고 사람 대하듯 부르며 매화를 소재로 100편이 넘는 시를 쓰기도 했다. 퇴계가 말년에 병석에 누웠을 때 초췌한 자신의 얼굴을 매화에게 보일 수 없어 화분을 아래채로 옮기라고 말했다는 일화는 유명하다.

조선 정조 때 실학자 중 한 사람인 이덕무는 스스로를 '간서치(看書痴)'라고 불렀다. 아무리 춥거나 덥거나 배가 고파도 책 읽는 일에 미쳐 있는 바보라는 뜻이다. 엄동설한에 이불이 없어 옛 책을 이불 삼아 덮고 『논어』로 병풍을 둘러 바람을 막고 잤다는 이야기는 그가 얼마나 책에 미친 사람인지 짐작케 한다.

　나는 수단과 방법을 가리지 않고 재산을 늘리고 자신의 지위를 높이는 데 열중하는 사람에게는 관심이 없다. 그 따위는 아무나 꿈 꿀 수 있는 상투적인 꿈에 불과하다. 남들이 하지 못하는, 남들이 불가능하다고 판단하고 이미 포기한 어떤 꿈에 매달려 사는 사람이 있다면 그는 진정 바보의 자격이 있다. 앞으로 세상의 방향과 속도에 상관없이 바보가 되는 길을 찾는 일을 우리는 일편단심이라고 부를지도 모르겠다. 어느 한 사람의 일편단심이 자신은 물론 세상을 갱신할 것이라고 믿는다.

걷는다는 것

"걷기는 세계를 느끼는 관능에로의 초대다."

다비드 르 브르통이 『걷기 예찬』에서 표현한 멋진 말이다. 걷는 행위를 통해 우리는 이 세계를 머리가 아닌 몸으로 느끼게 되고 몸 전체로 받아들이게 된다는 말이다.

걷는다는 것은 단순히 다리의 관절을 움직이는 행위에 그치지 않는다. 다리의 관절은 움직임을 원활하게 해주기 위한 하나의 연결 고리에 지나지 않는다. 우리가 한 발짝을 옮겨 걷겠다는 마음을 품으면 그때부터 우리 몸의 모든 기관은 걷는 일을 도와주기 위해 준비 태세를 갖춘다. 누가 특별히 지시하지 않았음에도 몸 전체가 걷는 일에 기꺼이 복무하고자 한다.

목적지가 없어도 좋다. 한 발짝, 두 발짝 걷기 시작해보라. 우리의 몸은 막 시동을 건 엔진처럼 활기를 띠게 될 것이다. 팔은 발걸음에 맞춰 저절로 흔들릴 것이며, 눈은 가까운 곳이든 먼 곳이든 샅샅이 탐색하며 나아갈 곳을 살필 것이며, 귀는 무한히 열리게 되고, 코는 벌름거리게 될 것이다.

걷는다는 것은 혼자 앞으로 나아간다는 말이 아니다. 걷는 일이 유아독존을 확인하는 데 그치는 일이라면 의미가 없다. 우리가 발걸음을 떼는 순간, 이 세계는 우리의 걷기에 동참한다. 풍경은 우리가 떠나온 곳이 궁금해 천천히 뒤로 지나가고, 달빛과 별빛은 하늘에서 내려와 우리를 따라온다. 바람은 귀밑머리를 간질여줄 것이며 땅은 발바닥을 떠받쳐줄 것이다. 웅덩이는 웅덩이대로, 돌부리는 돌부리대로 유심히 우리의 걷기를 보살펴줄 것이다.

승용차가 별로 없던 시절, 불과 한 30년 전만 해도 우리는 참 많이 걸었다. 자동차는 걷기의 추억 따위를 옹호하지 않는다. 자동차는 수수밭머리에 해 지는 풍경도, 마른 수숫대 위에서 뛰는 방아깨비도 보여주지 않으며, 수숫대가 서로 몸을 비비며 서걱대는 소리도 들려주지 않는다. 사실 자동차를 타고 달리면서 우리가 보았거나 들었거나 하는 풍경과 소리들은 우리의 몸속으로 들어오지 않는다. 그것들은 차창 밖으로 그저 스치고 지나가는 것들일 뿐이다.

자동차가 적으면 당연히 오래 걷기 마련이다. 평양에 갔을 때 부지런히 길을 걸어가는 북쪽 사람들이 유난히 눈에 띄었던 적이 있다. 이불보따리만 한 짐을 등에 지고 걷는 할머니도 있었고, 양동이를 머리에 이고 걷는 소녀도 있었고, 앉은뱅이 책상 같은 걸 어깨에 메고 걷는 소년도 있었다.

그리고 금강산에 갔을 때도 그랬다. 온정리에서 고성항까지는 한 20리는 족히 되어 보였는데, 그 길로 어른도 아이도 저마다 걷는 데 열중하는 풍경이 매우 낯설게 느껴졌었다. 모두들 힘에 부쳐 보였으나 그들은 어쨌든 걷고 있었다. 한가하게 걷는 게 아니라 이마에 흐르는 땀을 훔치며 바삐 걷고 있었다.

이제 남쪽 사람들은 의식주를 위해 걷지 않는다. 무거운 짐을 등에 지고 걸을 필요도 없다. 어지간한 거리는 자동차의 바퀴가 걷는 다리의 수고를 덜어주니까 말이다. 남쪽 사람들이 걷는 이유는 딱 하나. 바로 건강을 위해서다. 비로소 도시의 강변이나 등산로는 아침저녁으로 걷는 사람들로 넘쳐나기 시작하였다. 그리고 걷는 것으로는 모자라 뜀박질이 대유행이라고 한다. 건강마라톤대회는 참가자들이 매년 급증하고 있는 덕분에 주최측이 밑질 일이 없다고 한다. 친구들과의 모임이나 술자리를 나가봐도 '걷기 예찬'은 끊이지를 않는다.

한쪽은 굶주린 배를 채우기 위해 걷고, 또 한쪽은 먹고사는 일에 배가 불러 살을 빼려고 걷는 현실이 나를 참 아득하게 만든다. 남과 북의 경제력의 차이일 뿐이라고, 콧방귀 한번 뀌고 지나갈 일이 아니다. 뱃살을 빼기 위해, 건강을 오래 유지하기 위해 걷는다는데 시비를 걸 생각은 없다. 다만 나 혼자 잘 먹고 잘살기 위해 걷는 일이 되어서는 안 되겠다는 것이다. 내 뱃살이 두꺼워질 때 누군가 꼬르륵거리는 아랫배를 움켜쥐고 있었다는 것을 잊지 말자는 것이다. 그게 걷는 것을 즐길 줄 아는 자의 도리다.

이쯤에서 나도 걷는 일에 대해 멋진 표현을 한번 해보고 싶다.

'걷는다는 것은 나와의 대화일 뿐만 아니라 세계와의 대화다.'

은유

바야흐로 이 세상에는 사랑이 넘쳐난다. 요즘 사람들은 사랑에 대한 표현을 애써 숨기지 않는다. 숨기는 것은 사랑이 아니라는 듯 사랑을 바깥으로 드러내는 데 여념이 없다. 그리하여 기꺼이 사랑의 노예가 되기를 원한다. 사람들은 사랑 때문에 낮에 만났다가, 사랑 때문에 저녁에는 헤어진다. 멋진 사랑 한번 해보지 못한 사람은 사랑 때문에 울고, 지금 사랑에 빠져 있는 사람도 사랑 때문에 운다.

문학도 영화도 상품광고도 사랑 일색이다. 마침내 찬란한 사랑의 시대가 우리 앞에 도래한 것일까? 사랑이라는 말이 없으면 이 세상은 하루아침에 와르르 무너져 내릴 것만 같다.

"사랑합니다, 고객님."

114를 누르면 어김없이 듣게 되는 말이다. 전화번호를 물어보기도 전에 감미로운 여성의 목소리가 다짜고짜 귀에 들어와 꽂힌다. 화들짝 놀란 적이 한두 번이 아니다. 이렇게 이유 없이 사랑을 받아도 되나 싶어서다. 어떤 이는 짓궂게 전화기에 대고 나도 당신을 사랑합니다, 라고 대답을 해야 덜 무안해진다고 한다.

젊은이들도 별 생각 없이 사랑의 문장을 남발한다. 문자메시지의 끝에는 누구한테든 사랑해요, 라는 말을 버릇처럼 붙이는 게 보통이다. 그것으로도 부족해서 하트 모양의 이모티콘을 문장 끝에 달아야만 직성이 풀리는지 마구 쓴다. 덩달아 두 팔을 머리 위에 얹으며 하트 모양을 그리는 우스꽝스런 행동도 마다하지 않는다. 이러다가는 모든 국민이 유치원 다니는 아이의 율동을 흉내 내면서 사랑을 표현해야 하는 날이 오지 않을지?

넘치는 것은 사랑의 말일 뿐, 정작 이 세상이 사랑으로 가득 차게 되리라고 믿는 사람은 거의 없는 듯하다. 사랑한다, 사랑한다고 수없이 되풀이하는 외피의 언어는 사랑을 도구화할 뿐이다. 그것은 사랑의 대상에 대한 착각을 낳고, 착각은 환각으로 이어진다. 우리 사회에 두루 퍼진 사랑의 환각상태는 좀처럼 수그러들 기미를 보이지 않는다.

시 창작 시간에 나는 사랑에 대해서 쓰려면 '사랑'이라는 말을 시에다 쓰지 말아야 한다고, 그 말을 아예 잊어버려야 한다고 학생들에게 주문한다. 시로 들어가는 첫 번째 관문은 은유다. 잘 알다시피 은유는 차이성 속의 유사성을 끄집어내는 비유의 방식이다. 대상의 차이를 인정하면서 참신한 본질을 찾아내기 위한 수사인 것이다. 그리고 은유는 직설적인 언어의 뻔뻔함과 뻣뻣함을 누그러뜨리는 데 기여한다. 어떤 의미를 전달하는 데 시간이 좀 걸리기는 하지만 은유가 앞장서서 갈등을 조장하지는 않는다. 은유는 부드러움의 편이다.

노무현 대통령의 '말'을 두고 세간에 말들이 많다. 충분히 정제되지 않은 표현들이 대통령 반대쪽 사람들은 물론 지지자들의 심기까지 건드리는 형국이다. 애초부터 은유나 암시적 표현을 할 줄 모르거나 하지 않는 데서 오는 업보다. 그리고 엊그제 대통령의 개헌 제안이 나오자마자 한나라당 박근혜 전 대표는 '참 나쁜 대통령'이라고 쏴붙였다 한다. 은유의 완전한 실종이다. 그녀에게 내가 대뜸 '참 나쁜 아버지의 딸'이라고 하면 뭐라고 할지?

　　사랑한다는 말의 홍수가 그렇듯이 직설은 지겹다. 정치인을 비롯해 말을 책임져야 하는 공인일수록 화를 불러오는 말은 삼가야 한다. 부디 은유적 대화를 회복하라. 긴긴 겨울밤, 은유로 가득찬 시집이라도 좀 펼쳐보라.

복면

    내 출근길은 전주의 한복판을 가로지르는 천변도로를 따라가는 길이다. 봄에는 물오른 버들가지, 여름에는 백로들의 한가한 날갯짓을 보는 재미가 꽤 쏠쏠하다. 억새가 은빛 꽃을 뿌리는 가을도 좋고 철새들이 물위에서 재롱을 떠는 겨울도 좋다. 오전에 산책을 즐기는 시민들의 활기찬 모습도 늘 보는 풍경 중 하나다.

    그런데 언제부터인가 산책 나온 여성들이 가면을 쓰고 다니기 시작했다. 모자를 눌러쓰고 눈만 겨우 내놓은 '그녀들'이 출현한 것이다. '그녀들'은 햇볕이나 황사로부터 얼굴을 보호하기 위해 얼굴가리개를 쓰고 다닌다. 솔직히 나는 '그녀들'이 소름끼치도록 무섭다. 오직 나 혼자만 앞을 보고 가면 된다는 듯이, 얼굴가리개를 쓰지 않으면 이 도시에서 유행에 뒤처진 사람이라는 듯이 주변의 시선에 아랑곳없이 '그녀들'은 당당하게 발걸음을 옮긴다. 그리하여 나의 출근길은 심히 두려운 길이 되었다.

    내가 이런 불평을 늘어놓는 것을 보고 그녀들은 못마땅해할지도 모르겠다. 자외선으로부터 얼굴을 보호하자고 쓰는 건데 무슨 상관이냐고 말이다. 얼굴가리개를 쓰는 게 법적으로 아무 문제가 없다고, 그것은 개인의 자유에 속하는 일이라고 나를 나무랄 수도 있겠다. 하지만 이것은 법의 문제가 아니라 사람 사이의 관계를 적잖게 훼손하는 일이기 때문에 심각하게 생각해봐야 한다.

사람과 사람이 눈과 눈을 맞추는 일은 상대방에 대한 최소한의 예의다. 대화를 할 때, 수업을 할 때, 연애를 할 때만 눈을 맞추는 게 아니다. 비록 낯모르는 사람이라고 해도 우리는 인간으로서 상대에게 온화한 눈빛을 건넬 의무가 있다. 세상은 혼자 살아가는 곳이 아니기에 그렇다.

이슬람권 여성들이 검은 차도르를 쓰는 이유는 부끄러운 곳을 가리려는 종교적 관습 때문이라고 한다. 여성 차별이 아니라 오히려 여성을 보호하기 위한 목적이라는 말도 들린다. 그 이유야 어쨌든 이슬람권 나라에서도 차도르 착용에 대한 논란이 끊이지 않고 있다. 우리나라 '그녀들'의 현대판 차도르는 순전히 미용이 목적이지만 그 바탕에는 이기주의적 심성이 깔려 있는 듯하다. 남들이 혐오감을 갖든 말든 자외선으로부터 살갗을 지키겠다는 이기주의가 전국의 강변을 활보하고 있는 것이다.

아이들은 토끼가 되고 싶으면 토끼 가면을 쓰고, 거북이가 되고 싶으면 거북이 가면을 쓴다. 이것은 가면이라면 분장을 이용한 꿈의 표현이다. 그러나 강도는 남의 것을 빼앗거나 남을 해치기 위해 복면을 쓴다. 얼굴을 철저히 숨기고 욕망을 이루려고 하는 것이다. 그렇게 보면 예뻐지려는 '그녀들'에게 요즈음 선풍적인 인기를 끌고 있는 얼굴가리개는 복면과 다를 바 없다. 산책길의 복면은 차라리 하루 종일 햇볕에 얼굴을 드러내놓고 밭에서 일을 하는 농민들에게 보내야 할 게 아닌가? 바다가 퉁기는 강렬한 햇볕을 고스란히 얼굴에 받는 어민들에게 보내야 할 게 아닌가?

　잠시 엉뚱한 상상을 해본다. '그녀들'은 왜 은행을 갈 때에는 복면을 쓰지 않는가? 아이의 담임선생님을 만나러 학교에 갈 때에는 왜 쓰지 않는가?

　박봉우 시인의 시 「휴전선」의 한 구절이 문득 떠오른다. "산과 산이 마주 향하고 믿음이 없는 얼굴과 얼굴이 마주 향한 항시 어두움 속에서 꼭 한 번은 천둥 같은 화산이 일어날 것을 알면서 요런 자세로 꽃이 되어야 쓰는가."

엉뚱함에 대하여

1950년대, 국문학자 양주동 박사는 자신을 '인간국보 1호'라고 부르며 다녔다. 길에서 소변을 보다가 경찰관에게 걸리면 국보를 몰라보느냐고 오히려 큰소리쳤다. 가난한 시인 김관식은 4·19 직후 서울에서 국회의원 선거에 출마했다. 상대가 당시 정계의 거물인 민주당 장면 박사였으니, 김관식은 보기 좋게 떨어졌다. 평소 술을 좋아하는 천상병 시인은 젊을 때 어느 소설가의 안방 화장대에 놓인 양주를 몰래 훔쳐 마셨다. 나중에 알고 보니 향수병이었다.

고은 시인은 젊은 승려시인 시절, 강아지 목에 새끼줄을 걸고는 휘적휘적 팔도를 주유하고 다녔다. 이제 원로가 된 시인은 지금도 술자리에서 느닷없이 옆 사람의 뒤통수를 치는 일이 빈번하다. 세월이 가도 여전히 악동이다.

이뿐이랴. 중견시인 이문재는 대학시절에 친구 류시화와 수업시간에 벌떡 일어나 노래를 불렀다. 막걸리에 도시락의 찬밥을 말아 먹었다. 오른손잡이임에도 글씨를 일부러 왼손으로 썼고, 담배갑을 거꾸로 뜯었다. 그는 "고정관념과 선입견, 관습과 제도를 뛰어넘는 파천황이 절실했다"고 당당하게 고백한다.

일부는 이미 '전설'의 반열에 올랐고, 일부는 아직 '민담' 수준에 머물고 있는 일화들이다. 입에 말 올리기 좋아하는 이들은 이런 이야기를 두고두고 심심풀이 땅콩 삼기도 한다. 엉뚱하긴 하지만 썩 재미있으니까!

그러나 일상적인 시각으로 보면 다들 파렴치하고 미친 짓들이다. 학문과 문학을 앞세워 기행(奇行)을 일삼은 것일 뿐이라고, 허세와 위악과 치기와 낭만의 산물이라고 깎아내릴 수도 있다. 관습으로 굳어지고 제도화된 일상은 규범적 질서를 벗어나는 일을 절대 허용하지 않는다.

기이한 것은 그다지 옳지 않은 것이라는 사회적 통념이 정말 우리를 지배하고 있는 것일까? 우리 사회는 일상을 벗어난 사고와 행동에 대해 대체로 너그럽지 못하다. 우리는 대부분 반듯하고 착한 아이를 키우는 걸 교육이라고 믿는다. 국가는 모든 역량을 동원해 아이들을 그쪽으로 데리고 간다. 안타깝게도 모두들 완전무장하고 행군하는 군인 같다.

엉뚱한 생각과 말과 행동을 하는 아이가 설 자리는 별로 없어 보인다. 바닷속을 사다리 타고 내려가 보고 싶어 하는 아이가 있다면? 달을 따오겠다고 포충망을 들고 길을 떠나는 아이가 있다면? 콩나물을 땅에 심어 목재로 쓰겠다는 아이가 있다면? 어른들의 한심한 상상력은 아이들의 엉뚱함을 따라갈 수 없어 난감해지고 말 것이다.

흔히들 21세기는 문화의 세기라고 한다. 이런 구호에 현혹되어 오로지 자본의 투자에 비례해 문화가 발전한다고 믿고 있는 자들이 생겨날까 걱정된다. 그들은 작금의 한국 영화가 주춤거리고, 문학이 위기를 맞고 있는 것도 다 투자가 부족한 탓이라고 앙앙거리고 싶을 것이다.

문화는 자본이 아니라 엉뚱한 상상력을 먹고 자라는 식물이다. 지난 연말, 텔레비전 채널을 이리저리 돌리다가 나는 각종 시상식 때문에 그만 질리고 말았다. 상 받으러 텔레비전에 등장한 연예인들의 천편일률적인 수상소감을 듣다 보니 또 화가 났다. 끝도 없는 나열과 반복의 상투적인 인사치레 앞에 점잖게 앉아 있을 수 없었다. 감자를 몇 방이라도 먹여주고 싶었다.

문화, 혹은 예술이라는 말 부근에서 밥 벌어먹는 이들에게 말하고 싶다. 정신 바짝 차리자. 새로운 문화는 엉뚱한 생각 속에서 태어난다는 것을 분명히 인식하자. 엉뚱함은 문화의 아버지요, 창의성의 시발점이라고 생각하자. 창의성은 상상력의 아들이라고 생각하자. 상상력이 딱딱해지면 세상이 지긋지긋해지는 법이다. 살맛나는 세상을 위해서도 엉뚱함은 충분히 보호받을 가치가 있다. 일상에서 이탈한 상상력이 세상을 이끌고 간다.

창의적인 아이

어느 초등학교 선생님이 아이들에게 이런 시험 문제를 냈다. '내려놓고'를 소리 나는 대로 쓰라고. 아이들은 어렵지 않게 답을 써냈다. 그 학급에서 한 아이를 제외하고 모두 '내려노코'라고 또박또박 정답을 썼다. 그런데 어떤 한 아이의 답안지에는 '툭'이라는 글자가 적혀 있었다. 선생님은 깜짝 놀랐다. 툭, 물건을 내려놓을 때 나는 소리를 당당하게 답으로 써낸 것이다. 귀여운 오답이었다.

출제자의 의도를 저만치 건너뛰어 오답을 써낸 이 아이를 어떻게 할 것인가? 틀렸다고 채점하자니 아이가 상처받을 것 같고, 이것도 정답이 될 수 있다고 동그라미를 치기에는 모범답안이 아니었던 것. 결국 선생님은 이 아이를 따로 불러 시험 문제가 원하는 답이 무엇인지를 자세히 설명했고, 아이가 써낸 기발한 답을 칭찬해주는 말도 잊지 않았다고 한다.

이 이야기를 듣는 순간 나도 덩달아 흐뭇해졌다. 아이가 써낸 '툭'은 청각적 감각으로 쓴 짧고도 강렬한 시였다. 내게는 이 한마디가 모범답안 찾기 공부에 골몰해 있는 학교와 우리의 고정관념을 내리치는 죽비소리로 들렸다.

우리나라 교실에는 창의적인 오답에 대한 배려가 없다. 엉뚱한 발상과 행동은 미리부터 거세되기 일쑤고, 기발한 착상은 기존의 질서를 흩뜨린다는 이유로 일찌감치 배제의 대상이 된다.

그래서 교과서를 공부한 아이들은 겨우 이렇게 쓴다. 토끼는 깡충깡충 뛰고, 시냇물은 졸졸졸 흐르고, 매미는 맴맴, 귀뚜라미는 귀뚤귀뚤 운다고. 이렇게 앵무새의 혀로 말하는 방식만 주입시켜 놓고 어떻게 창의적인 인간을 기다린다는 말인가. 토끼장 속에 갇힌 토끼가 엉금엉금 기어간다, 라고 쓰는 아이, 귀뚜라미가 가을가을, 하면서 운다고 쓰는 아이도 있어야 한다.

요즈음 아이들은 제 연필을 스스로 깎지 못한다고 한다. 편리한 전동연필깎이에 연필을 집어넣기만 하면 되니까. 칼로 연필을 깎을 때 행여 손이라도 다칠까봐 걱정하는 부모들의 마음을 모르는 건 아니다. 하지만 그런 과잉보호 때문에 손이 있어도 손을 쓰지 못하는 아이가 된다고 생각하면 한참 답답해진다.

유치원이나 초등학교 창의성 교육 프로그램 중에 아이들이 직접 음식을 만들어보게 하는 시간이 있다. 참 괜찮은 아이디어다. 음식을 만드는 일은 단순히 먹을거리를 스스로 조리해보는 경험으로 끝나지 않는다. 손으로 식재료를 매만지고 씻고 자르면서 아이들의 몸은 감각화 된다. 또 음식을 만들다가 보면 평소에 아이들이 잘 쓰지 않던 동사들과 친해지기도 한다. '빨다' '지지다' '데치다'와 같은 말들과 자연스럽게 만나는 것이다.

치킨 집에서 배달되는 통닭만 먹고 자란 아이들은 '닭'이라는 개념적인 기호만 알 뿐이다. 닭을 어떻게 잡는지, 뱃속에 무엇이 들어 있는지, 어떤 과정을 거쳐 요리하는지 아무도 가르쳐주지 않았기 때문이다.

'창의성'이라는 말의 범람을 우려하는 목소리가 없는 건 아니다. 최근에 한 어린이문학 잡지에서는 '아이들에게 몰아닥친 창의성 쓰나미'라는 특집을 마련했다. 사교육 시장에서부터 각종 교육 프로그램을 입안하는 정책까지 창의성을 구호처럼 내걸면서 창의의 근본이 많이 훼손되고 있다는 문제의식에서 출발한 특집이다. 그래서 '창의를 창의하자'는 제안까지 내놓고 있다.

창의적인 아이로 키우는 방법을 굳이 멀리서 찾을 필요는 없다. 집에서 누구나 쉽게 조리할 수 있는 라면부터 아이들의 손으로 끓여보게 하면 어떨까? 이때 면과 스프만 달랑 넣고 끓인다면 불합격이다. 김치, 파, 계란 등을 어떻게 가미해야 자기만의 라면을 끓일 수 있는지 아이들 스스로 경험해보게 하면 어떨까? 늘 획일적으로 같은 맛을 내는 라면을 자기만의 조리를 통해 맛을 바꿀 줄 아이. 우리는 그런 아이를 더 많이 키워야 한다.

붉은 힘

월드컵 응원 열기가 한창 고조되어 있을 때, 사람들은 서로 이렇게 묻곤 하였다.

"너도 붉은 티셔츠 샀어?"

'Be the Reds'(붉은 악마가 되라)가 적힌 티셔츠를 구입했느냐는 물음이었다. 청소년들이야 붉은 셔츠에 대해서 아무 거리낌이 없었다. 붉은 셔츠를 입고 응원에 참여하는 일이 너무나 자연스러운 것이었다. 그러나 40대 이후의 세대, 반공교육을 철저하게 받은 기성 세대에게 붉은 티셔츠는 선뜻 받아들이기 어려운 그 무엇이었다.

근대의 시작과 함께 한국인에게 붉은 색은 오로지 좌파의 다른 이름이었다. 사회주의자를 '빨갱이'라고 부르는 게 자연스러운 나라가 한국이었다. 심지어 해방 이후 이승만 정권 하에서는 빨간 모자를 쓰고 다니다가 좌파로 몰린 사람도 있다는 웃지 못할 일화도 전해진다. 최근까지도 출판물이나 광고물의 표지에 붉은 색을 과도하게 사용하는 것을 경계하는 풍토가 여전히 남아 있다. 그래서 붉은색은 겨우 거리의 우체통, 헌혈을 관장하는 기관의 적십자 상징, 여성들이 입는 겨울 양말과 내의에서만 자기 정체를 드러내고 있을 뿐이다.

붉은색이 당당했던 시절도 있었다. 조선시대 왕들의 정복인 곤룡포는 붉은 비단으로 지어졌다. 정사를 논하는 자리에서 왕 이외의 신하들이 붉은 옷감의 옷을 입는 것은 불경스러운 일이었다. 왕실뿐만 아니라 민간에서도 붉은 색은 재앙과 악귀를 물리치는 의미로 곧잘 쓰였다. 새 집으로 이사를 할 때 붉은 팥죽을 쑤어 액운을 제거하는 풍습이나 아들을 낳았을 때 금줄에 붉은 고추를 여러 개 꽂아두는 전통은 오늘날까지 이어져 내려오고 있다. 또한 붉은 색은 태양과 젊음, 숫처녀를 상징하는 역동적인 색이었다.

월드컵의 응원 열기와 함께 붉은 티셔츠를 입은 사람들의 물결이 전국을 뒤덮는 동안, 나는 그 붉은 티셔츠를 한 번도 입지 못했다. 그 당시야 빨간색만 보면 가슴이 두근거렸지만, 왠지 용기가 나지 않았다. 젊은이들이 길거리에서 붉은색으로 일체가 되어 무의식중에 포옹하고 껑충껑충 뛸 때, 내 마음속의 레드 콤플렉스는 쉽게 가슴을 열지 않았다. 내가 적극적으로 응원에 참여하는 것을 붉은색이 끌어당겼던 것이다.

언젠가 서울에서 지하철을 타고 가다가 이런 광고 문구를 보고 깜짝 놀란 적이 있다.

"붉은 힘을 모읍시다."

물론 헌혈에 참여하자는 취지의 광고 카피였다. 그런데 나에게는 그게 '공산주의자를 모읍시다'라는 뜻으로 자꾸 읽히는 것이었다. 지하철 의자에서 나도 모르게 피식 웃음이 나왔다.

언어의 진보

영화 〈화려한 휴가〉를 봤다. 그 줄거리는 익히 알고 있는 내용이지만 눈시울을 뜨뜻하게 적시는 부분이 적지 않았다. 학교 밖으로 시위를 하러 떠나는 고등학생들의 눈 밑에 교사가 치약을 발라주는 장면이 특히 그러했다. 이 사소한 장면은 그 사소함 때문에 빛난다. 도저히 어찌할 수 없는, 막을 수 없는, 막아서도 안 되는 역사의 흐름을 강하게 반영하고 있었다.

젊은이들한테 '광주'는 먼 옛날의 이야기일지 몰라도 그 시절을 통과한 이들에게 '광주'는 여전히 현실이다. 이 사건에 대한 우리 정부의 공식적인 명칭은 '5·18광주민주화운동'이다. 신군부에 의해 무참하게 죽어간 민주주의를 지켜온 분들은 '광주항쟁'이라 부른다. 얼마 전 유력한 대선주자의 한 사람은 이를 두고 스스럼없이 '광주사태'라고 말해버렸다. 놀라웠다. 이 용어는 무고한 광주 시민들을 '폭도'나 '불순분자'로 내몰던 자들이 고안해낸 것이다. 이미 폐기처분 되었어야 할 잘못된 표현을 사용한다는 것은 역사의식이 5공화국 수준이라는 뜻이다. 과거로의 화려한 회기일 수도 있다.

언어는 의식을 반영한다. 80년 5월의 광주를 '사태'로 인식하는 것이야말로 정말 잘못된 '사태'이다. 모름지기 한 나라의 대통령이 되려면 말을 조심해야 하고, 그 이전에 의식을 바꿔야 하고, 의식을 바꾸려면 치고받는 경선 준비보다는 〈화려한 휴가〉를 몇 번 더 보는 게 낫겠다.

하나의 명칭은 단순히 사건의 기호에 머무는 게 아니다. 그 사건이 시작할 때부터 마무리될 때까지를 두루 아우르면서 역사적 성격을 규정하는 중요한 푯대가 된다. 1894년에 일어난 큰 사건이 있다. 이를 부르는 명칭도 역사학계에서는 다양하다. 동학농민혁명이나 갑오농민전쟁이 최근에는 주를 이루고 있는 듯하다. 내가 학교에 들어가기 전에 그 사건은 '동학란'이었다가 중학생이 되었을 때는 슬그머니 '동학운동'으로 바뀌어 있었다. 70년대까지 한국 현대사에는 혁명이 없었다. 아니, 5·16혁명 하나밖에 없었다. 나는 군사 쿠데타를 혁명으로 달달 외우고 성장한 세대다. 그러나 아무도 나한테 잘못 가르쳤다고 사과하지 않았다. 그래서 유독 나를 잘못 가르친 어른들에게 따지고 싶어지는 것일까?

언어는 변화한다. 그 형태와 의미가 변화할 뿐만 아니라 식물처럼 영양분을 먹고 쑥쑥 자란다. 물론 역사의 무대 저편으로 사라지는 언어도 있다. 때로는 언어에 유기체적 요소가 들어 있지 않은가 싶을 때도 있다. '한국전쟁'이 보편적인 용어로 자리 잡으면서 '6·25동란'은 우리 눈앞에서 거의 사라져가고 있다. 한편 우리가 떠나보낸 '동무'의 자리를 '친구'가 차지하고 앉아 있기도 하다.

남북교류가 잦아지면서 북한에 출입하는 이들한테 정부에서 누누이 교육하는 것 중 한 가지가 상대방을 부르는 용어다. 북한을 '북측'이나 '북쪽'으로 부르라는 것이다. 왠지 어색하지만 상대에 대한 배려 때문에 서로 합의한 언어이므로 거기에 따를 수밖에 없다. 머지않아 남북의 정상들이 한자리에 앉는다고 한다. 그 자리에서도 여전히 '북측'과 '남측'이라는 말로 상대를 부를 것이다. 한때 북쪽을 향해 우리는 '북괴'라고 아무 생각 없이 불러대던 적이 있다. 만약에 그 '북괴'라는 말을 지금 누군가 다시 꺼내 쓴다면 얼마나 조롱거리가 될 것인가.

1980년은 내가 스무 살이 되던 해였다. '광주사태'가 일어나기 직전, 대학생인 우리는 '북괴가 남침하면 우리도 총을 든다'는 벽에 적힌 구호를 보아야 했다. 그 속에는 우리는 빨갱이가 아니라는 보이지 않는 외침이 들어 있었다. 그럼에도 그해 광주는 무법자들에 의해 온 도시가 빨간색으로 물들어야 했다. 역사는 발전한다는데, 이참에 한번 묻고 싶어진다. 언어는 과연 진보하는가?

촛불을 옹호함

   〈일 포스티노〉라는, 1996년에 상륙한 좀 케케묵은 영화가 있다. 지중해의 아름다운 섬마을을 배경으로 한 이탈리아 영화인데, 다시 봐도 내게는 늘 신선한 개봉작이다. 시인 황지우는 이 영화와 같은 제목의 시를 한 편 썼고, 학생들에게 시의 은유를 가르칠 때 딱 좋은 교재라고 말한 적도 있다. 이 느리고, 답답하고, 그러나 낭만적인 슬픔이 가득한 영화는 어느 틈에 시를 공부하는 사람에게는 거의 필수적인 교재가 된 듯하다. 시종 영화의 이면을 타고 흐르는 은유 탓이다.

   세계적인 시인 파블로 네루다와 순정한 시골 청년 마리오의 만남도 은유고, 그들의 대화도 은유고, 우편배달부가 된 마리오가 시를 읽고 쓰며 사랑과 세상에 눈뜨는 과정도 은유고, 밤하늘에 빛나는 별빛을 녹음하는 어처구니없는 장면도 뛰어난 은유다. 자본주의 대 사회주의의 이념적인 갈등도 은유 속에 부드럽게 용해되어 있다.

   은유란 두 개의 의미를 견주어 새로운 의미를 만드는 수사의 하나다. 전혀 다른 의미가 서로 충돌하고 융합하면서 놀라운 의미를 창출하는 것이다. 그것은 흔히 차별성과 유사성의 개념으로 설명이된다. 즉 서로 차별되는 것들에 내재된 유사성을 길어 올리는 게 은유의 궁극적인 목적이다. 서로 다른 것들이라고 해서 다 다른 건 아니다. 은유는 새로운 의미망을 형성하기 위해 서로 다른 것들을 화해시키는 고도의 기술이라 할 수 있다.

가령 촛불과 연탄은 용도가 다르지만 똑같이 불꽃을 품고 있으며 자신의 몸을 송두리째 타자를 위해 사른다는 점에서 유사하다. 촛불과 사찰은 경건함을 같이 함의하고 있고, 연탄과 삼겹살과 소주는 서민의 애환이라는 관념과 내통하는 사이다.

이에 비해 차별성은 '나는 너하고 다르다'는 것을 인식하고 선언하는 데서 출발한다. 이명박 정부는 출범 초기부터 '우리는 그들하고 다르다'는 것을 보여주기 위해 강박에 사로잡혀 있었던 것 같다. 차별성을 부각시켜 정권을 잡았으면 이제 유사성을 활용해 국가를 경영할 때다. 여전히 지난 10년 정권의 바지를 잡아끌어 내리려는 일련의 일들은 볼썽사납다. 진정 국민과의 소통을 원한다면 김대중·노무현 전 대통령과 바둑이라도 한 수 두어보라. 정적에게도 배울 점이 있다. 그이들은 다르지만, 다른 것 속에 숨어 있는 같은 점을 찾아낼 때 국민들은 감동한다. 이걸 알지 못하니 물대포로 촛불을 끄려는 일도 생긴다.

촛불 정국에 대처하는 모양도 은유를 모르는 해법 일색이다. 촛불의 배후설이 그중 가장 압권이다. 사실 대한민국에서 '배후'라는 용어만큼 상대에게 치명상을 입히는 정치적 언어는 없다. 마음에 안 들면 무조건 좌파로 몰아가려는 음모가 바로 그것이다. 이제 그런 허술한 은유는 통하지 않는다. 촛불의 배후를 묻자 한 고등학생이 말했다. "양초 파는 할머니예요." 나한테 물으면 나는 이렇게 대답하겠다. "고3 아들이지요."

저 80년대의 화염병을 촛불로 바꾼 것은 분명히 우리 국민의 위대한 은유적 표현방식이다. 이 촛불은 화염병의 불꽃보다 작고 연약하다. 언제 쉽게 꺼질지도 모른다. 하지만 그 어느 때든 쉽게 불꽃을 댕길 수 있어 오히려 강력하다. 국민들은 80과 08의 차이를 알고 앞서가는데, 아직도 80년대식 죽은 은유를 붙잡고 쩔쩔매는 이들이 안쓰럽다.

이 촛불을 한낱 장난으로 여겨서는 곤란하다. 그 누구도 어려서 촛불로 장난을 해본 적이 없다. 촛불에 손을 댔다는 사람도 나는 보지 못하였다. 제삿날 큰집으로 가면 상을 물린 뒤에 큰아버지는 촛불을 입으로 불어 끄지 않았다. 촛불의 심지를 엄지와 검지로 잡고 경건하게 눌러 껐다. 그 누구도 촛불을 함부로 범해서는 안 된다.

베트남이라는 기호

최근에 두껍지 않은 베트남 소설을 한 권 읽었다. 응웬옥뜨의 『끝없는 벌판』이다. 한 번 읽었을 때는 마음이 좀 아렸다. 내 마음을 아리게 만드는 이유가 뭘까 궁금해서 두 번째 읽다가 눈물을 울컥 쏟고 말았다. 세상에! 소설을 읽다가 눈물바람이라니, 나는 처음에 내 속에 숨은 신파조의 감정을 의심했다.

소설은 메콩강 일대에 생활 기반을 둔 열여덟 살 소녀의 성장을 다룬 이야기다. 찢어지게 가난한 환경, 바람이 나서 도망간 엄마, 매춘부와 살림을 차린 무기력한 아버지, 공무원들의 구질구질하고 비인간적인 거래, 불의의 성폭행 사건…… 고난을 몸에 익은 습관처럼 받아들이는 주인공 소녀가 나를 울렸을까? 지독한 물질적 궁핍에다 가족의 부재가 가져다 준 절망의 내용 때문이었을까? 현실의 결핍을 결핍으로 받아들이지 않고 희망의 끈을 놓지 않는 소녀의 성숙함 때문이었을까? 아니면 체념이 던져주는 암울한 미래 때문이었을까?

1976년생 여성 작가가 쓴 이 소설은 형식면에서도 매우 이채롭다. 기존의 사회주의권 소설의 창작 방법은 사회주의 리얼리즘의 전형론에서 자유롭지 못한 편이었다. 그런데 여기서는 처참한 시련이 소설을 지배하고 있지만 변혁의 열망이나 승리자의 환호는 보이지 않는다. 투쟁하는 영웅적 인물도 진보적 사상에 대한 신뢰 같은 것도 없다. 인물의 미세한 내면을 괄호 속 문장으로 처리하는 기법은 낯설면서도 자유로워 보였다. 때로는 시를 읽는 듯 리듬감이 느껴지는 서정적인 문체가 독자를 끌어당기는 강력한 힘으로 작용하는 소설이었다. 처참한 현실을 베트남이라는 땅의 거친 숨소리로 끌어안는 형국이라고 할까.

이 소설의 표지에는 '2006년 베트남작가협회 최고작품상 수상작'이라는 문구가 적혀 있다. 베트남에서는 선풍적인 인기를 누린 모양인데, 우리 출판시장에서는 판매가 그리 신통치 못한 듯하다. '노벨문학상 수상작'이나 일본의 '아쿠타가와상 수상작', 혹은 '아마존 베스트셀러 1위'는 출간되자마자 경외심을 얹어 구매를 한다. 하지만 아시아의 가난한 나라 베트남 소설에까지 눈길을 주는 데는 여전히 인색한 것 같다. 문화의 편식증 탓이다. 미국이나 유럽의 출판시장에서 한국 소설이 이와 같은 쓸쓸한 대접을 받는 것처럼.

그 베트남을 다시 생각한다. 우리나라는 60년대에 자유를 지킨다는 명분으로 베트남전쟁에 참전한 적이 있다. 그때 나는 음악 시간에 주먹을 불끈 쥐고 선생님이 가르쳐주는 맹호부대 노래를 불렀다. 그 노래를 배우며 나는 북베트남의 '베트콩'과 휴전선 너머 '북한괴뢰도당'을 동일시하며 성장했다. 내가 배운 모든 공산주의는 악의 축이었다.

그리고 인간의 야만성을 다시 생각한다. 야만의 속성은 자신이 타인에게 저지른 행위에 대해서 그 어떠한 반성도 할 줄 모른다는 것이다. 반성 없는 야만은 또 다른 천박한 야만의 문화를 낳는다. 수십 년이 지나도록 우리는 베트남에 대해 성찰해본 경험이 별로 없다. 진심에서 우러난 반성도, 속 깊은 이해도 없었다. 이것을 이상하게 여기지 않는 것은 우리 속에 또 하나의 야만성이 숨어 있기 때문인지 모른다.

우리 머릿속에 베트남이라는 기호는 과연 무엇으로 내장되어 있는가? 인도차이나 반도의 아름다운 관광지의 하나로만 여기고 있는 것은 아닌가? 펀드나 부동산을 투자해서 부를 불릴 수 있는 천혜의 땅으로 바라보고 있는 것은 아닌가? 한류를 팔아먹을 시장으로 군침을 흘리고 있는 것은 아닌가? 우리나라 노총각들에게 결혼 상대자를 공급하는 가난한 처녀들의 나라로 인식하고 있는 것은 아닌가? 만에 하나 그렇다면 베트남전쟁은 아직 끝나지 않은 것과 마찬가지다. 그들에게 총을 겨누는 대신에 냄새 나는 돈다발을 흔들어대고 있을 뿐이다.

5부

누군가를 사랑하는 일

쫓긴 이의 노래

제1회 노작문학상 수상소감

한 해의 끄트머리에서 저의 빈한한 농사를 돌아보고 있던 중에 뜻밖의 전화를 받았습니다. 노작 홍사용 선생의 이름을 얹어 마련한 상의 첫 번째 수상자로 정해졌다는 소식을 듣고 제가 과연 그만한 자격이 있는 자인가를 한참 생각했습니다. 그동안 몇 권의 시집을 내고 시인 행세를 하며 얼굴을 내밀고 다녔지만, 제가 정말 제대로 된 시인인가 스스로 물어볼 기회를 갖게 된 것입니다.

저는 평소에 글 쓰는 사람은 작품의 생산자이기도 하지만 글쓰기를 통해 생산자 자신이 변화하고 성장하는 게 아닐까 하고 종종 생각해왔습니다. 제가 문학을 끌고 온 게 아니라 문학이 저를 여기까지 데리고 왔다는 것을 어렴풋이 인식하고 있습니다. 문학이라는 양식, 그리고 시인이라는 이름 앞에 절하고 싶은 것도 그런 이유 때문입니다. 그리하여 제가 꿈꾸는 문학을 한 문장으로 말하라면, 사람을 변화시키고 사람 사는 세상에 긍정적인 충격을 주는 문학이라고 할 수 있습니다. 그 꿈이 비록 구닥다리 꿈이라 할지라도 포기할 수 없는 게 글 쓰는 사람의 운명이라 생각합니다. 그게 아니라면 그

문학을 어디에 쓸 수 있겠습니까?

문학에 첫 발을 들여놓을 즈음에 저는 「나는 왕이로소이다」를 암송하고 다녔습니다. 시 전체를 휘감고 있는 비련의 어조에 마음을 빼앗기면서도 유독 한 구절 "쫓긴 이의 노래"에 오랫동안 문길이 머무르곤 했습니다. 쫓는 이의 노래가 아니라 쫓긴 이의 노래를 부르는 일이 또한 저의 운명이라는 것을 잊지 않겠습니다.

앞으로 이 상이 노작 홍사용 선생의 문학 정신을 바로 세우는 데 중요한 계기가 되기를 바랍니다.(2002)

그런 시를 아직도 꿈꿉니다

제12회 이수문학상 수상소감

시인으로서 최근의 저는 낙제자입니다. 시에 투여해야 하는 절대적인 시간을 다른 데로 유용하고 있습니다. 백 잔의 술을 마시고도 한 줄의 시를 완성하지 못하고 있습니다. 안달복달해도 오지 않는 시를 낚아채려고 눈을 부릅뜨기보다는 멀리 지나가는 기차 소리처럼 가만 놔두는 일이 잦습니다. 시가 기관차가 되었으면 하고 바라던 때를, 시가 삶을 달구고 삶이 시를 달구던 때를 '그때'라고 한 오라기 뉘우침도 없이 회고할 뿐입니다. 시도 쓰지 않으면서 머리 꼭지에 턱하니 시인이라는 벼슬을 수탉처럼 붙이고 다닙니다. 저는 망하기 직전입니다.

작년 가을부터 16층이나 되는 높은 허공에 둥지를 하나 얻었습니다. 혼자 웅크리고 앉아 스스로를 유폐하기에 좋은 곳입니다. 둥지를 얻었으나, 여기서 시집 『너에게 가려고 강을 만들었다』를 마무리하기도 하였으나, 제가 꿈꾸는 새로운 시는 아직 얻지 못해 창밖만 내다보는 날이 많았습니다. 그러다가 문득 상을 주신다는 연락을 받았습니다. 참으로 무렴했습니다.

이 건물의 창밖으로 가끔 황조롱이쯤으로 보이는 매서운 새가 제 눈높이에서 한동안 정지 상태로 허공의 고요를 즐기고 있는 모습을 발견할 때가 있습니다. 그럴 때마다 저는 너무 높이 올라와 있지 않은가 하는, 이래도 되는가 하는 자책감에 사로잡히곤 하였습니다. 전주 시내에 있는 집에서 여기까지 오려면 구부정하게 엎드려 흐르는 만경강을 건너야 하고, 보리밭들이 푸른 깃발을 몇 장 씩 펼쳐 놓고 있는 삼례 들판을 지나야 합니다. 아침마다 벌벌거리는 차를 땅강아지처럼 끌고 와서 결례를 무릅쓰고 새가 날아다니는 허공의 높이에 저를 앉혀놓습니다. 도대체 가당치 않은 일이지요. 새도 아닌 것이 새의 날갯짓과 눈동자를 옆에서 훔쳐보고 있으니 말입니다. 매과에 속하는 황조롱이 같은 새는 지상의 먹이를 발견하면 어물거리지 않고 시속 200킬로미터가 넘는 속도로 급강하한다고 합니다. 그것은 허공의 먹먹한 고요를 아는 자만이 보여줄 수 있는 당찬 태도입니다. 정지 후의 내리꽂힘! 지상으로 날아가 들쥐 한 마리 부리에 대지 못하고 설혹 피투성이가 된다고 해도 두려움이 없어야 그렇게 내리꽂힐 수 있을 것입니다. 감히 그런 시를 아직도, 꿈꿉니다.

모든 문학상은 영예가 아니라 이자가 높은 빚입니다. 빚은 갚으라고 생긴 것이니 저의 글쓰기는 앞으로 바지런하게 빚 갚는 일에 바치겠습니다. 이 상을 주관하는 『21세기문학』이 이번에 다시 복간된다는 소식이 솔직히 상을 받는 기쁨보다 큽니다. 심사를 맡으신 두 분 고리대금업자 선생님들께는 전화도 못 드렸습니다. 좋은 시로 돈을 많이 벌어 떳떳이 갚도록 하겠습니다.(2005)

시가 망하지 않도록
제2회 윤동주상 수상소감

어릴 때는 윤동주를 읽으면서 처음 문학에 눈떴습니다. 어른이 되어서는 윤동주를 국어 시간에 가르치면서 시를 썼습니다. 그이의 이름으로 된 상을 주신다니 몸 둘 바 모르겠습니다. 그이는 여전히 빛나는 '별'이지만 저는 아직 하찮은 '돌멩이'에 불과한 탓입니다.

그이는 생전에 시집 한 권 내지 못하고 생을 마감했습니다. 저는 그동안 너무 많은 시집을 냈고 아직도 눈을 동그랗게 뜨고 살아 있습니다. 저는 가까이 있는 것도 껴안지 못하고 이름 부르지 못하는데, 그이는 별처럼 아스라이 멀리 있는 것들을 지독히도 사랑하였습니다.

어머님, 나는 별 하나에 아름다운 말 한마디씩 불러봅니다. 소학교 때 책상을 같이 했던 아이들의 이름과 패(佩), 경(鏡),옥(玉) 이런 이국 소녀들의 이름과 벌써 애기 어머니 된 계집애들의 이름과 가난한 이웃 사람들의 이름과 비둘기, 강아지, 토끼, 노새, 노루, 프랑시스 짬, 라이너 마리아 릴케, 이런 시인의 이름을 불러 봅니다.

시를 써서 무엇을 어찌하겠다는 욕심이 있기도 하고 없기도 합니다. 욕심을 부릴수록 시가 망한다는 것도 알고, 욕심을 부리지 않아도 시가 망한다는 것을 압니다. 시가 망하면 저도 망하고 세상도 망한다는 생각으로 쓰겠습니다.

시가 망하지 않도록 애쓰겠습니다.(2007)

몰두와 빈둥댐 사이의 시
제11회 백석문학상 수상소감

독자와의 소통을 핑계로 인터넷 홈페이지라는 좌판을 차린 적이 있었다. 올해 봄 산수유 필 때쯤에 나는 그 집의 문을 닫았다. 폐업 신고를 겸해 반성과 변명의 항복문서를 몇 줄 썼다.

최근에 꽤 오랫동안 저는 시인으로 사는 일이 무엇인가를 자주 생각했습니다. 시인으로서 저는 크게 고장이 나서 망가져 있었습니다. 저는 고독한 이방인도 되지 못했고, 영원한 자유인도 되지 못했습니다. 골방에서 자족적인 자폐를 혼자 즐기지도 못했고, 광장에 서서 세상에 분노하면서 크게 외치지도 못했습니다. 음풍농월의 세월도 저를 비껴갔지요. 매일매일 일정표를 자주 들여다보았고, 시도 때도 없이 전화기에 귀를 대야 했고, 원고 마감에 쫓겨 허둥댔습니다. 그러다가 어느 날 참을 수 없이 가벼운 존재를 저 스스로 무겁게 떠받들고 있다는 것을 알았습니다. 항복합니다. 여기에서 항복하지 않으면 곧바로 시가 실패할 것이고, 그러면 최소한의 떨림조차 없는 시인으로 남을 것 같습니다.

이렇게 쓰고 나서 나는 다짐했다. 문학의 바깥으로 들락거리지 않겠다고. 그 대신에 더 몰두해서 시를 쓰겠다고, 더 오랜 시간을 빈둥댈 것이며, 더 많은 길을 천천히 배회하겠다고.

1년이 지났다. 바깥출입은 확실히 줄어들었으나, 시인으로서 제대로 길을 찾아가고 있는지는 아직도 모르겠다. 시에 매달려 산 지 서른 해가 다 되어가는데 여전히 시는 오리무중이다. 백석의 이름으로 주시는 이 상은 그러므로 내 뒤통수를 후려치는 누군가의 손바닥이다. 해서, 기뻐할 겨를이 없다. 게다가 표현의 자유가 현저하게 쪼그라들어 있는 시점에서 주시는 상이니 이 땅에서 시인된 자의 도리가 무엇인지 엄중히 생각할 기회로 삼고자 한다.

그동안 백석한테서 많이 배웠다. 그를 많이 흠모했고, 많이 찾았고, 많이 베꼈다. 가끔 평양에 드나들면서 시간 있을 때마다 그의 마지막 행적을 쫓아보았으나 별 소득이 없었다. "선생은 말년에 전원생활을 하다가 돌아가셨다"는, 육하원칙에도 이르지 못한 메아리가 되돌아올 뿐이었다. 그는 여전히 문학사의 안개 속을 걸어가고 있으니 그를 추적하는 일을 시업의 푯대로 삼아도 큰 허물이 되지는 않을 것이다.

머지않아 백석의 무덤에도 심사위원 선생님들의 집 앞에도 창비 사옥에도 내 누옥에도 푹푹 눈이 나릴 것이다.(2009)

시로 담은 시간들
제4회 임화문학예술상 수상소감

10여 년 전 중국 산시성(山西省)에서 귀한 분을 몇 번 뵌 적이 있습니다. 국내에는 잘 알려져 있지 않지만 조선의용군 출신 항일 독립운동가 김강 할아버지입니다. 그때 할아버지는 '학철이' 이야기를 가끔 하셨는데, 옌볜에서 조선족 작가로 활동하다 돌아가신 김학철 선생님을 가리키는 말이었지요. 두 분은 친구 사이였거든요. 김강 할아버지는 그 무렵 자서전을 거의 완성했다고 했습니다. 그런데 그걸 국내에서 출간하자는 저의 제의에는 손을 내두르셨습니다. 남한에서 책을 출간하는 게 영 내키지 않는다고 했습니다. 남북 간의 화해 분위기가 무르익어가던 김대중 정부 시절이었는데 말입니다.

사연은 이렇습니다. 김강 할아버지는 해방 후 조선민주주의인민공화국이 세워지면서 초기에 문화부장관에 해당하는 고위직에 올랐지요. 그러다가 북한에 주체사상이 강화되는 시기를 전후해 이 체재를 견디지 못하다가 그만 중국으로 망명을 떠나게 됩니다. 중국 정부는 할아버지의 망명을 받아들였고 여러 가지 편의를 국가에서 지속적으로 제공해준다고 했습니다. 중국 땅에서 독립운동을 했고, 또 조선과 중국은 '혈맹'이었으니까 예우를 해드린 거지요.

문제는 할아버지가 반김일성주의자라는 데 있었습니다. 남한의 독재정권은 대부분 북한과의 대치를 강조하는 반공주의 노선을 택했고, 이를 증명할 적임자로서 김강 할아버지 같은 분을 활용하기도 했습니다. 국가기관에서 김일성과 김정일을 욕하는 자리에 할아버지를 불러들인 일도 있었다고 합니다. 그러니 할아버지에게는 해방 후 최초로 북한과의 화해와 협력을 모색한 김대중 정부가 못마땅했던 겁니다. 김강 할아버지도 좌우 이데올로기의 대립 과정에서 만들어진 희생자였고, 그로 인해 역사가 삐걱거리는 소리를 들어야 했던 분이지요.

작지만 단아하면서도 품격이 느껴지는 김강 할아버지네 집에서 저는 임화를 생각했습니다. 자기 신념에 대한 글쓰기를 세상에 대한 복무로 여겼던 임화의 삶과 김강 할아버지의 삶이 크게 다르지 않은 지점에 있다고 생각합니다. 또한 우리 시대를 분단시대로 인식하는 이곳 글쟁이들의 삶 또한 그와 멀지 않은 곳에 자리하고 있다고 생각합니다.

임화의 이름으로 된 상을 주신다는 연락을 받고 깜짝 놀란 것은 저처럼 안팎으로 부실한 시인이 상을 받아도 되나 싶어서입니다. 그러다가 뻔뻔해지기로 했습니다. 시집 『북항』을 쓰는 동안 역사의 물줄기를 거꾸로 돌려놓은 이 못된 이명박 정권을 향해 시로 답하려고 했던 시간들이 있었습니다. 이 고민의 시간에 대해 심사위원 선생님들께서 격려하려고 상을 주시는구나, 하고 생각합니다. 어려운 출판환경에도 불구하고 상을 제정해 운영하고 있는 소명출판에는 무슨 말로 감사를 드려야 할지 모르겠습니다. 제가 할 수 있는 일이 제 책꽂이에 없는 『임화문학예술전집』 다섯 권을 주문하는 일밖에 없어 참으로 딱한 마음뿐입니다.(2012)

누군가를 사랑한다는 것

  지난겨울, 나는 눈으로 하얗게 덮인 강원도 백담사 만해마을에 잠시 머물러 있었다. 그때 낯선 한 과학자가 몇 장의 사진을 보내왔다. 큰오색딱따구리의 사진이었다. 알고 보니 그이는 내가 사는 곳에서 멀지 않은 학교에서 학생들을 가르치는 교수였고, 나하고 동갑내기였다. 큰오색딱따구리를 관찰한 기록을 책으로 내기 위해 준비하고 있다고 했다.

  새를 따로 특별히 공부한 적이 없는 나는 무엇보다 딱따구리라는 말 앞에 붙은 '큰오색'이라는 세 음절에 귀가 솔깃해졌다. 딱따구리를 한자말로 탁목조(啄木鳥)라고 부른다는 것 이외에 딱따구리에 대해 내가 아는 건 아무것도 없었다. 큰오색딱따구리는 과연 어떤 놈일까? 그놈을 조금이라도 알게 되면 왠지 내 인생이 한 발짝 앞으로 멋지게 나아갈 것만 같았다.

  사진으로 본 큰오색딱따구리의 자태는 아름다웠다. 그가 산다는 구멍 속 둥지는 매우 신비로웠다. 사진을 들여다볼수록 큰오색딱따구리가 그 길쭉하고 앙증맞은 부리로 내 상상력을 자꾸 콕콕 찍어대는 것이었다. 그렇게 해서 나는 큰오색딱따구리하고 보낸 50일 간의 이 기록을 읽게 되는 행운을 누렸다. 그것도 책으로 출간하기 전에 말이다.

이제까지 우리나라에서 큰오색딱따구리가 알을 낳고 새끼를 키우는 과정을 세세하게 밝힌 연구가 이루어진 적은 없다고 한다. 그렇다면 이 기록은 자료적인 가치에다 중요한 학문적 성과를 더하는 셈이 된다. 그런데 김성호 교수는 조류학자가 아니다. 그이는 식물 생리학을 전공한 학자다. 그리고 새를 좋아해서 평소에 새를 즐겨 촬영했을 뿐 전문적인 사진작가도 아니다. 말하자면 그이는 큰오색딱따구리를 우연히 만난 이후로 단단히 바람이 나고 말았던 것이다. 한 번 바람이 나면 일상적인 시간은 흔들리게 마련이다.

낮의 일이 줄줄이 밀려 밤으로 모두 모이니 밤도 따라 바쁩니다. 학교에 들어와 책도 보고 미뤄놓은 일도 이것저것 처리합니다. 밤이 꽤 깊어진 시간인데 빗줄기가 창문을 세차게 두드리기 시작합니다. 천둥소리도 점점 가까이 다가옵니다. 내가 걱정하지 않아도 큰오색딱따구리 암수는 잠자리 둥지에서 비를 잘 피하고 있으련만 마음은 자꾸 숲으로 향합니다. 이제 제대로 미쳐가는 것 같습니다.

제대로 미쳐가는 것 같다는 이 고백은 그이가 큰오색딱따구리에 대해 얼마나 몰두하고 있는가를 잘 보여주는 예가 된다. 그이는 어슴푸레한 새벽길도 마다하지 않았고, 안개가 자욱한 날도 차의 시동을 걸었고, 흐리고 비바람 몰아치는 날도 기어이 집을 떠났으며, 어두워오는 저녁 시간에도 큰오색딱따구리를 찾아갔다. 김밥이나 샌드위치로 끼니를 때우거나 밥을 거르는 일도 잦았다.

큰오색딱따구리를 관찰하는 일에 미쳐버린 남편과 아버지를 좋아할 식구가 어디 있겠는가? 하루의 관찰 일정이 끝나면 학교 연구실로 돌아가 그날그날 사진과 기록을 정리하느라 귀가 시간은 식구들이 잠든 새벽이기 일쑤였다. 그이는 그렇게 일탈을 서슴지 않으면서도 내게 당당하게 변명한 적이 있다.

"가족에게 못하는 것은 다시 채울 기회가 있지만, 그러나 저들과 만남에 있어서 빈 것은 다시 채울 수가 없으니 달리 길이 없었던 거지요."

이 뻔뻔함이 없었다면, 이 미쳐버린 몰두가 없었다면 우리는 큰오색딱따구리의 생태를 이렇게 생생하게 전해들을 수 없었을 것이다. 무엇에 몰두한다는 것, 누군가에게 몰입한다는 것, 그것은 결국은 뜨겁게 사랑하는 일이라 할 수 있다. 큰오색딱따구리에 몰두하면서 김성호 교수는 사랑이 무엇인지 체득하게 되고, 그 누구의 간섭도 없는 성찰의 시간을 오롯이 갖게 된다. 이 책이 단순한 관찰의 기록을 넘어 따스한 인간의 냄새가 나는 것도 다 그런 이유 때문이다.

큰오색딱따구리의 둥지에 비하면 나의 둥지는 너무나 허술합니다. 우산으로 막았어도 비는 꽤나 들이칩니다. 옷은 벗어서 카메라를 덮어주느라 몸이 우들우들 떨릴 정도로 몹시 추운데 우습게도 이 와중에 잠이 쏟아집니다. 차 지붕으로 따닥따닥 소리를 내며 떨어지는 빗방울 소리가 마치 자장가로 들립니다. 오늘로 큰오색딱따구리를 만난 지 꼭 한 달이 됩니다. 이럴 줄 알고 고민하다 시작한 일이지만 생각보다 많이 힘듭니다. 저들을 만나지 않았다면 아니, 만났어도 관심이 없었다면 이런 고통은 있지도 않았겠지만 그렇다고 후회는 하지 않습니다. 이미 너무 많이 왔고 이제 저들 자체와 또한 저들이 빚어내는 모습들을 무척 사랑하고 있기 때문입니다. 이 정도 힘든 것을 견뎌내지 못하고 누구를 또 무엇을 사랑한다고 할 수는 없는 일입니다. 저들이 맨몸으로 맞는 비의 느낌은 어떤 것인지 나도 툇마루를 벗어나 쏟아지는 비에 몸을 맡겨봅니다. 사랑한다는 대상을 앞에 두고 꾸벅꾸벅 존다는 것은 용서가 안 됩니다.

무릇 사랑을 말하려면 적어도 이쯤은 되어야 하리라. 사진 촬영을 위해 준비한 차를 툇마루라고 부르다니! 관찰의 대상이 비를 맞는 느낌이 어떤가를 알기 위해 스스로 비를 맞는다니! 주체와 객체의 합일이니 자연에의 동화니 하는 상투적인 어휘들을 끌어오는 게 여기서는 참으로 어리석은 일이 되고 만다. 이성을 앞세워 체계적인 논리로 무장한 과학이 감성의 영역과 어떻게 만나는지, 어떻게 철학적인 사유와 결합할 수 있는지 나는 이 대목에서 즐겁게 확인할 수 있었다.

겉으로 보면 이 책은 큰오색딱따구리에 대한 기록이다. 그런데 조금만 다시 생각하면 큰오색딱따구리를 포함한 이 세상에 대한 기록이라 할 만하다. 딱따구리 둥지 주변에서 포착한 수십 종의 새들, 시간에 따라 변하는 자연의 풍경들, 밭일하는 할아버지와 할머니, 젊은 농부, 어린아이들, 그리고 경운기까지도 이 책의 한 부분을 이루고 있다. "만약 세상을 다 덮을 수 있는 천이 있다면 그것은 할머니의 치마폭"이라는 문학적이고 유려한 표현도 넉넉한 세상 관찰의 결과이다. 이뿐만이 아니다. 김성호 교수가 관찰한 큰오색딱따구리의 생태를 읽으면서 어느 틈에 우리는 또 다른 관찰자가 되어 그이의 심성과 행태까지 주시하게 된다.

붉은머리오목눈이는 그 연약한 갈대 하나에도 넉넉하게 몸을 의지할 수가 있는데 왜가리는 소나무 가지 정도는 되어야 내려앉을 수 있습니다. 그리고 보면 나는 너무 무겁습니다.

이와 같은 자기 성찰의 자세는 저자의 진정성을 유감없이 드러내는 예에 속한다. 큰오색딱따구리의 새끼가 위험에 처한 상황을 다음과 같이 묘사하는 문장은 어떤가. 동화의 한 대목, 혹은 소설의 한 대목을 연상하지 않을 수 없다.

소리라도 질러 붉은배새매를 쫓아야 하겠다고 마음먹은 순간 아빠 새가 나타나 붉은배새매 앞을 가로 막습니다. 붉은배새매 때문에 둥지에 오지 못하고 근처에서 동태를 살피던 아빠 새가 이 위태로운 상황을 감지하고는 과감하게 뛰어든 것입니다. 지금까지 붉은배새매를 보면 도망하기 바빴던 아빠 새가 첫째를 막아서며 붉은배새매 쪽을 향해 버티고 섭니다. 아빠 새가 붉은배새매를 향해 점점 다가서자 붉은배새매는 그 사나운 부리를 쫙 벌리며 곧 공격할 듯한 태세입니다.

나는 짜릿한 긴장을 느끼며 이 부분을 읽었다. 붉은배새매의 위협 앞에 몸을 사리지 않고 용감하게 뛰어든 아빠 새를 보며 독자들은 이 세상에서 아비 된 자의 도리가 어떠해야 하는가를 깨우칠지도 모른다. 큰오색딱따구리 아빠의 부성은 결국 붉은배새매를 물리치고 마는데, 작고 힘없는 것들이 거친 세상을 이겨내는 방법을 더불어 배우게도 될 것이다.

8시 55분. 아빠 새가 둥지를 나선지 한 시간이 조금 더 지나 부리 가득 먹이를 물고 와 둥지 아래 줄기에 내려앉습니다. 둘째의 기척이 없자 둥지 입구로 접근을 합니다. 이상하다는 표정으로 둥지 안에 고개를 살짝 넣어 기척을 하고 다시 잠시 기다리지만 둘째의 모습이 보일 리 없습니다. 이제는 고개를 완전히 숙여 둥지 안을 살피다 둥지가 빈 것을 알아차리고는 깜짝 놀라듯 날아가 둥지가 잘 보이는 남서쪽 소나무에 내려앉습니다.

오래지 않아 둥지에 다시 온 아빠 새가 이번에는 바로 둥지 안을 들여다봅니다. 아…… 이것을 어찌해야 할지 모르겠습니다. 아빠 새가 나무 전체를 다 뒤지기 시작합니다. 가지란 가지는 모두, 그리고 평소에 전혀 가지 않았던 둥지 한참 아래의 줄기까지 허겁지겁 이동하며 샅샅이 훑어보기 시작합니다.

　엄마 새가 둘째를 데리고 나갈 때만 해도 간신히 참았는데 아빠 새가 비어 있는 둥지를 확인하고 나무 전체를 돌아다니며 둘째를 찾는 모습에서는 가슴이 꽉 메며 눈물이 쏟아집니다. 저토록 절규하는 아빠 새도 있는데 인사도 제대로 못했다고 호들갑을 떨었던 나 자신이 부끄럽기도 합니다.

인용하기엔 길지만 이 책에서 가장 감동적인 부분이다. 큰오색딱따구리 부부가 애지중지 키운 두 마리의 새끼를 떠나보내는 것으로 50일 간의 대장정은 막을 내린다. 새끼가 떠나고 없는 빈 둥지를 아빠는 먹이를 물고 찾아온다. 그러나 부리에 물고 있는 먹이를 물려줄 새끼는 떠나고 없다. 아빠 새의 그 허전함을 충분히 이해하는 관찰자는 메는 가슴을 어쩌지 못해 눈물을 쏟고 만다.

이는 이미 그이가 관찰자가 아니라는 뜻이다. 50일을 지내면서 김성호 교수는 큰오색딱따구리와 함께 동고동락한 가족의 일원이 되어버린 것이다. "아빠 새가 어찌 첫째와 둘째를 키워냈는지 잘 아는 내가 할 수 있는 것은 아빠 새가 더 이상 오지 않을 때까지 미루나무 곁에 함께 있어주는 것뿐"이라는 말 앞에서 우리는 숙연해질 수밖에 없다. 나아가 무엇에 관심을 가지고 몰입하고 사랑한다는 것의 의미를 다시 새겨보지 않을 수 없다.

봄이 더 깊어지면 이 책 속의 사진에 담긴 큰오색딱따구리의 둥지를 찾아가보고 싶다. 책을 펼쳐놓고 둥지가 되어준 그 미루나무가 얼마나 더 푸르러졌는지 내 눈으로 직접 보고 싶다. 혹시 그때 부쩍 자란 큰오색딱따구리 새끼가 반겨줄지도 모른다는 기대를 하면서.

백창우 노래는 힘이 세다

　백창우 형은 나보다 키가 크다. 그래서 당연히 나보다 팔다리가 길고, 게다가 나보다 머리카락도 길다. 이렇게 나보다 외양이 크고 길다는 건 기죽는 일이지만 내 타고난 팔자이겠거니 하면서 그래도 참고 견딜 만하다.

　내 아들에게 발설하지 못할 정도로 퍽 자존심 상하는 일이 한 가지 있다. 시노래 모임 '나팔꽃'을 같이하면서 자주 만나게 되는 형은 나보다 바둑이 세다는 것이다. 센 정도가 아니라 아주 '쎄다'. 고백컨대 나는 여태 한 번도 형을 이겨본 적이 없다. 물론 이러한 결과를 두고 내 나름대로 패인 분석을 하지 않은 것은 아니다. 백창우 형은 나와는 달리 야행성이라 야간전투에 능하다는 것, 대국 직전의 절대 음주량이 나한테 비해 턱없이 모자란다는 것, 바둑판을 사이에 두고 처음 마주 앉았을 때, 형의 그 겸손함 때문에 내가 시종일관 오만한 자세로 대국에 임했다는 것 등등. 그래서 창우 형이 바둑 한판 두자고 은근히 말을 걸어오면 그때부터 나는 두려워진다.

　그가 두려운 것은 그것뿐만이 아니다. 예의 그 덥수룩한 머리로,

헐렁한 바지를 입고 건들건들 걸어 다니는 그는 한없이 느려 터져 보인다. 그런데 형의 작업량을 들여다보면서 나는 한 번 더 놀라게 되고, 그 집중력 앞에서 고개를 젓게 된다. 깨알 같은(아니 팥알 크기쯤은 되겠다) 글씨로 또박또박 언제 그 많은 시를 썼는지, 얼마나 많은 노래들을 만들었는지 그저 탄복할 따름이다. 특히 이원수, 이문구, 김용택 선생의 시에 붙인 노래들, 새로 엮은 전래동요들, 태교음반들을 쉬지 않고 만들어내면서 이번에는 자신이 쓴 수십 편의 동시로 창작동요 음반을 낸단다!

백창우 형의 창작 동요 작업은 노래에 문외한인 나 같은 사람이 봐도 눈부신 바 있다. 우리는 그동안 음악 교과서 안에 갇혀 있는 동요들을 만날 기회밖에 없었다. 그것도 학교라는 울타리 안에서만 말이다. 어른들은 나이를 들면서 동요를 잊어버리게 되고, 아이들은 교문을 벗어나면서 대중음악에 연한 귀를 맡겨버리고 말았다. 함께 부르기에는 유치하고, 즐겨 부르기에는 너무 단순한 가락과 장단을 가진 게 동요라는 인식이 퍼지면서 동요는 어른과 아이 모두에게 소외되어온 장르였다. 노래를 만드는 분들도 동요에 적극적인 관심을 보이지 않음으로써 동요를 소외시키는 데 한몫 거들었을 것이다. 하지만 백창우 형은 남들이 잘 거들떠보지 않는 동요 창작에 인생을 건 사람처럼 느껴질 때가 있다. 나는 형의 창작동요가 그 개인의 창작물이 아니라 이 나라의 아이들의 입에 실리고 귀에 담겨 그들의 숨결이 되고 따뜻한 피가 될 날이 머지않아 올 거라고 믿는다.

딸아이가 초등학교를 다닐 때였다. "전우의 시체를 넘고 넘어 앞으로 앞으로……" 어느 날 아이가 나직이 흥얼거리는 노래를 듣고 깜짝 놀란 적이 있다. 고무줄놀이를 할 때 부르는 노래인데, 동네 언니들한테 배웠다고 했다. 한국전쟁 때 만들어진 노래가 고무줄놀이를 통해 수십 년 동안 구전되어 온 것이다. 하고많은 노래 중에 하필이면 가사가 섬뜩하기 그지없는 노래를 따라 부를까 안쓰러웠다.

이렇듯 노래의 힘은 강력하다. 특히 어릴 때 부르는 동요는 성장기의 정서에 심대한 영향을 미친다. 우리나라의 중년 이후 세대는 그동안 음악교과서 안에 갇혀 있는 극소수의 동요를 배울 기회밖에 없었다. 학교에서 동요보다 애국심이나 반공의식을 고취하기 위한 노래, 행사용 노래를 더 많이 배운 것이 사실이다.

또 어릴 적에 즐겨 부르던 동요의 가사에는 왜 그렇게 외래식물이 많이 등장할까 의아해했던 적이 있다. "포플러 잎사귀는 작은 손바닥……"이 그렇고, "동구 밖 과수원 길 아카시아꽃이 활짝 폈네……"도 그렇다. 식물뿐만이 아니라 누군가 '얼룩송아지'는 '누렁송아지'라야 더 우리다운 표현이라고 했던 말도 기억이 난다. 제비꽃, 민들레꽃, 할미꽃, 냉이꽃, 씀바귀꽃, 며느리밥풀꽃들은 그다지 눈에 잘 띄지 않는 작은 꽃들이지만, 〈백창우 동시에 붙인 노래들〉에 나오는 그 꽃들은 사라져가는 우리 것을 지키고자 하는 그의 작가의식과 무관하지 않을 터이다. 민요나 전래동요의 가락을 차용해 독특한 음색을 만들어내는 백창우식 가락도 그런 맥락에서 이해할 수 있을 것이다. 또한 이번 음반은 단조로운 피아노 반주를 피하고 우리와 친숙한 악기와 음향을 이용해서 꾸몄다. 음반을 되풀이해서 들으면서 나는 그가 참 착하고 친절한 선생님 같은 아저씨구나, 하고 생각한다.

천사라고 한대요
들꽃이라 한대요
어른들은요 어른들은요
착하기만 바래요
이쁘기만 원해요
못말려 못말려
어른들 세상

미래라고 한대요
희망이라 한대요
어른들은요 어른들은요
오늘밖에 몰라요
꿈도 없이 살아요
못말려 못말려
어른들 세상

「어른들은 못말려」 전문

아이들 앞에서는 '천사'나 '들꽃'과 같은 수준 낮은 비유도 '미래'라든가 '희망'과 같은 섣부른 기대도 함부로 드러내서는 곤란하다.

하지만 말하기 좋아하는 어른들은 아이들을 훈육의 대상으로 여길 뿐, 그들의 입장에서 세상을 보려고 하지 않는다.

그런 면에서 〈백창우 동시에 붙인 노래들〉은 아이들에게만 툭 던 져주듯이 권할 게 아니라 어른들 스스로 좀 흥얼거리며 따라 불러 봐야 한다. 동요에 무지한 어른들의 귀를 시원하게 뚫어줄 노래들 이 이 음반에는 가득히 채워져 있다. 자연환경과 생태적 관심을 환 기하는 노래, 예비 입시 준비생으로 아이를 기르려는 세태에 대한 따끔한 충고의 노래, 민족의 분열을 화해의 길로 이끄는 통일 지향 의 노래들이 군데군데 별처럼 반짝이고 있다. 백창우 형의 이런 노 래가 우리를 적시고 차차 우리의 삶을 한 단계 나은 방향으로 변화 시킬 거라고 생각하면 나는 벌써부터 즐거워진다. 그래서 끝으로 이런 말을 덧붙이고 싶어진다. 백창우 형의 노래는 힘이 세다.

윤동주의 동시

윤동주는 생전에 40여 편에 가까운 동시를 남겼다. 그가 세상에 남긴 작품을 모두 120여 편으로 본다면 무려 3분의 1에 해당하는 적지 않은 분량이다. 윤동주 스스로 '동시'로 규정한 작품 이외에도 그의 시는 동심에 뿌리를 내리고 성장한 흔적이 곳곳에서 뚜렷하게 나타난다. "죽는 날까지 하늘을 우러러/한 점 부끄럼이 없기를/잎새에 이는 바람에도/나는 괴로워했다"는 고백부터 그러하다. 시인의 스스럼없는 고백을 우리가 비명처럼 듣는 것은 청정무구한 어린아이의 마음이 거기에 내재되어 있기 때문이다. 동심이 절실함을 배가시키는 것이다. 「서시」에 대한 우리의 환호와 열광은 부끄러움을 아는 마음, 즉 윤동주의 동심에 대한 환호와 열광인지도 모른다.

공상 —
내 마음의 탑
나는 말없이 이 탑을 쌓고 있다.
명예와 허영의 천공에다,

무너질 줄도 모르고,

한 층 두 층 높이 쌓는다.

「공상」 **부분**

그의 초기 습작품이라 할 수 있는 이 시는 관념적이고 현학적인 어휘가 다수 동원되어 있다. 문학청년의 치기 어린 '공상'이 구축한 불안한 세계를 탑의 이미지와 겹쳐 놓은 시다. 이러한 관념적인 시에 서도 윤동주는 명예와 허영을 위해 탑을 쌓는 자의 반성과 자기성찰 을 시의 중심축으로 삼고 있다. 무너질 줄 알면서도 탑을 높이 쌓는 자아를 어떻게든 돌아보려는 이러한 태도는 역시 동심의 지배력이 있기에 가능하다. 1935년 10월 『숭실활천』에 이 시를 발표할 무렵 윤동주는 그의 최초의 동시라 할 수 있는 「조개껍질」을 쓴다.

아롱아롱 조개껍데기
울 언니 바닷가에서
주워 온 조개껍데기.

여긴 여긴 북쪽 나라요
조개는 귀여운 선물
장난감 조개껍데기.

데굴데굴 굴리며 놀다

짝 잃은 조개껍데기
한 짝을 그리워하네.

아롱아롱 조개껍데기
나처럼 그리워하네
물소리 바닷물 소리.

「조개껍질」 전문

   앞의 시 「공상」과는 매우 대조적인 세계이다. 허황한 관념을 돌출한 시어는 하나도 없고 아주 쉽고 구체적인 언어로 짜여 있는 귀여운 직조물을 보는 듯하다. 그리고 전에 없이 리듬감을 살리려고 한 점도 크게 돋보인다. 같은 어휘의 반복, 행과 연의 적절한 배치와 조절을 통해 균형 있는 형식미를 창출하는 데 성공하고 있다.

   어떻게 이런 일이 비슷한 시기에 일어날 수 있을까? 시와 동시라는 장르적 특성을 충분히 감안해 시를 창작했다고 하더라도 매우 의아한 일이 아닐 수 없다. 송우혜는 『윤동주 평전』에서 1935년 10월에 출간된 『정지용 시집』의 영향을 절대적인 것으로 파악한다. 윤동주가 이 시집을 읽고 "'동시'라는 장르에 대한 재평가와 그의 대한 도전의지"로 동시를 적극적으로 쓰기 시작했다는 것이다. 꽤 의미 있는 지적이지만 동시대 시인들의 영향 관계로만 윤동주의 동시를 평가하기에는 아쉬움이 너무 크다. 그가 이루어낸 동시의 성과는 정지용 동시와는 또 다른 성채를 구축하고 있다.

특히 「조개껍질」에서 우리는 '북쪽 나라'라는 실제적 공간을 시의 공간적 배경으로 활용하고 있는 점에 주목할 필요가 있다. 1930년 대 중·후반 일제강점기 하에서 우리 민족이 처한 비극적 상황은 북 간도와 연해주 등으로의 대규모 이주라는 결과를 초래했다. 이 과 정에서 고향을 등지고 낯선 땅을 떠돌아야 했던 유민들의 삶은 이 용악을 비롯해 오장환, 백석 등의 시로 오롯이 형상화되어 있다. 이 들의 작품은 '유민시' 혹은 '유민의식'이라는 카테고리로 분류되어 이미 문학적 평가가 상당히 진행되었다.

그런 면에서 윤동주의 「조개껍질」은 1930년대의 유민의식을 최 초로 그린 동시가 아닌가 한다. 이 한 편뿐만 아니라 윤동주는 다음 과 같은 동시에서도 고향을 떠나 부유하는 삶과 그들의 현재적 위 치를 "두만강 건너서/쓸쓸한 이 땅"이라거나 "꿈에 본 만주 땅"과 같 은 공간의식을 바탕으로 이해하고 그려낸다.

헌 짚신짝 끄을고
나 여기 왜 왔노
두만강 건너서
쓸쓸한 이 땅에

남쪽 하늘 저 밑엔
따뜻한 내 고향
내 어머니 계신 곳

그리운 고향집.

「고향집」 전문

빗줄에 걸어 논

요에다 그린 지도는

간밤에 내 동생

오줌 싸서 그린 지도

위에 큰 것은

꿈에 본 만주 땅

그 아래

길고도 가는 건 우리 땅

「오줌싸개 지도」 전문

　우리는 또한 그의 동시가 벅찬 현실을 살아가는 사람들의 삶을 포착하는 데 주저하지 않고 있는 점에 주목하고자 한다. 「창구멍」에서 "바람 부는 새벽에 장터 가시는/우리 아빠"와 "눈 내리는 저녁에 나무 팔러 간/우리 아빠", 「햇빛·바람」에서 "장에 가신 엄마", 「해바라기 얼굴」에서 일터에 간 누나 등의 인물은 동심의 눈으로 바라본 1930년대의 신산한 현실 그 자체이다. 이것은 현실을 바라보는 리얼리즘적인 태도가 윤동주 동시의 근간을 이루고 있다는 뜻이다.

　명나라 말기의 사상가 이지(李贄)는 「동심설」에서 진정한 인간의 모습은 어린아이의 마음에 있다고 말한다. 그리고 이 세상에서 가장 훌륭한 글은 모두 동심에서 우러나온 것이라고 했다.

사람의 동심, 즉 진성진정(眞性眞情)은 어떻게 잃는 것인가? 이제 막 지식이 생기고 세상사를 약간 알게 되면서 사회의 견문이 이목을 통해서 들어오고 무언의 암시가 내심으로 들어오면 동심이 오염되기 시작한다. 좀더 자라면 대대로 전해지는 도리를 부형(父兄)과 사장(師長)이 주입시키고, 이런 교훈들이 들어와 내심을 주재하여 동심을 잃어버린다. 세월이 오래되면 주입받고 느낀 도리와 견문이 나날이 늘어나고 아는 바와 느끼는 바가 나날이 풍부해져, 이에 사람들은 미명(美名)이 좋은 점을 가져다줄 수 있다는 것을 알게 되어 오로지 미명을 성취할 생각만 한다.

엔리에산 · 주지엔구오, 홍승직 옮김, 『이탁오 평전』, 돌베개, 2005.

인간은 사회화 과정을 통해 많은 것을 알게 되는데, 이 앎이 동심을 오염시키는 주범이라는 것이다. 이렇게 주입된 '도리'와 '견문'으로 이름을 얻게 되면서 동심을 잃어버리고, 좋지 않은 명성은 사회적 지위를 얻는 데 불리하다는 것을 알게 되어 더러운 이름을 덮으려고 하면서 또 동심을 잃게 된다고 이지는 경고한다.

널리 알려지다시피 어린 시절 윤동주는 "누가 조금만 꾸짖으면 눈에 눈물이 핑 도는" 소년이었다. 명동촌에서 용정으로의 이주, 은진중학교 입학, 평양 숭실중학교로의 편입 등의 소년 시절을 거쳐 서울의 연희전문을 다니던 청년 시절까지 '문학 공부'에 온 힘을 쏟으며 자아와 세계와의 진정성을 지키기 위해 고심했다. 더 크고 넓은 세계로 나아갈수록 앎이 주는 명예와 허영이 그를 유혹했을 것이며 그는 더욱 치열하게 그것들과 싸워야 했을 것이다. 문학을 삶의 중심에 둔 인간이 참담한 세상을 어떻게 인내하며 헤쳐갔는지 우리는 그의 동시를 통해 오늘날 한 전범을 만날 수 있다.

윤동주의 동심은 현실과 유리된 동심천사주의에서 나온 게 아니기에 더욱 고귀하다. 해방 이후 오늘날까지 우리 동시문학은 현실이 거세된 동심을 떠받드는 데 치중했다. 아이들의 눈을 가림으로써 어른들의 거짓과 음흉함을 숨기고, 나아가 비현실적이고 몽환적인 세계가 마치 동심의 고향인 것처럼 왜곡을 일삼았다. 그 결과 오늘의 우리 동시문학은 왜소하게 축소되어 문학의 변방으로 밀려난 신세가 되었다. 윤동주의 동시만 한 작품이 없다는 자탄은 그래서 아프다. 현실과 동심의 긴장을 유지했던 윤동주의 동시는 동시문학의 개화기를 풍요롭게 채운 알곡과도 같으며, 오늘까지 그 울림은 사그라지지 않고 있다.

누가 나에게 새겨 읽어야 할 윤동주의 동시를 몇 편 골라 달라고 하면 나는 다음의 4편을 보여주고 싶다. 이 4편만으로도 윤동주는 눈부신 문학사다.

처마 밑에
시래기 다람이

바삭바삭
춥소.

길바닥에
말똥 동그라미
달랑달랑
어오.

「겨울」 전문

옇을 것 없어
걱정이던
호주머니는

겨울만 되면
주먹 두 개 갑북갑북

「호주머니」 전문

까치가 울어서
산울림.
아무도 못 들은
산울림.

까치가 들었다.

산울림.

저 혼자 들었다.

산울림.

「산울림」 전문

귀뚜라미와 나와

잔디밭에서 이야기했다.

귀뚤귀뚤

귀뚤귀뚤

아무에게도 알려주지 말고

우리 둘만 알자고 약속했다.

귀뚤귀뚤

귀뚤귀뚤

귀뚜라미와 나와

달 밝은 밤에 이야기했다.

「귀뚜라미와 나와」 전문

『삼베치마』를 가슴에 새로 안은 기쁨

　권정생 선생님을 처음 뵌 게 1984년쯤이었던 것 같다. 그 무렵 나는 안동에서 방위병 생활을 하고 있었다. 자전거 뒤에다 도시락을 싣고 군부대로 들락거리는 일이 내 일과였다. 어쩌다 쉬는 날이면 시내로 나가 문화회관 주변 이곳저곳을 어슬렁거렸다. 이미 고인이 되신 전우익 선생님과 정영상 시인도 그때 만났다. 가톨릭농민회에 관여하는 분들과 안동대학교의 가슴이 뜨거운 학생들과도 자주 어울렸다.

　권정생 선생님은 말수가 적었지만 세상 돌아가는 일에 대해 말씀하실 때는 그 목소리가 회초리처럼 맵고 단호했다. 선생님은 젊은 이들이 흥청거리는 자리는 가능한 한 피하셨다. 하지만 갓 문단에 얼굴을 내민 이십대 중반의 나는 『몽실언니』와 『강아지똥』을 쓴 선생님이 가까이에 계신다는 것만으로도 왠지 좋았다.

　2007년 선생님이 돌아가시기 전까지 고향 가는 길에 몇 번 선생님을 찾아뵈었다. 남안동 IC로 빠져나가면 단박에 조탑동 선생님 댁에 닿는다. 하지만 그냥 지나친 적도 많다. 선생님을 만나게 되면 마음으로 반성문부터 써야 하기 때문이다. 두세 평쯤 되는 선생님의 방은 딱 한 사람이 누울 만한 잠자리, 천장에 닿을 정도로 높게 쌓인 책, 조그마한 휴대용 가스레인지와 소반 하나, 그리고 식기와 반찬 그릇들이 오밀조밀하게 머리를 맞대고 있었다. 모든 생활이 그 좁은 공간에서 이루어졌다. 선생님이 바깥에 나가실 때만 고무신 한 켤레가 따라 나섰다. 나는 나의 아파트 평수와 승용차, 그리고 냉장고 속에 든 식탐의 덩어리들, 그리고 신발장에 들어 있는 수많은 신발들을 떠올리지 않을 수 없었다. 나는 자꾸 높은 곳을 쳐다보며 사는데 선생님은 자신을 낮추기 위해 살고 계신다는 생각! 그래서 나는 괴로웠다.

‘권정생어린이문화재단’은 선생님이 돌아가시고 난 후 유언을 받들기 위해 설립된 단체다. 재단 사무실 옆에는 선생님의 유품전시관이 소박하게 꾸며져 있다. 여기 전시해 놓은 유품들을 살피던 중에 빛이 바랜 동시 묶음 한 권이 눈에 띄었다. 선생님이 직접 펜으로 동시를 쓰고, 삽화를 그리고, 『삼베치마』라는 큼직한 글씨로 제목을 달고, ‘동무’ ‘삼베치마’ ‘꽃가마’ ‘다람쥐’ ‘장길 바구니’ ‘학교 가는 길’ ‘산’ ‘민들레’ ‘맘속에 계셔요’와 같이 아홉 마디로 알뜰하게 부를 나누고, 떨어지지 않게 풀을 붙여 제본까지 한 동시집이었다.

선생님께서 돌아가신 뒤에 정호경 신부님을 비롯한 유품정리위원회에서 유품의 목록을 정리하다가 발견이 되었다고 했다. 아, 이것은 이 세상에 단 한 권밖에 없는, 찬란하게 낡은 동시집이었다. 나는 흥분된 마음을 감출 수가 없었다. 이 귀한 동시집을 세상 사람들에게 널리 읽혔으면 좋겠다는 뜻을 재단 측에 전했고, 관계자들이 논의한 끝에 비로소 출간을 결정하게 되었다.

『삼베치마』의 맨 끝에는 '1964년 1월 10일 묶음'이라는 발간 날짜가 또렷하게 적혀 있다. 1964년 청년 권정생의 나이는 스물일곱 살이었는데, 이 해는 선생님의 일생에 어떤 의미가 있는 때일까? 방황을 거듭하다가 고향집에 돌아온 지 6년 만에 1963년 선생님은 교회학교 교사로 정식 임명된다. 건강을 완전히 되찾은 것은 아니었지만 성경책을 벗 삼아 꾸준히 철야기도를 하고 얼마 동안의 행복을 느낀다. 고향에 정착해 가까스로 생활의 안정을 되찾은 시기로 짐작된다.

혼자 써놓은 글을 발표할 지면은커녕 보여줄 사람도 옆에 없었을 것이다. 그래서 혼자만의 시집을 묶어보겠다고 생각했을 것이다. 그리 넉넉지 않은 형편이었지만 종이를 사기 위해 학교 앞 문방구까지 걸어갔을 것이고, 종이를 가지런히 잘라 그동안 써둔 시들을 정성스레 한 편 한 편 적었을 것이다. 그러한 선생님의 시간을 그려보면 가슴 한쪽이 아리면서도 따스해진다.

여러 책에 소개되는 선생님의 약력은 1969년 제1회 기독교아동문학상 현상모집에 「강아지똥」이 당선되었다는 내용이다. 『삼베치마』는 그보다 5년이 앞선 시점에 나온 동시집이 되는 셈인데, 그야말로 권정생 문학의 시원이 담긴 책이라고 할 수 있다. 그동안 권정생 선생님의 동화에 주목하느라 상대적으로 조명을 받지 못했던 시 세계의 전모가 인쇄본 『삼베치마』의 출간을 계기로 풍성하게 드러나기를 기대한다.

권정생 선생님은 이오덕 선생님의 주선으로 1987년 동시집 『어머니 사시는 그 나라에는』(지식산업사)을 펴내면서 『삼베치마』에 실린 시 몇 편을 고쳐서 실었다. 『어머니 사시는 그 나라에는』에 실린 3부의 시들이 50년대와 60년대에 쓴 시라는 것을 이오덕 선생님에게 보내는 편지에서 밝히기도 했다. 초등학교 때 쓰셨다는 동시 「강냉이」를 버리지 않고 보관(아니면 그 한 편을 스물일곱 살 먹을 때까지 잊어버리지 않고 외우고 계셨을 수도 있다)했다는 것은 글을 쓰고 싶다는 열정이 오랫동안 선생님의 마음에 고여 있었다는 뜻이다.

고쳐 쓴 「강냉이」와 원본 「강냉이」를 잠깐 비교해서 읽어보자.

집 모퉁이 돌담 밑에
한 포기
두 포기
세 포기……

싱야는 구덩이 파고
나는 강냉이 씨앗 놓고
거름 주고 흙 덮고

한 치 크면 오줌 주고
두 치 크면 북을 주고

벌써 내 키만치 컸다.

"요건 싱야 강냉이"
"요건 내 강냉이"
나누어서 하나하나
점찍어 놓고

강냉이 잎사귀 너울거리고
뒷집 대추낡에 매미 울 때
봉화산 모퉁이로 전쟁이 났다.

우리는 보따리 싸들고 지고
집 모퉁이 강냉이 그냥 두고 피난 갔다.

아버지랑 어머니랑
낯설은 강변에서
하얀 둥근 달 쳐다보며
고향 생각 하실 때면

나 혼자 우리 집 모퉁이
저희들끼리 버려두고 온
강냉이 생각했다.

인지쯤 싱야 강냉이는

수염이 나고

내 강냉이는 알이 통통 배고……

「어머니 사시던 그 나라에는」 수록 「강냉이」 전문

집 모퉁이 토담 밑에

한 페기 두 페기 세 페기

생야는 구덩이 파고

난 강낭알 뗏구고

어맨 흙 덮고

한 치 크면 거름 주고

두 치 크면 오줌 주고

인진 내 키만춤 컸다

"요건 내 강낭"

손가락으로 꼭

점찍어 놓고

열하고 한 밤 자고 나서

우린 봇따리 싸들업고

창창 길 떠나 피난갔다
모퉁이 강낭은 저꺼집 두고

"어여-"
어매캉 아배캉
난 데 밤별 쳐다보며
고향 생각 하실 때만

내 혼차
모퉁이 저꺼집 두고 왔빈
강낭 생각 했다

〈인지쯤
샘지 나고 알이 밸 낀데……〉

『삼베치마』 수록 「강냉이」 전문

　앞의 시는 독자가 알아듣기 쉽게 어휘를 고치고 다듬었으나 뒤의
시는 완전한 해독이 어려울 정도로 사투리가 그대로 노출된 상태
다. 앞쪽의 언어는 매끈한데 뒤쪽의 언어는 거칠다. 앞쪽은 세수를
말끔히 한 권정생 선생님이고, 뒤쪽은 잠에서 덜 깬 채 마당의 수돗
가로 걸어 나오는 부스스한 권정생 선생님이다.
　어떤 어휘를 사용했는가에 따라 시의 맛은 이렇게 달라진다. 뒤

쪽의 원본 「강냉이」는 무엇보다 경상도 안동 말씨가 생생하게 살아 있는 시다. '어매' '아배' '저꺼집' '샘지'와 같은 명사, '페기'와 같은 대명사, '—만춤' '—캉'과 같은 조사, '혼차'와 같은 부사, '어여'와 같은 감탄사에 이르기까지 안동 말이 시 전체를 감싸고 있다. 그리고 "모퉁이 저꺼집 두고 왔빈"의 '두고 왔빈'은 '두고 와버린'의 사투리 어미다. 표준어의 간섭에서 자유로운 이런 사투리 입말이야말로 권정생 문학의 뿌리를 알려주는 지표가 된다.

평생 꼭꼭 숨겨둔 단 한 권의 동시집이 새 옷을 입고 세상에 나가는 것을 권정생 선생님은 지켜보고 계실까? 선생님이 이걸 보고 무슨 말씀을 하실지 조금은 걱정이다. 아이고, 남사스럽니더, 하고 손사래 치며 우리를 혼내지는 않으실지? 만약에 그런 일이 생긴다면 하늘에 함께 계신 이오덕 선생님께 부탁을 드려볼 작정이다. "동시는 웃음과 재미와 귀여움을 손끝으로 만들어내는 재치가 아니라, 보다 커다란 감동의 세계를 창조하는 시"(이오덕, 『시정신과 유희정신』, 창비, 1977)인데, 『삼베치마』가 바로 그런 시집이라고 두 말 없이 명쾌한 답을 주시겠지. 그러면 두 분이 티격태격 다투실까?

참 좋은 데로 가는 개울물
권정생 동시 「개울물」

빤들 햇빛에
세수하고
어덴지 놀러 간다

또로롤롱
쪼로롤롱

띵굴렁
띵굴렁

허넓적
허넓적

쪼올딱
쪼올딱

어덴지
어덴지
참 좋은 델
가나 봐.

『동시 삼베치마』

　개울은 들판의 논과 논 사이로 흐르는 좁다란 물줄기를 말한다. 여러 골짜기에서 모여든 물이 하나로 합쳐져 그 너비가 넓어지면 시냇물이 된다. 햇빛이 개울을 비추면 개울물은 빤들거릴 정도로 윤기를 내며 흐른다. 마치 아침에 세수를 하고 나온 아이 같다. 시인의 탁월한 눈은 개울물이 반짝이며 흐르는 것을 놀러 간다고 표현함으로써 거기에서 아이의 몸짓을 발견한다. 개울물이 아이가 되고 아이가 개울물이 된다. 개울물이 놀러 가는 곳이 어디인지 알 수는 없다. 놀러 가지 말라고 말리는 어른도 없다. 아이는 모름지기 이렇게 개울물처럼 흐르면서 놀아야 한다는 것을 시인은 말하고 싶었을까.

　2연부터 5연까지 각 2행씩 짝을 맞춘 부사는 소리 내 읽어봐야 한다. 지금처럼 농지정리라는 이름으로 논을 반듯하게 규격화하기 이전의 개울이 바로 여기에 있다. 땅의 높낮이에 따라 자연스럽게 흘러가는 개울의 모습을 몇 개의 부사로 보여주는 솜씨는 놀랍다.

또로롤롱
쪼로롤롱

골짜기에서 흘러내린 물이 평평한 땅으로 뛰어내리는 모습이 연상된다. 비로소 개울이라는 이름을 얻게 되는 순간이다. 그 폭은 아직 좁지만 어디 있을지 모르는 바다로 향하는 출발점에 선 것이다.

띵굴렁
띵굴렁

물방울들이 이 골짜기 저 골짜기에서 모여들어 더 낮은 곳으로 굴러간다. 이제 좁다란 계곡물이 아니다. 구르면서 힘도 세졌다. 아이들이 동무들하고 뒹굴며 놀 듯이 개울도 흐르면서 몸이 튼튼해졌다. 서로 치고 받고 싸우기도 했을 것이고, 킬킬거리며 웃기도 했을 것이다.

허넓적
허넓적

그러다가 넓은 땅을 만나 개울의 폭이 넓어지기도 한다. 아이들의 넓적다리처럼 개울도 말랑말랑하고 순한 살결을 가지게 된 것이다. 뛰어가기만 하는 게 아니라 천천히 걸을 줄도 알게 된 것이다.

쪼올딱
쪼올딱

아이들이 성장하는 것처럼 개울물의 성장도 늘 순탄한 것만은 아니다. 폭이 좁은 여울이 되기도 하고, 자갈돌을 만나 부딪치며 제법 물소리도 낼 줄 알게 된다. 개울물이 시냇물까지 닿고 강이 되고 바다에 다다르려면 때로 상처 입고 우는 날도 있을 것이다.

요즘 아이들은 권정생 선생님이 만난 개울물을 좀처럼 보기 힘들다. 농지 정리와 하천 보수 공사를 내세워 물의 흐름을 완전히 뒤바꾸어 놓았기 때문이다. 사람들의 이익에 따라 개울물은 콘크리트 제방이 지시하는 대로 따라 흘러야 한다. 아이들도 놀고 싶을 때 제대로 놀 수 있는 아이가 없다. 어른들이 짜놓은 계획표대로 학원버스를 타야만 하고, 틀에 꽉 짜인 생활에 적응해야 한다. 곁길로 잠시 빠져나가려고 하면 불명예스럽게도 문제아라는 이름을 얻게 된다. 시인은 개울물의 흐름을 바라보면서 참 좋은 데로 갈 것 같다는 긍정의 시선을 보낸다. 그곳이 과연 어디인지 알 수 있는 사람은 없다. 이 동시를 읽으면서 참 좋은 그곳이 어디인지를 꼭 생각해볼 필요가 있다. 비록 험난한 과정을 거치면서 흐르는 개울물이지만 끝내 참 좋은 곳에 닿을 거라는 낙관주의적인 태도! 이것은 이 시의 결말 부분을 새겨 읽었을 때 참맛을 볼 수 있다.

한 가지 아쉬운 점 하나. 경북 북부지방 사람들에게 전화를 걸면 대뜸 "어데로?" 하고 묻는다. '누구냐?'라는 말 대신에 당신이 있는 곳이 '어디냐?'라고 되묻는 것이다. 이것은 장소를 밝히라고 다그치는 말이기도 하고, 당신이 누구인지 알려달라고 점잖게 부탁하는 말이기도 하다. 권정생 선생님도 생전에 즐겨 쓰시던 말이다. 2011

년에 나온 『동시 삼베치마』에는 선생님이 쓰신 대로 "어덴지"가 살아 있는데, 2012년에 같은 출판사에서 낸 동시선집 『나만 알래』에는 "어느 데인지"로 바뀌어 있다. 둘을 비교해서 읽어보니 원문의 사투리를 바꾼 게 지나쳤다는 생각이 든다. "어느 데인지"로 두 음절이 늘어나면서 이 시를 지배하는 리듬이 깨져버렸고, 선생님의 의도에서도 상당히 벗어난 결과가 되고 말았다. 차라리 '어딘지'로 바꿨더라면 어땠을까?

휴대전화여, 안녕
『고릴라는 핸드폰을 미워해』를 읽고

　내 주변 사람은 대부분 아는 사실이지만 나는 휴대전화가 없다. 어쩌다가 잃어버린 후, 나는 핸드폰과 이별을 고하기로 했다. 처음 얼마간은 불편하더니 곧 휴대전화 없는 생활에 익숙해졌다. 가끔 학교 연구실에서 집으로, 혹은 집에서 연구실로, 두어 번의 연락을 거친 후에 연결이 될 때마다 지인으로부터 불평을 들어야 하는 괴로움이 있긴 하다. 하지만 눈에 보이지 않는 구속으로부터의 자유는 무척 달콤하다. 얼마 전부터 나는 휴대전화 없는 삶이 단지 구속으로부터의 자유만을 선사하는 게 아니라, 지구상의 멸종 동물을 보호하고 무의미한 전쟁을 종식시키는 데 일조하는 거룩한(?) 일이라는 걸 알고 뿌듯해졌다.

　아프리카 중부에 위치한 콩고는 콜탄의 주생산국이다. 고온에 잘 견디는 콜탄은 주석보다 하찮은 광물로 취급받다가 최근 다이아몬드만큼 귀한 대접을 받게 되었다. 이 콜탄을 정련하면 나오는 금속 분말인 탄탈이 휴대전화와 노트북, 제트 엔진, 광섬유 등 첨단기기의 원료로 쓰이게 되면서 가격이 무려 20배나 치솟았기 때문이다.

내전 중인 콩고는 반정부군이 비싼 콜탄을 암시장에 팔아서 막대한 전쟁자금을 조달하는 바람에 전쟁이 쉽게 끝나지 않아 1990년대에만 무려 500만 명이 희생되었다. 게다가 콜탄의 주생산지인 카후지—비에가 국립공원은 세계적 희귀 동물인 고릴라의 서식지인데, 콜탄을 캐기 위해 몰려든 수많은 사람들에게 고릴라가 희생되어 그 수가 급격하게 줄고 있다. 야생동물이 한 종 사라지는 일은 멸종도감이 한 페이지 늘어나는 것으로 그치지 않는다. 그 생명체가 자연에서 담당했던 중요한 역할이 사라지기 때문에 생태계의 균형과 질서가 파괴되고 자연과 더불어 살아가는 인간도 적잖은 피해를 입게 된다.

'아름다운 지구를 지키는 20가지 생각'이라는 부제를 달고 있는 『고릴라는 핸드폰을 미워해』는 핸드폰, 세탁기, 냉장고, 나무젓가락, 화장지 등 우리 생활과 밀접한 물품들이 지구의 환경과 미래에 어떠한 영향을 끼치고 있는지를 알려주고 있다. 해마다 지구 곳곳에서 발생하는 엄청난 자연 재해는 모두 이러한 물품들이 지구를 치명적으로 파괴하여 생긴 결과라는 것이다.

우리가 음식점에서 무심코 사용하는 일회용 나무젓가락은 황사를 일으키는 원인 중 하나이다. 이 나무젓가락은 대부분 중국산이다. 이 젓가락을 만들기 위해 중국 땅의 수많은 나무들이 베어지면서 숲이 사라지고 있다. 사라진 숲을 복원하지 않아서 해마다 서울의 6배나 되는 어마어마한 면적이 사막으로 변하고 있다.

황사는 대륙을 거치면서 산업화의 몸살을 앓고 있는 중국 도시들이 내뿜는 중금속까지 섞여들어 가뜩이나 탁한 한반도 공기를 더욱 나쁘게 만든다. 매년 3월~5월에 우리나라를 방문하는 이 불청객은 천식 등 호흡기 질환을 유발하고 아토피 피부염을 심하게 만드는 원인이어서 초등학교가 휴교하는 일까지 벌어진다. 또한 황사가 동반하는 흙먼지와 탁한 공기는 항공과 통신 산업에도 장애를 일으킨다. 우리들이 무심코 사용하는 나무젓가락이지만, 이게 쌓이고 쌓이면 커다란 재앙을 불러올 수 있는 것이다.

그런 의미에서 『고릴라는 핸드폰을 미워해』는 환경 문제에 관심이 있는 이들만은 위한 책이 아니다. 지구상에서 살아가는 모든 이들에게 주는 따끔한 충고면서 환경 길잡이라고 할 수 있다. 아름답고 깨끗한 환경에서 맑은 공기를 호흡하며 건강하게 살고 싶은 것은 모든 이들의 소망이다. 이러한 소망을 이루는 것은 그리 어려운 일이 아니다. 아주 작은 일부터 시작하면 된다.

그래, 이 기회에 고릴라가 미워하는 휴대전화를 내던져버리면 어떨까? 그건 아주 작은 일이 아니라 매우 심각하고 큰일이라고 생각하는 사람이 많을 것이다. 지구는 망해도 휴대전화를 버릴 순 없다고?

노래로 만난 친구

조용호의 『노래, 사랑에 빠진 그대에게』

1

노래 한 소절이 문득 가슴속을 파고들 때가 있다. 과거에는 그저 한쪽 귀로 흘려듣던 대중가요 가사 한 토막이 어느 날 마음 한 끝을 사무치게 만들 때가 있다. 오랫동안 기억의 낡은 창고에 남아 있어 혼자 걸을 때마다 나직이 흥얼거리게 되는 노래가 있는가 하면, 길거리의 스피커에서 뜬금없이 흘러나와 잠시 동안 온몸을 저리게 만드는 노래도 있다.

어떤 노래는 사람과 사람을 이어주기도 한다. 오뉴월 땡볕 아래 김 매는 사람들의 아픈 허리를 골고루 어루만져주는가 하면, 상여를 메고 가는 사람들의 고된 어깨를 어화넘차 어화넘, 쓰다듬어주기도 하고, 칭얼거리다가 무릎 위에 잠든 어린것을 알캉달캉 꿈의 나라로 데려가기도 한다. 학생과 군인과 노동자의 제복이 그들의 외모를 하나의 괄호 안에 묶을 때, 노래는 그들의 내부를 보이지 않게 하나로 연결해준다. 그게 노래의 힘이다.

어떤 노래를 두고 좋아하는 사람과 싫어하는 사람이 나뉘기도 한다. 육자배기를 좋아하는 할머니와 랩을 좋아하는 손녀는 노래를 통해 같이 어울리기가 쉽지 않다. 송창식을 좋아하는 아버지와 서태지를 좋아하는 아들이 노래를 화제로 대화를 나눈다면 부자 사이가 때때로 삐그덕거릴지도 모른다. 노래는 세대간의 애증을 확인시켜주는 저울인 것이다.

내 친구, 조용호. 그와 내가 친구인 까닭은 내가 아는 노래를 그가 알고, 그가 아는 노래를 내가 알기 때문이다. 물론 그가 나보다 더 많은 노래를 알고 있고, 나보다 더 구성지게 노래를 잘 부르기는 하지만.

2

한국에서 사내들의 모임이란 대체로 차를 마시고, 밥을 먹고, 술잔을 연거푸 돌리는 순서로 진행이 된다. 그러다가 술자리가 파장으로 가기 시작하면 부나비가 불을 찾듯이 노래방으로 발걸음을 옮기기 일쑤다. 1961년생 소띠라는 이유 하나만으로 먹고 마시는 모임이 하나 우리들에게도 있는데(이 모임의 구성원과 구체적인 음주 습관, 대화 내용 등은 조직의 비밀이므로 더 이상 누설하지 않겠다), 이 모임에서 어지간히 취기가 오르면 늘 노래방 쪽으로 소매를 잡아당기는 사내가 있다. 바로 조용호다. 비록 좁고 어둡고 소란한 공간이지만 적어도 노래방에서는 노래방 법도란 게 있을 법하다. 여럿이 한 방에 나란히 앉아 있을 때는 자기 차례가 오기까지 박수라도 치면서 온순하게 기다릴 줄 알아야 하는 것이다. 조용호라는 자는 그러한 예의 범절과는 아예 담을 쌓은 듯 노래방에 들어섰다 하면 혼자서 마이크를 독차지하는 못된 버릇을 가지고 있다. 그의 목과 입에서 터져나오는 노래의 종류도 걷잡을 수가 없다. '사, 사랑을 할려면'에서부터 '눈 녹은 삼팔선'을 거쳐 '찢기는 가슴 안고 사라졌던'에 이르기까지. 좀 조용히 기다릴 일이지, 지가 무슨 용이라도, 호랑이라도 되는 것처럼.

조용호는 대체 왜 그렇게 노래를 부르고 싶어하는 것일까? 나중에야 안 일이지만 그는 80년대에 일찍이 민요연구회 활동에 아주 열성적으로 참여한 이력이 있었다. 그것은 '어긋짱난' 세상을 노래로 읽으면서, 또한 노래로 '빤듯한' 세상을 세우는 꿈을 꾸는 일이었다. 노래와 세상, 노래와 사람살이와의 근친 관계를 터득한 그가 노래의 생명력을 신봉하는 것은 당연한 일일 터. 노래와 사랑에 빠진 그는 이렇게 말한다.

우리 민족만큼 노래와 친밀한 백성들도 드물다는 얘기가 허언은 아니다. 시골 마을까지 노래방이 확산돼 이미 한 때의 유행 차원을 넘어서서 음식점처럼 생활 깊숙이 뿌리를 내리게 된 것도 이러한 정서에 기인하고 있다. 그러나 불행하게도 우리 민족 정서의 바탕을 관류하는 우리 노래는 그 노래방에 없다. 일제의 식민지 시대를 거치면서 일본의 민요가락인 엔가에 점령당해, 그 아류인 소위 '뽕짝'이 전통가요로 대접받고 있는 실정이다. 뽕짝이 자리를 비운 여백에는 서양 형식의 대중가요들이 판을 친다. 그러나 어쩌랴, 비록 정서의 단절 속에 형식은 달라졌지만 사람 살아가는 내용의 진술한 힘이 담긴다면 그나마 험난한 세상살이의 위안으로 삼을 수밖에.

우리 민족의 정서를 온전히 담고 있는 노래의 맥이 끊긴 것을 못내 아쉬워하면서도 그는 분노하거나 체념하지 않는다. 그가 오히려 관심을 가지는 것은 외래 음악의 지대한 영향권 아래 놓여 있으나 질경이처럼 끈질기게 대중들의 사랑을 받아 온 대중가요의 생명력이다. 우리 사회에서 대중가요는 노래만 있었지 그것이 존재하는 이유를 설득력 있게 해명하고 옹호하는 사람은 드물었다. 강단 음악은 대중가요를 의도적으로 무시했고, 지식인들은 거들떠보기를 꺼려하는 영역이었다. 그러나 그들이 외면하고 있을 때 대중가요는 대중을 완전하게 장악하였다. 대중가요는 외로웠으나, 대중이 있었기에 외롭지 않았다.

손쉽게 따라 부르는 노래 하나에도 그 나름대로 절실한 사연이 깃들여 있다는 것에 대해 조용호는 주목한다. 그래서 일제강점기부터 90년대에 이르기까지 이 나라 대중들의 심금을 울린 노래의 자취를 부지런하게 찾아 다녔다. 양희은의 목소리를 따라 한계령을 넘고, 정태춘의 기타 소리를 좇아 서해로도 갔다. 천등산 박달재를 울고 넘는 이들을 만나기도 하고, 안개 긴 장충단공원을 혼자 걸어 보기도 하였다. 오랫동안 신문사 기자로 일하고 있는 자의 아름다운 근성인가. 노래에 얽힌 전설과 역사와 지명의 유래까지 빠뜨리지 않고 조목조목 기록하였다. 그리하여 이 책은 노래기행의 보고서이면서 노래의 사회사를 더듬는 훌륭한 풍경화로서의 면모를 갖추게 되었다. 그림이나 사진에서도 그 배경이 중요하듯이 노래의 배경에도 이렇듯 사무치는 이야기가 많다는 것을 우리는 이 책을 통해 알게 된 것이다. 세상에 까닭 없이 피는 풀꽃은 하나도 없구나!

예로부터 시는 노래였고, 노래 또한 시였다. 생활 속에서 자연스럽게 노래와 시가 나왔으니 그 둘을 따로 떼어 논의할 필요가 없었다. 시가 음악성을 간직한 채 문학이라는 별채에 들어가 살게 된 것은 우리나라에서는 근대 이후의 일이다. 이 책의 3부는 문학과 음악으로 분화된 시와 노래가 현대에 와서 어떻게 재결합하고 있는지를 탐색한다. 한 편의 시가 태어난 배경이 되는 현장을 발로 찾아가며 아마 조용호는 노래가 된 시를 낭송하지 않고 노래로 불렀을 것이다. "모내기 전에 돌아가리라／황새 떼 오기 전 돌아가리라." 신경림 시인의 시에 곡을 붙인 이 노래를 부를 때는 노래 가사처럼 어느 남한강변에서 두 주먹을 불끈 쥐었을지도 모르는 일이다. 광주 망월동에 누워 있는 넋들을 찾아가 '임을 위한 행진곡'을 부를 때에도 그는 그랬을 것이다. 내가 아는 조용호는 그 바위 같은 묵직한 덩치와는 달리 아주 감성적인 사내인 것이다.

감성적으로 이 세상을 산다는 것은 만물의 변화를 민감하게 받아들일 준비가 되어 있다는 뜻이다. 오감이 세상을 향해 열려 있으니,

감성적인 인간은 작은 바람 한 줄기에도 쉽게 흔들리고, 사소한 말 한마디에도 상처를 받기 십상이다. 그러나 감성과 감상(感傷)은 분명히 다르다. 감성은 예민함을 오래 지킬 줄 알지만, 감상은 그것을 슬픔 쪽으로만 일방적으로 몰아가는 것이다. 조용호의 감성은 특히 서정으로 촉촉한 문체 속에서 빛을 낸다.

나는 이 책을 읽으면서 그의 서정적인 문체가 주는 즐거움 때문에 군데군데서 소설을 읽는 듯한 느낌을 받기도 하였다. 노래를 찾아 그는 비행기를 타고 유럽까지 날아가기도 하였는데, 이태리의 베네치아에서 야간열차 여행을 할 때의 공포를 그는 이렇게 털어놓기도 한다. 마치 그 스스로 소설 속의 주인공이라도 된다는 듯이.

세 명씩 마주보고 앉게 되어 있는 나의 객실은 텅 비었고, 바깥에는 바람이 거세게 불고 비가 내리는 밤이었습니다. 칠흑처럼 까만 밤 속으로 간혹 불빛 몇 개가 숨바꼭질 하긴 했지만 그것도 잠깐, 열차는 이태리로 넘어가는 산맥 속으로 기어 들어가는 느낌이었습니다. 갑자기 열차가 서더군요. 한참을 죽은 듯이 서서 차창을 두드리는 빗소리만 듣고 있던 열차가 어느 순간 유령처럼 움직이는가 싶더니, 또다시 슬그머니 서 버리고 마는 겁니다. 그런 긴장의 순간들이 계속되었습니다. 시간은 어찌 그리도 더디게 흐르던지. 기다란 열차에 혼자만 타고 있는 듯한 적막감이 엄습해오고, 이곳에서 일을 당해 지도상에서도 짚어 내지 못할 멀고 낯선 깊은 산 속의 비오는 밤 철로 변에 버려지는 불길한 상상까지 꼬리를 물었습니다. 솜털까지 바짝 곤두서는 공포가 몰려왔습니다. 사위에는 인기척 하나 없고 번개와 천둥을 동반한 비바람마저 갈수록 거세졌습니다.

3

아니나 다를까, 내가 이 짧은 글을 쓰기 위해 전전긍긍하고 있는 중에 조용호가 기어이 일을 저질렀다는 소식이 들려 왔다. 그가 계간 『세계의문학』 가을호에 단편을 발표하면서 소설가로 데뷔를 하였다는 것이다. 등단 작품의 제목은 「베니스로 가는 마지막 열차」. 나는 이 소설을 부랴부랴 찾아 읽었다. 나이는 동갑이지만 문단의 밥그릇으로는 내가 십수 년 선배인 것을 이 동무한테 과시하면서 우선 축하를 해 주고 싶었으며, 등단 소설이 『노래, 사랑에 빠진 그대에게』와 혹시라도 무슨 연관이 있을까 싶어서였다. 과연 그랬다. 그의 소설은 80년대를 낭만적 열정으로 지새웠던 이들의 뼈아픈 고뇌와 베니스로 가는 열차 안에서의 공포와 고독이 암울하게 겹쳐진 그림이었다. 어떻게 보면 『노래, 사랑에 빠진 그대에게』는 앞으로 소설가로서의 운명을 걸머지게 된 조용호의 밑그림인지도 모른다. 역사로부터 자유롭지 못했던, 그러나 역사를 통해 새로운 삶을 설계하고 조망할 수 있었던 우리 세대의 공통된 체험들이 한동안 그가 쓰는 소설의 뿌리를 이루리라 짐작해 본다.

삶의 체험과 노래의 체험은 별개가 아니다. 두 사람이 만나 서로 같은 노래를 공유하고 있다는 것을 확인하는 것은 살아온 세월을 확인하는 것과 마찬가지다. 그 둘은 서로 다른 공간에서 서로 다른 일을 하면서 살았지만 똑같은 노래를 듣고 불렀다는 동류의식 때문에 행복해질 수 있는 것이다. 노래로 하여 조용호와 나는 행복하다.

그런데 아무리 생각해도 우리들 노래의 고향이 노래방은 아니다. 우리는 노래방에 포섭되기 이전의 노래, 혹은 노래방에 포섭되지 못한 노래에 대한 향수를 떨쳐버릴 수가 없다. 조용호하고 노래방이 아닌 개다리소반에 술잔을 놓고 젓가락을 두드리며 노래를 부를 날을 위해 지금부터라도 준비를 착실히 해야겠다. 서점에 가서 두꺼운 대중가요 책이라고 한 권 사든지, 소싯적처럼 메모지에 노래 가사를 빼곡이 적어 외우든지.

아, 그런데도 여전히 절망스러운 것은 그가 나보다 노래를 훨씬 잘 부른다는 사실이다. 아나, 썩을놈!

투명한 응시

이동순 시집 『마음의 사막』

    이동순, 이라는 말을 들으면 나는 저절로 까까머리 고등학생 시절로 돌아간다. 고개를 푹 숙이고 멈칫거리며 손가락으로 검은 뿔테 안경을 자꾸 추켜올리고 싶어진다. 70년대 후반, 대구의 어느 화랑에서 열린 '자유시' 시화전에서 나는 이동순, 이하석, 정호승과 같은 이름하고 처음 조우하였다. 그 이름들은 당시 한창 젊었고, 나는 새순처럼 어렸다. 그 이름들은 화랑의 눈부신 조명만큼이나 밝았고, 나는 형편없이 작았기 때문에 어두웠다. 그 이름들은 바다 위에 환하게 불 켠 오징어 배였고, 나는 검은 바닷속의 한 마리 오징어였는지도 모르겠다. 그때부터 문학이라는 미몽의 불빛에 이끌려 나는 여기까지 왔고, 그 이름들 아래에서 파닥거리며 감히 먹물을 어지럽게 갈기고 있으니 말이다. 특히 "맨드라미의 하늘도 시들어/꽃피던 마을은 이제 처참하다"로 시작하는 이동순 선생의 등단 작품 「마왕의 잠」 첫머리를 자주 중얼거리면서 내 시의 뼈는 굵어졌다. 그 정체를 알 수 없는 절망에 매혹되어 시인께 습작시를 몇 차례 보낸 적도 있었다. 그럴 때면 시인은 정갈하고 유려하며 자상한 필체로 장문의 답장을 보내주시곤 하였다. 그러니 나에게는 시인이 언제나 높다란 '선생님'일 수밖에 없고, 나는 시인에게 경상도식 발음으로, 'ㄴ'이 탈락된, 어린 '도혀이'일 수밖에 없다.

　내 책꽂이에 꽂혀 있는 이동순 시인의 첫 시집 『개밥풀』은 시간의 빛이 누렇게 바랜 비닐 장정이다. 판권을 보니 1980년 4월 25일에 초판이 나온 것으로 되어 있다. 시집을 잃어버리지 않으려고 속표지에다 내 이름과 함께 그해 11월 16일에 구입했다고 써둔 자잘한 글씨도 보인다. 나는 스물이었고 그 무렵 시인은 삼십대 초반이었다.

> 죽기 전에 소원이 있다면 꼭 한 가지
> 대대로 이어진 나와 당신의 작은 눈이나마
> 영영 꺼지지 않는 이 나라의 불씨가 되어
> 북녘 고향 찾아가는 벅찬 행렬을
> 두 눈이 뭉개지도록 보고 또 보았으면 하는 것입니다

　첫 시집에 실린 「내 눈을 당신에게」이다. 여기에서 시인은 비록 다른 화자를 통해서이지만 대상을 "두 눈이 뭉개지도록" 보고 싶다는 간절한 소망을 숨기지 않는다. 뭉개진다는 것은 원래의 형상이 으깨져 소멸 혹은 죽음에 이른다는 것이다. 즉 뭉개지도록 보고 싶다는 말은 육체의 희생을 감수하고서라도 염원이 실현되기를 바란다는 의지의 표현이다. 그런데 이제 시인은 '지금, 이곳'에서 이루지

못한 것을 끝내 이루려는 지사적 열망으로부터 훌쩍 벗어나 있다. 어느덧 오십대에 다다른 시인의 눈은 열망이 이루어지는 순간의 벅찬 감격을 찾는 일에 매달리지 않고 있는 것이다. 시인은 그저 보이는 대로 보고 들리는 대로 들을 뿐이다. 열망보다는 열망의 뒷면을, 집착보다는 집착의 너머를 응시하고자 한다.

이러한 응시는 이번 시집에서 타클라마칸이라는 공간에 집중되어 있다. 시인은 왜 하필이면 타클라마칸에 가서 그곳의 풍경을 응시하는 자아를 시의 전면에 내세우는 것일까? 그것마저 또 다른 집착은 아닐까? 특정한 장소에 대한 집착은 삶의 집착에서 벗어나려는 태도와 모순되는 것은 아닌가 하고 고개를 갸웃거릴 수도 있다. 이런 어리석은 의문에 답을 주는 시구가 있다. 「세상의 바람」에서 시인은,

저 들의 풀씨를 보라
지난 봄 개울가에서 여문 씨앗들이
바람에 날아가 이웃마을 산기슭 노랗게 물들인
그 내력을 유심히 살펴보라

고 말한다. 시인의 관심은 산기슭을 물들인 노란 풀꽃이 아니라 그 근원인 풀씨에 기울어 있다. 이동순 시인에게 시를 쓰는 행위는 풀꽃을 응시하며 어디선가 날아왔을 그 풀꽃 씨앗의 내력을 살피는 일과 크게 다르지 않다. 유심히 살피기는 할지언정 풀꽃의 삶에 대

해 간섭하거나 참견하지 않겠다는 것이다. 참견은 집착에서 나오는 것임을 알고 있는 까닭이다. 그래서 이 뒤에 이어지는, "날아가자／바람 타고 저 멀리로 날아가자"는 구름과 바람의 보챔에도 기꺼이 동의를 할 수 있게 되는 것이다.

> 나는 장승처럼 서서
> 사방을 물끄러미 둘러본다
> 너는 어디에서 왔는가
> 너는 누구인가
>
> 「바양고비 가는 길」 부분

이 시의 전반부에서는 잔치가 열린 마을에서 소와 양을 잡는 살벌한 광경이 제시된다. 하지만 시인은 '물끄러미' 사방을 둘러볼 뿐이다. 두 눈이 '뭉개지도록' 보지 않고 '물끄러미' 둘러본다는 것, 그것은 풍경에 격렬하게 취하지 않는 자가 누릴 수 있는 권리이다. 외부를 향한 격정은 자신을 돌아볼 틈을 주지 않지만 '물끄러미' 바라보는 사람은 세상을 한 바퀴 휘돌아 결국 자신을 들여다보게 된다. 타클라마칸에 집착함으로써 역설적으로 생을 응시하는 지혜를 터득하게 된 시인이 사막을 떠돌며 얻은 소득은 사물에 깃들인 슬픔의 그림자들이다. 한 예로, 타클라마칸이라는 광대무변한 사막에서 만난 낙타와 말과 노새의 눈망울에서 시인은 한결같이 "슬프고 서러운 물기"를 읽어낸다. 명사산을 보면서도 "저 모래 산의 가슴속 슬픔은 무엇일까" 하고 가만히 묻는다. 이번 시집을 폭넓게 감싸고 있는 이 슬픔의 정조는 위에 인용한 시의 마지막 두 줄처럼 자신의 존재를 묻는 질문에서 생겨난 것이라고 할 수 있다. 시인이 "타클라마칸을 건너가는 일은 인간에게 맡겨진 숙명"이라고 시집 후기에서 고백하고 있듯이 인간의 숙명에 대한 자각은 슬픔을 내포하게 마련이다. 모든 존재는 슬프지만 그렇다고 시인이 애써 존재의 표면에다 슬픔을 채색하려고 의도하지는 않는다. 슬픔은 존재 속에 이미 내재되어 있던 것인데 시인의 섬세한 시선이 닿아 바깥으로 스며나온 것일 뿐이다. 그러한 슬픔의 형상은 「고도 카시가르」 같은 시의 뒷부분에서는 '방울소리'로 변주되어 나타나기도 한다.

> 가는 곳도 모르고
> 허겁지겁 내닫는 말은
> 고단한 말굽소리 쉴 새 없이 또각거리며
> 천년 고도의 밤길을 달려갔다
> 이윽고 말은 보이지 않고
> 방울소리만 남았다

　말의 방울소리는 말이 짐을 싣고 걸을 때에만 나는 소리다. 하지만 현재 말굽소리를 내며 달리던 말은 눈앞에 없고 방울소리만 또렷이 남아 있다. 이 시에서 '이윽고'는 문맥의 앞뒤로 길게 걸쳐 있다. 이 세 음절의 부사는 쉴새없이 움직이던 말을 시야에서 완전히 사라지게 하는 동시에 결정적으로 방울소리를 남겨두는 중요한 역할을 맡는다. 마부의 채찍질에 의한 말의 고된 노동이 과거라면 남겨진 방울소리는 현재인 셈인데, 이 사이에서 '이윽고'는 방울소리에 울림을 만들어낸다. 말은 사라졌지만, 그 사라짐 뒤에 남은 방울소리는 묘한 슬픔으로 우리의 귓가를 두드리고 마음 한쪽을 찔러낸다. 그 방울소리는 실체가 없기 때문에 더욱 애잔하게 들린다. 이동순 시인의 시가 '이윽고' 당도한 곳은 바로 집착을 놓아버린 '마음의 사막', 즉 스스로 자유로운 욕망의 주인으로 서 있는 공간이다. 그곳은 "인간의 모든 알량한 세속적 명리와 이욕과 구별 따위"(「타클라마칸」)가 사라진 곳이다.

> 서역이란 말에는
> 향긋한 무화과의 냄새가 난다
> 잘 익은 하미과의 단내도 물씬 풍기고
> 백양나무 가로수 길을 달려가는 노새의 방울소리도 들린다
> 그 노새가 끄는 수레에 올라탄
> 일가족의 도란거리는 이야기도 들린다
>
> 서역이란 말에는
> 아득한 모래벌판을 성큼성큼 걸어오는
> 황사바람의 냄새가 난다
> 그 사이로 악기 반주에 맞추어 휘도는 호선무(胡旋舞)와

구릿빛 얼굴로 바라보던 위구르 사내의
동그란 모자가 보인다

서역이란 말에는
땅속에서 파내었다는 비단조각, 거기서 보았던
천년 전 물결무늬가 먼저 떠오르고
그런 무늬와 비슷한 천으로 지은 옷을 입고 상추처럼 웃던
쿠차의 한 처녀가 생각난다
잠시 스쳐간 그녀 내 전생의 연인이었으리

「서역」 전문

타클라마칸, 혹은 서역에 관한 시인의 관심이 집약되어 있는 아
름다운 시다. 서역의 온갖 과일은 향기로우며, 거친 길을 가는 수레
에 올라탄 가족들이 도란거리는 모습은 단란하기 그지없다. 사나운
모래바람도 성큼성큼 걸어오는 아저씨처럼 유순하고 너그럽다. 그
리고 천 년 전에 죽은 자의 옷 조각에서 천 년 전의 자잘한 물결무
늬를 떠올린다. 이러한 연상과 상상은 서역이라는 황량한 장소를
행복과 애정이 넘치는 공간으로 변모시킨다. 어찌 보면 서역은 시
인의 의식을 해방시키고 상상력을 최대한 자극하는 공간인지도 모
르겠다. 이번 시집에서 타클라마칸과 몽골 시편들이 다수 들어 있
는 것도 그와 무관하지 않을 것이다. 게다가 이동순 시인은 서역에
서 만난 풍경과 거기서 얻은 정제된 상상력이 시의 형식 바깥으로

넘치게 놔두지 않는다. 위의 시는 '(냄새가) 난다' '(소리가) 들린다' '(무엇이) 보인다' '(누가) 생각난다'는 네 개의 단순한 서술어로 구성된 문장구조를 가지고 있다. 그럼에도 후각과 청각, 그리고 시각적 이미지가 행복하게 결합하고 있는 것이 이채롭다. 지극히 간결하고 투명한 문체, 일상을 관조하는 들뜨지 않는 어조는 시적 형식이 아니라 이제 시인의 세계관이 투영된, 또 다른 시적 모색의 소산처럼 여겨진다. 모든 수사는 욕망을 확대하고자 할 때 이용되는데, 이번 시집에서 보여주는 수사의 절제력이 인간의 단순한 삶에 대한 동경으로 이어지는 것은 매우 자연스러운 일이라 하겠다.

> 말 젖을 짜서
>
> 마른 목 추기고
>
> 말 젖에 침 뱉어서 술을 빚고
>
> 그 술 마시고 취해
>
> 말 등에서 앞뒤로 흔들거리며
>
> 말 노래 부른다
>
> 그러다가 다시 흥이 일면
>
> 말머리 조각한 마두금 들고 나와
>
> 악기 연주하며
>
> 밤 꼬박 지새우는데
>
> 이때 말들은
>
> 초원에 선 채로 뒷굽을 차면서

콧김 푸르륵거리며

주인 노래 잘 듣고 있다는 표시를 한다

이윽고 새벽이 되면

잘 마른 말똥에 불 지펴

뜨끈뜨끈한 천막집 불기운 옆에서

코 골며 잠잔다

「담백한 삶」 전문

    시의 제목처럼 '담백한 삶'은 단순한 삶의 다른 표현이다. 여기에서 인간과 짐승 사이에는 경계도 날카로운 각도 없다. 오로지 둥근 원융의 세계만 존재할 뿐이다. 메마르고 차가운 사막에서 젖과 술은 그 액체의 모성으로 '뜨끈뜨끈한' 기운을 만들어낸다. 그 기운은 인간의 처소의 온기가 되고, 그 온기는 삶을 견인하는 노동의 신명이 되고, 그 신명은 경계와 구분이 없는 세계를 지속시키는 원동력이 된다. 「말과 초원」, 「풍장」, 「똥」과 같은 시에도 초원에 터를 잡고 살아가는 만물을 유기체로 파악하는 시인의 인식이 적절하고도 유쾌하게 그려져 있다. 타클라마칸에서 시인은 단순하게 사는 게 가장 아름답게 사는 길임을 터득했다. 사막을 떠돌며 풍경을 응시하는 동안 시인은 사막의 비밀을 엿본 게 틀림없다. 사막의 달빛이 "가장 아름답고 깨끗하고 신비스러운/사막의 영혼"(「사막의 달」)이라고 적고 있으니 말이다.

    이동순 시인의 투명한 응시와 관조의 시학은 수천 년에 걸쳐 누적된 사막의 모래언덕처럼 켜켜이 시간을 쌓고 깎은 흔적을 보여주고 있다. 겉으로는 태연한 듯 보이지만 실은 남들이 짐작하지 못하는 내공으로 오랫동안 어루만져진 시들이다. 언젠가 한번 시인이 들려준 적 있는 아코디언 소리를 생각한다. 그 건반을 짚는 예민한 손이, 주름상자를 움직여 섬세한 소리를 울려내는 손이 이 시집의 투명한 울림을 만들었다. 기회가 된다면 시인이 누비고 다닌 타클라마칸을 뒤쫓아 가서 사막 한복판에서 그 아코디언 소리를 듣고 싶다. 그때 나는 한 마리 나귀가 되어 방울소리를 딸랑거릴까?

이종민의 음악편지

　이종민 선생의 고향은 완주 화산이다. 화산은 전주 쪽에서 대둔산으로 들어가는 초입인데, 옛 성터가 올려다 보이는 산의 기세는 호기롭고 그 골짜기에서 모여 흐르는 물은 사철 차고 맑다. 그 산과 그 물 사이에 화양모재(華陽茅齋)라는 볕 잘 드는 집이 한 채 있다. 이종민 선생의 고향집이다. 그곳에는 지금도 자당께서 집을 지키며 혼자 살고 계신다. 밥 먹고 잠자고 일하는 곳과 멀지 않은 곳에 태를 묻은 고향이 있고, 고향집이 있고, 어머니가 바로 지척에 계시니 나로서는 선생이 그저 부러울 따름이다. 살다가 이런저런 일로 목에 가시가 걸리는 날이면 스스럼없이 그리로 달려갈 수 있고, 고향집의 지붕만 멀리서 바라봐도 그 가시가 쑥 빠질 테니 말이다.

　안 그래도 이종민 선생은 고향집을 가만 놔두지 않는다. 수업을 듣는 영문과 제자들을 떼거지로 몰고 가 먹이고 재우는가 하면, 철 따라 갖은 이유를 만들어 풍성한 술판을 조직하고, 근래에는 집 앞 텃밭에다 매실나무를 수십 그루 심어 그걸 가꾸는 데 남다른 정성을 보이고 있다. 그 매실나무에 열린 매실로 술을 담그는 일도 중요한 한 해 과업 중 하나인데, 나만 해도 그동안 얻어 마신 술 주전자의 개수를 헤아리기조차 힘들다.

나는 어쩌다가 선생의 고향집에 따라가게 되면 고기를 굽는 부역을 도맡게 된다. 난들 왜 눈과 코를 찌르는 매캐한 연기를 좋아하겠는가마는, 한번은 선생이 "어, 고기 좀 굽네?" 하고 칭찬을 하는 통에 덩달아 신이 나서 그만 고기 뒤집는 전담요원이 되고 만 것이다. 이종민 선생의 말투는 대체로 자상하면서도 그 속에 따끔한 침이 한 방 들어 있을 때가 많다. 그게 침인 줄 모르고, "어, 시 좀 쓰네?" "어, 술 좀 마실 줄 아네?"라는 말을 들으면 나는 스스로 내가 시도 잘 쓰고 술도 잘 마시는 인간인 줄로 착각해버린다. 아뿔싸! 다 매실주 탓이다.

내가 보기에 이종민 선생은 갑부다. 옛날에는 누구 땅을 밟지 않고는 서울을 가지 못했다는 말로 만석지기를 추켜세우곤 했지만, 전주에서 이종민 선생의 발길과 입김이 닿지 않는 곳은 전주가 아니므로 그이를 전주의 갑부라고 불러도 좋을 것이다. 고로, 적어도 전주에서는 경차 마티즈를 타고 다니는 그이를 거치지 않고는 전주를 논하지 말아야 하고, 논해서도 안 되고, 또 논해봤자 별 소득도 없을 것이다. 알다시피 전북대학교와 한옥마을, 그리고 '문화저널'이라는 트라이앵글 안에만 그이가 머무는 게 아니다. 트라이앵글은 밑변이 트여 있으므로 실은 안과 밖이 따로 없다고 할 수 있다. 그 트인 틈으로 내보내는 소리의 울림, 그것이 바로 '이종민의 음악편지'가 아닐까?

이종민 선생은 그의 생각을 담은 글에 추천 음악을 얹어 음악편지라는 이름으로 지인들에게 이메일을 보내주는 일을 2000년부터 이어오고 있다. 음악의 고전성과 편지의 낭만성을 결합한 이 신종 울림통이 내는 소리를 전해 듣다가 보면 우리는 그이가 얼마나 부지런하고, 열성적이고, 깐깐한 사람인가를 알게 된다. 그리고 한편으로는 그이가 얼마나 따뜻한 현실주의자인지도 짐작하게 된다. 정치나 문화현상에 대해 매서운 질책을 가하다가도 종종 위로의 등을 두드려주는 일을 잊지 않는 것 좀 보라.

고백하자면 나는 음악편지가 도착하면 음악이라는 건더기는 빼고, 편지라는 국물만 들이마시는 편이다. 음악에 대한 무식의 소치이겠으나, 이종민 선생의 다양한 관심을 도대체 따라잡을 수가 없을 뿐만 아니라, 그 관심의 영역에 얼씬거릴 용기가 나지 않기 때문이다.

편지의 내용만 해도 우물 안 개구리로 사는 나는 벅차기만 하다. 역사·문학·전통문화·환경운동·영화·창극·철학·농사 ·축제·등산·음주가무·가족·우정……. 손으로 다 꼽을 수조차 없다. 가히 사통팔달, 분류불가의 경지라고 해야 할 듯하다. 그중 어느 하나를 꼭 집어 아는 체 하다가는 도리어 내 마음의 빈 곳간만 들키고 마는 꼴이 되니 이쯤에서 슬그머니 꼬리를 빼는 게 상책일 듯하다.

우리는 단둘이서 술을 마시거나 이야기를 나눠본 적이 별로 없다. 그러기 싫어서가 아니라 그럴 수 있는 여건이 마련되지 않기 때문이다. 이종민 선생의 옆에는 언제나 사람이 끓는다. 그이의 몸속에는 사람을 끌어당기는 자석 같은 게 있어서 주위의 쇳가루들을 쉬지 않고 불러 모은다. 나도 그 쇳가루 중의 하나인 셈인데, 독대의 기회를 좀처럼 주지 않는 그이하고 오붓하게 길을 떠난 적이 딱 한 번 있다.

몇 해 전에 '따뜻한 한반도 사랑의 연탄나눔운동'에서 주관한 개성나무심기 행사에 참여했을 때 일이다. 나는 나대로 북한에 나무 심는 일을 거들고 있고, 선생은 굶주리는 북쪽 아이들을 도우려고 동지모금운동을 벌이고 계시는 터라 의기투합해 개성을 갔던 것이다(본문에 쓰여 있는 대로 나의 '꾐'이라고 생각하면 오해다). 이종민 선생은 예의 그 맑은 눈빛으로 북녘 산하를 둘러보았고, 말 잘 듣는 모범생처럼 개성의 헐벗은 산에다 소나무 묘목을 열심히 심었다. 그리고 꽤 값이 나갈 것 같은 디지털 카메라로 낯설고 신기한 풍경들을 촬영하는 데 열중하셨다.

그게 결국은 탈이 나고 말았다. 돌아오는 길에 북쪽의 출입국관리소에서 덜컥 덜미를 잡히고 말았던 것이다. 우리 일행을 태운 관광버스를 세워두고 그이는 생애 최초로 '북조선 군관동무'와 기를 겨루는 일전을 치르게 되었다. 나는 그이가 어떤 취조를 당하고 있는지 내심 궁금하기도 하고 불안하기도 해서 막사를 기웃거렸다. 그러다가 또 다른 군인의 호통소리를 듣고는 얌전하게 버스에 먼저 올라가 있어야 했다. 결국 반성문을 써내는 것으로 작은 소란은 막을 내렸지만, 그야말로 생애 최초로 반성문을 제출한 선생의 심정이야 이해하고도 남는다(아마 그들이 트집을 잡은 것은 사진의 내용이라기보다는 빵빵한 배낭과 카메라의 질이었는지 모른다).

　나는 속으로 쾌재를 불렀다. 전라도 땅 화산의 천재가 반성문을 썼다네! 나는 두고두고 놀려 주리라 마음을 먹었다. 하지만 여태 한 번도 그럴 기회가 없었다. 그이는 내가 입을 열기 전에 벌써 음악편 지를 통해 강호의 지인들에게 그 일을 이실직고하고 말았으니 때를 놓친 것이다. 음악편지를 묶은 원고를 읽으면서 이종민 선생의 유 리알같이 투명한 삶의 자세, 우리 문화에 대한 각별하고 애틋한 애 정, 멋이 무엇인지 아는 식견, 멋을 어떻게 부리는지를 아는 혜안, 세상을 향한 물기 촉촉한 시선 앞에 나는 손을 들 수밖에 없었다. 항복이다.

나란히 앉아서 별말 없이
자작나무 숲을 바라보았다

백가흠(소설가)

"어떻게 지냈어? 네가 글을 쓸 줄은 몰랐다."

중학교를 졸업하고 12여 년 만에 만난 그가 내게 말했다. 우리는 별 말 없이 오래도록 자작나무 사이를 오가는 가을바람을 바라보았다. 그는 내가 이리중학교를 다닐 때 국어 선생님이었다. 그의 시 「그리운 이리중학교」의 그는 선생님이었고, 나는 학생이었다. 그에게 직접 배운 적은 없다. 가끔 백일장을 따라다녔는데 그는 우리들을 인솔하는 젊은 선생이었다. 그저 하루 땡땡이를 친다는 것에 들뜬 중학생 시절이었다. 그도 마찬가지였을까, 소나무 그늘에 신문지를 얼굴에 덮고 낮잠을 청하는 그의 모습이 마냥 신기하게만 느껴지던 시절이었다. 백일장 와서 농땡이 친 게 들킬까 봐 우리들은 눈치를 보곤 했는데, 그는 다른 선생들과는 좀 달랐다. "뭘 좀 썼어?

대충 마무리하고 짜장면 먹으러 가자." 백일장이 끝나면 그는 우리에게 짜장면을 사줬다. 우리를 바라보던 다른 학교 친구들의 부러워하던 눈빛이 수십 년이 훌쩍 넘었어도 선하다. "문학이란 게 뭐 있어? 짜장면이나 같이 먹는 거지." 그가 앞장서며 중얼거렸던가. 선생에겐 선생질도 배우는지라 나도 가끔 강의 시간에 학생들에게 같은 말을 하며 짜장면을 돌리곤 했다.

그는 소년이었다. 작고 마른 몸, 두꺼운 뿔테가 무거워 보일 만큼 희고 작은 얼굴의 그였다.

"이제 형이라고 불러라."

중학교 졸업 후 강원도에서 처음 봤을 때 그가 바람 이는 저쪽 어딘가를 보면서 말했다.

"……제가 어떻게 그래요, 선생님."

나는 좀 당황했다. 우리를 가르치던 때 스물일곱이었다고 했다. 나하고는 열세 살 차이가 났다. 그가 스물아홉이던 89년, 전교조 활동을 하다가 이리중학교에서 해임되었다. 중3. 그 사건은 내게 아픈 기억으로 남았다. 어쩌면 그것 때문에 나는 글을 쓰게 되었는지도 모를 일이다. 그때부터 세상 바라보는 심사가 꼬이기 시작한 것이 분명하니 말이다.

아무것도 이해할 수 없는 나이였지만, 아무것도 모르던 때도 아니었다. 지금도 내가 중학생들을 무시하지 않는 이유는 그 기억 속에 있다. 중학생이면 이미 어른이다. 이해 못할 것이 없는 나이인 것이다. 갑자기 학교에서 쫓겨난 선생님을 위해 우리들은 뭔가를 해야 했는데, 뭘 해야 하는지는 정확히 알지 못했다. 중학생은 덩치는 어른이지만, 아직은 애다. 그가 가르치던 세 개 반 학생들이 수업 거부를 모의하고 있었는데, 우리 반은 그가 담당교사는 아니었지만 동참했다. 내가 반장을 맡고 있었기 때문이었다. 나는 그저 그때도 오지랖이 넓은 중학생이었다.

햇빛 쨍쨍하던 어느 날이었다. 우리는 말없이 번호순대로 줄 맞추어 뙤약볕에 앉아 있었다. 우리는 선생님을 돌려달라고 데모라는 것을 했는데, 지금 생각해도 퍽이나 아름답고 정겨운 풍경이다. 교장 선생이 나와서 무슨 일인가 물어도, 수학 선생이었던 교감 선생이 다그쳐도 아이들은 묵묵부답이었다. 맨 앞줄에 앉아 있던 키 작은 한 아이를 억지로 일으켜 세웠다. 정적이, 뜨거운 햇빛이 분위기를 더욱 침잠시켰다. 그 아이가 마지못해 손에 이끌려 일어나더니, 툭툭 엉덩이를 털고, 깔고 앉았던 신발주머니를 털더니 터벅터벅 맨 뒷줄에 가서 다시 앉았다. 맨 앞줄이 된 아이도 일어나 맨 뒤에 가서 다시 앉고, 다시 앉고, 우리는 자연스럽게 교문까지 가게 되었다.

하지만 우리는 교실로 돌아갔다. 그래야 하는 게 맞는 일이었을 것이다. 시인 안도현은 이리중학교로 다시 돌아오지 않았다.

그는 가끔 학교에 무엇인가를 팔러 왔다. 아니, 다른 일이 있었으나 내가 알지 못하는 일일 것이다. 올 때마다 쫓아내려는 학교 측 인사와의 실랑이로 교무실은 떠들썩했다. 아마 무슨 일인가라도 해야 했을 것이다. 학교를 떠나고 그가 내쉬어야 했을 한숨, 기억으론 그때 둘째가 갓난아이였는데, 미처 우리가 짐작하지 못했을 막막함이 그 앞에 놓였을 것이다.

고등학생이 되고 우리는 곧 안도현 선생님을 잊었다. 우리가 그를 잊었을 때 그는 시인으로 돌아왔다. 그는 「이리중학교」라는 시를 쓰기도 했다. 중학교 동창들은 지금도 만나면 선생님이 잘돼서 너무 기쁘고 좋다고 얘기하곤 한다. 보통은 선생님이 제자들에게 하는 말이어야 할 마음. 중학생이었지만, 세월이 아무리 흘러도 가슴에 품은 부채감이라는 것이 있다. 가을바람 선선해지면 마음속 깊은 곳을 훑고 지나가는 한 그리움이 있다. 추억과 기억이 있다. 그 시절 같이 학교를 다닌 까까머리들은 국어 선생님을 비워둔 채 여전히 선생님을 기다리고 있을지도 모르겠다.

오랜 시간이 지나고 동창들은 하나의 사건이나 추억으로 그를 기억했겠지만, 나는 아니었다. 문학을 전공하는 내게 그는 언제나 현재진행형인 시인이었다. 그의 시집과 발표하는 시를 빼놓지 않고 읽었다. 인연이 감사해서 만나는 사람마다 붙잡고 자랑을 늘어놓았다. 그가 장수의 한 고등학교에 복직됐다는 소식이 들려왔다. 짠한 마음 가누기 힘들어 혼자 소주를 홀짝거렸던가. 가난했던 그가 이제 좀 잘살았으면 하고 바랐더랬다. 고등학생이 되고 스승의 날 즈음, 으레 선생님께 선물하던 손수건이나 넥타이 같은 것은 관두고 돈을 모아 라면박스를 들고 갔던 기억이 떠올랐다.

나는 고향을 떠났고, 그는 내 고향에 남아 30년 넘게 살았다. "가흠아, 멀리 있니? 부탁이 있는데 문자보면 힘들더라도 전화주렴." 그가 보낸 메일을 나는 그리스에서 받아보았다. 가까워질수록 멀어지는 게 사람인가, 데뷔하고 이런저런 핑계로 그를 한동안 보지 못했다.

"강의는 핑계고 너랑 막걸리 먹고 놀고 싶어 그러는 거야."

우석대로 자리를 옮긴 그가 강의를 부탁했다. 일주일에 한 번 고향에 내려갔다. 안도현 선생뿐만이 아니라 부모님도 일주일에 한 번은 보게 되었으니 여러모로 사람다운 구실을 한 드문 해가 되었다.

옆에서 보니 그는 너무 바쁜 사람이었다. 전주에서 유명인사이기도 해서 그랬지만 수많은 동료 선배 후배 문인을 챙기기 바빴고, 학생들과 막걸리 잔 기울이는 것도 잊지 않았기 때문이었다. 그럼에도 시가 그의 몸에서 나오는 것을 보면 그의 몸은 분명 '시의 우주'임이 확실했다. 가늠할 수 없는 우주의 몸에 별처럼 시가 떠 있는 게 분명했다.

어느 한 날, 막걸리 집에 약속을 잡고 안도현 선생과 술을 마신 적 있었다. 그런데 가보니 그가 마련한 술자리가 서너 테이블 더 있었다. 그는 부지런히 여기저기 돌아다니며 쉴 새 없었다. 전주 동료 문인, 과거 동료 선생 모임, 해직교사 모임, 인터뷰하러 온 기자 등등, "이렇게 보지 않으면 아무도 만날 수가 없어. 이 사람들 모두 따로 만나면 글을 쓸 수가 없고." 그가 불콰한 얼굴로 씁쓸하게 말했다. 그를 만나러 온 누구 하나 서운해하는 사람 없었다. 테이블에 그가 돌아오면 밀린 얘기와 막걸리를 나누었다. 모두에게 나눌 만큼 정은 그득했다. 사람들의 말로 그는 수십 년 간 변함없이 사람들을 챙겼으며 허투루 관계를 보내지 않았다, 했다. 그는 아무도 잃은 적

없었다. 바빠도 그처럼 챙기며 살아야 할 텐데, 바람뿐이다. 스승만한 제자 없다는 말 뒤 소박한 봄빛이 저물었다.

그의 작업실을 빌려 몇 달 지낸 적이 있다. 비가 오면 양철지붕을 때리는 소리가 구슬퍼 괜히 숙연해지던 곳, 그를 떠올리면 그 집이 먼저 생각난다. 어떤 공간으로 남은 한 사람이 그다. 한겨울 그곳에 처음으로 또래 작가들과 함께 놀러갔을 때 그는 아침 일찍 일어나 긴 장대를 들고 휑한 감나무 가지에 덩그러니 매달려 있던 감을 따주었다. 툇마루에 앉아서 모처럼 얼굴을 들이민 햇빛을 쬐며 오래오래 물컹한 감을 돌려가며 맛보던 한 시절이 있었다. 그리고 십여 년이 지나고 나는 그의 작업실에서 첫 장편을 탈고했다. 아련한 기억들과 진행되는 시간과 갑작스럽게 멈춰 선 지점을 들여다봐야만 하는 시간이 흘렀다. 나는 그의 툇마루에서 그가 보았을 어둠 속 적막함을 노려보며 앉아 있곤 했다.

어떤 비 오는 날, 바다낚시를 가서 쉴 새 없이 고기를 낚으며 아무 말 없이도 긴 시간이 남았던 한때가 다시 오고 있었다. 많은 것이 지나고 다시 돌아오고 아예 떠나버리기도 하지만 여전한 것들이 있었다. 그의 정겨움은 여전히 바쁘고 남들에게 행하는 배려는 진행형이다. 신의는 더 높은 덕을 노리고 있다. 그는 이제 늙기 시작했을 테지만 여전히 젊은 소년 같은 국어 선생이고, 나는 사십대 중반을 향해 나아가지만 까까머리 중학생이다.

그와의 많은 시간이 쌓이는 중이지만 눈 감고 그를 떠올리면 변치 않는 한 풍경이 떠오른다. 자작나무 늘어선 가을밤, 강원도 깊숙한 숲속에서 그와 나란히 앉아 바라보던 곳, 반가웠지만, 서로 조금 멋쩍기도 했던, 그래서 가을밤 공기가 더 선선하게 느껴졌었던 그때, 그도 나도 더 오래전, 어떤 한 기억이 떠올랐을 것이고 그래서, 우리는 별말 없이 자작나무 사이를 오가는 가을바람이나 바라보았던 것 같은 그것.